鍾文音 著

溝

故事未了，黃昏已來

【推薦】

莫非此生就是地獄

作家／郝譽翔

初識文音，是在上個世紀的九〇年代，我們因為文學獎而結緣。那時台灣的文壇仍然有如奧林匹斯山眾神的國度一般熠熠發光，而剛戴上文學桂冠的我們，更是天真地以為從此自己就踏上了峰頂，至於未來呢？恐怕也只有更高的峰頂了，壓根兒沒有想到桂冠也有枯萎的一天，更不用提老。

尤其是文音。年輕時的她活脫脫就是少女三毛的翻版，長髮飄逸，纖細溫柔又透露著野性，矛盾的混合顯得格外迷人而且神祕。我還記得她的《昨日重現》剛出版時，台北車站地下街的櫥窗貼著大幅長條的新書廣告，彷彿處處海報上都是她那雙深邃迷離的大眼，在注視著過往的行人，來去匆匆如流水的世界。

其實在二、三十歲的年紀談「昨日」，多半帶著點浪漫懷舊的意味，就像是旅行遠走一樣，都是一個人自由自在地追尋探險。地球是圓的，沒有邊際可言，而時間更只有當下，無牽無掛，揮霍不盡。

然而一眨眼，那些卻真的都變成「昨日」了，我們還來不及驚詫，就一腳跨過了半生，如今文音的「昨日」猶在，卻不再流浪天涯，而成了深情戀家的老靈魂。她現在要說的是「高齡求生」，而「故事未了，黃昏已來」，昨日已經不可能「重現」，但它也未曾死去，一縷魂魄悠悠附著滲入了物件，在日常生活中點滴堆砌，累積固著有如老少女一雙臂膀上肥大的贅肉，攬鏡見著了只讓人膽戰心驚。

女人誰不怕老？誰不自欺芳華猶在？然而文音這一回卻毫不迴避。《溝》書寫「老」到了殘忍的境地，甚至用放大鏡去逼視——「有點年紀的女人流的淚會滑過皺紋，卻無法灌溉歲月。」「都說老人的淚是伊底帕斯王，想哭沒淚，想笑卻掉淚。」這些警語也未免太讓人倒抽了口涼氣，彷彿一針見血戳中了老的荒謬與無奈。

文音以幾近於陷刻少恩的手法，寫盡了各式各樣的「老」，可悲、可笑、可憐又復可恨之處，推翻了老年書寫一貫充斥著養生慢活的陳腔濫調。且看她揭露了郊山安養院的真面目——「連這裡的交誼廳都是有地盤的」，而老人一點也不因為老而溫良恭儉讓，反倒是彼此之間心機用盡，狠烈廝殺；喪妻的老男人在倒下之後，全身插滿了鼻胃管、導尿管等，淪為一個靠兒子把屎把尿的「管管大人」；K歌坊中聚滿了一群「不唱歌，像一千零一夜，談八卦保持求生，搭配曖昧氛圍求年輕」的老台妹們……

《溝》的三十多則故事組成了初老之人的眾生相，他們聒噪喧囂，反抗老去卻又不得不老，從肉身到靈魂無一不在掙扎喊叫，只得訴諸於靈修、觀落陰、醫藥、保險到心理治療，最終卻還是要色相敗壞，天人五衰，衣冠委頓，味覺嗅覺聽覺與觸覺一併腐爛，而漫漫一生到頭來只餘「老後江湖，飲海成沙。」文音寫得辛辣蒼涼，幾乎把老年書寫推到動人心魄的極致了，我實在很難想像還有誰能夠超越？

其實我和文音這一代人都還未老，或者應該說是來到了門邊上，正忐忑不安窺探著門內幽深的世界，但她對於這一切，卻似乎比我們都更早了然於胸，提前道出了「黃昏已來」的求生之志，而其志是如此的沛然莫之能禦，哀豔淒厲，讓我不禁想起了吳道子的〈地獄變相圖〉。論者評〈地獄變相圖〉是在「寺觀之中，圖畫牆壁三百餘間，變相人物奇臥異狀，無有同者。」《溝》竟也是如此，三十多則故事所勾勒出來的高齡人生，光怪陸離之形狀，成住壞空，滿紙風動不已，而人生無邊苦海的本質立現眼前，……莫非此生就是地獄？

作家郝譽翔
國立台灣大學中國文學博士，現任國立台北教育大學語文創作系教授。著有小說集：《溫泉洗去我們的憂傷：追憶逝水空間》（第三十六屆金鼎獎圖書類文學獎）《幽冥物語》《逆旅》《那年夏天，最寧靜的海》《初戀安妮》《洗》；散文集《回來以後》《一瞬之夢：我的中國紀行》《衣櫃裡的祕密旅行》等等。

【推薦】

讓我們一起老

作家／郭強生

一直記得與鍾文音初回的素面相見。

當年我剛回台任教，落腳於東海岸的大學，她來學校演講，結束後郝譽翔開車載我們去吃路邊熱炒。小小的廣場，初秋的晚風舒爽，我們坐在大榕樹下喝著啤酒。現在想起來，都才三十來歲的我們還是孩子，只有孩子才能很快就混熟，沒有世故的拘謹和再過幾年都將出現的疲憊。文音愛笑，那笑聲帶著鼻音，我邊聽著她旅遊的趣事，邊抬頭東看西看那個當時我還未熟悉的東部生活環境。很鄉土，卻也像置身異國。

就這樣流年偷換，舊識卻算不上熟識，直到最近這些年，我們都成了得要獨力照護年邁至親的單身子女。

無人能伸出援手，只有彼此互相打氣，交換著只有當事人才知的甘苦。那個熱愛異鄉漂泊的波西米亞靈魂，與另一個依賴老歌老酒為伴的書房宅男，就這樣出現了新的交集。去擔任研究生的論文口試委員，一次碰到的題目是「郭強生與鍾文音的單身中年書寫」，一次則是「鍾文音與郭強生散文中的老年照護」。

最近一次碰面，文音明顯瘦了一大圈，身影變得格外單薄嬌小，我本能地擔心問她怎麼了？年過半百，單身獨居又要擔負著長照重任，這些年下來我變得杯弓蛇影般神經質。結果文音告訴我她在改變飲食作息，減重有成。不但如此，她還完成了新的小說作品。哇不得了，我在心中讚嘆著：前年才剛出版了擲地有聲的長篇小說《想你到大海》，創作力大爆發呢！

這回寫什麼？我問。

老年地獄圖，她說。

語未竟，我們都同時笑了出來。我聽到自己笑聲裡的無奈，卻聽見文音的笑聲裡，依然是那帶著鼻音的少女。

然而，翻開這本新書書稿的第一篇故事〈狐仙已老〉，又讓我吃驚了。明明眼中還是她纖盈的背影，怎麼會寫出有「嬸味」的懺情？《中途情書》《愛別離》《寫給你的日記》……中那個迷離哀訴的敘述聲音，如今卻出落得異常生猛俐落，句句都戳到痛處：

「還是一個人好，雖然有時很孤獨，但出去更孤獨，好像老了不該出現在路上。」

「習慣養成需要時間，但她已沒有太多時間。所以很多事變成偶爾。」

「未完成的故事都屬於天涯海角了，天涯海角再也去不得。現在要完成的故事都屬於過去。」

單身中年如今已逐漸邁入初老，照護者即將要成為無人照護的孤老，我只不過是活成她筆下的那句「接受比反抗容易」，她卻如此昂首闊步地直搗她口中的老年地獄。畢竟是寫出過《豔歌行》《短歌行》《傷歌行》百年物語三部曲的鍾文音，過往冽豔陰鬱的文字這回添進了辛辣與直白，一腳踢開什麼「熟齡樂活」的自我催眠，冷眼犀利地直視自己可能遭遇的老後，這真的需要一些氣魄。

全書三十三個故事，如一帙畫卷節節展開，緊鑼密鼓讓人無法不一口氣往下讀。與其說是老年地獄圖，恐怕更接近高齡求生的教戰手冊。文音勾勒人物的功力既準又鮮活，叔嬸伯姨出現的場景更是多樣真實得令人過目難忘。從養老院到棺材店、從部隊軍旅到保險業務，生活氣息的逼真摹寫，這種日常生活中的田野功力，值得小說後學者好好見習。

曾經，那個追隨著莒哈絲、普拉斯、伍爾芙的步履浪跡天涯的鍾文音，現在哪兒也去不了，與臥床的母親相依為命於淡水八里。但是這一點兒也限制不了她總欲探訪下一個邊境的靈魂。

這回，她要探險的新大陸不在遠方，而就是眼前快進入超高齡化社會的台灣。一如青春時對愛情真相的勇於索問，如今她對病老死的辯證、對獨身的反思，展現了同樣的義無反顧。

讀完這些故事，腦海中不禁又浮現大榕樹下喝啤酒的當年。三十多歲的我們都還在愛著，還想要愛著，怎想得到半百之後，竟然在憶起那些愛與不愛的糾纏起落時，只能嘆一聲都是虛枉？

故事未了，黃昏已來。兜兜轉轉還是放不下，影影綽綽盡是傷心人。早就注意到，銀髮商機主要鎖定的還是有家有後的族群，甚至那些養生抗老保健補品廣告想打動的消費者不是老人，而是那些於心有愧的離家子女。君不見，廣告片中總是出現兒孫輩友孝，奉上燕窩人參高鈣銀寶維骨力，最後老人與晚輩一起勇健跑步，闔家笑嘻嘻樂融融？

高談長照，鼓吹銀髮樂活的年代，獨身的大齡子女們都還在忙著照顧更年邁的父母，何來樂活？獨身二字在一般的認知中也只有樣板的概念，「眼光太高了吧？」「個性難相處吧？」殊不知，是因為我們對情字的執著，放不下父母，容不下曖昧，只能用後半生修習放下，超脫情字帶來的磨難。

在先前的散文集《捨不得不見妳》中有一段，聽見母親對她說「沒有我，妳會很難過的」，文音寫下了思索之後的心情：

「我當時聽了心想怎麼會，我會悲傷，但同時我也會覺得自由。我沒有體認到我的自由感其實是建立在擁有母親的安全感上，我不曾擁有眞正的自由，我的自由只是一種逃脫，心仍牽掛許多東西。無所牽掛，才有自由。」

總是在牽掛著，以至於最後我們都忘了如何釋放自己。作為讀者，我要謝謝文音寫下了這些故事，關於我們這些處在新舊交接、五年級世代中的少數族群。

從私散文到小說中的紅塵眾生相，她拿自己的傷口去碰撞，在我輩同類間一個又一個似陌生又熟悉的遺憾中，撞擊出共鳴，或許終能讓老年擺脫社會眼光的規範，讓單身者的餘生出現真正自由的可能。

能夠這樣發願書寫老年，我必須說，既需要極大勇氣，也需要滿懷慈悲。

書近尾聲，那篇〈滅絕師太〉的結局場景讓我意外地笑了。搬離前夫家的女人，決定「即使餘生要照顧母親也是自己的餘生」，為了自由，把其他的都丟了，除了自己的母親。結果馬路上的人都在看著這奇異的畫面，竟然有人推著電動病床在街上移動，床上還躺著瘦弱的老人家。

前進吧，別人的眼光哪裡需要在乎？

彷彿聽見，畫面外的文音也嗤嗤地笑了，依然帶著她那有些頑皮的鼻音。她說，讓我們一起老。

作家郭強生

目前爲國立台北教育大學語文與創作學系教授。曾以《非關男女》獲時報文學獎戲劇首獎；長篇小說《惑鄉之人》獲金鼎獎（日文版二〇一八年出版）；《夜行之子》《斷代》入圍台北國際書展大獎；短篇小說〈罪人〉榮獲二〇一七年九歌年度小說獎。散文集《何不認眞來悲傷》獲開卷好書獎、金鼎獎、台灣文學金典獎肯定；《我將前往的遠方》獲金石堂年度十大影響力好書獎。除小說與戲劇外，其散文出版作品包括《就是捨不得》、日記文學《2003／郭強生》，以及評論文集《如果文學很簡單，我們也不用這麼辛苦》《文學公民》《在文學徬徨的年代》等多部。最新作品《尋琴者》（木馬文化出版）。

如今，且讓我枯萎成真理。

——葉慈

—目錄—

先行者的告白

故事未了

老年的地獄圖

高齡求生

生命的幽默

黃昏已來

先行者的告白

故事未了

安安靜靜的空間，怎麼聞起來都是悲傷的味道……

狐仙已老

吃過晚飯後，她套上球鞋，打開老門，沿著老路徑，走到老公園，目光帶著離開前的巡禮懷舊味道。這裡確實什麼都顯老了，少女時期穿過的這座公園現下已經一片荒老光景。

落漆的小鴨小象前是一整排落漆的鐵椅，每張搖晃的鐵椅上都坐著一個靜默的老人，且都是老男人。走近才發現其實有些老婦，短白髮的老婦人因穿著中性，遠看像男人。

黯淡昏黃的公園燈光下，老人安靜不語，枯坐椅上，像是靜止的雕像。雕刻時光的人，把自己坐成了一粒石頭。

她自認自己還不屬於這個隊伍的人，但又想或許這是自我感覺良好？隔天，她找出染髮膏，染髮前還用直髮膏先把自然鬈刷直，好看起來年輕些。

老女人的世界安安靜靜，雖是大嬸但她仍得小心翼翼怕秒變大嬸。有一回朋友接到陌生電話，她在旁聽著一向溫柔的寺院師姐突然嚷嚷著什麼姐不姐的，姐也是你叫的啊。連亂叫姐都是忌諱，這種年齡通常都落在大齡女子，她聽了會心一笑，想等老過一個門檻，別人叫什麼就都沒感覺了。叫姐還客氣呢。還是做生意的人嘴巴甜，客服總是小姐姐、小仙女、大美女，請問需要什麼服務呢？任何人一聽就沒了火氣。

她表面說不在意，但還是常提醒自己大嬸地雷區勿踩。不高聲喧譁，不戴漁夫帽，不在腋下夾手帕，不可哪裡覺得癢就不顧場合地抓，不在人前剔牙，不穿沒線條的寬鬆衣服，不開口閉口我年輕時，不緬懷也不懷恨少女，不滿口學人佛言佛語也不滿嘴要人放下，結帳時出示包包不要亂七八糟，不拿出要兌換的點數或折價券，在電梯裡不要大聲聊天。最重要的是嬸級女人幾乎都有一件紫色羽絨衣。紫色放在洋裝上衣都行，就是不能是紫色羽絨材質。她都管叫那種羽絨衣米其林，米其林輪胎，胖大嬸秒變一節節的輪胎。

她就整理到過世媽媽生前就有那麼一件紫色羽絨衣，最近在整理媽媽的衣物時，她正好保留的其中一件紀念衣服就是紫色羽絨衣，她想也許自己下意識想等著日後可以穿得到？但總之這幾年還不穿，她提醒自己。

搭公車捷運，她特別觀察色彩，冬日嬸級一片紫羽絨外套，從淺到深或是夾雜一點粉。果然許多上年紀的女人（彷彿忘了自己也是有點年紀的女人）身上有幾個符號：多半會戴帽子（遮白髮），揹雙肩背包（減壓又可放保溫瓶雨傘），身穿羽絨衣（夏天穿防曬輕薄外衣）。為何是羽絨衣？她想可能是因為羽絨衣最方便，防風防寒又輕巧。為何是紫色系？上年紀的人不喜歡黑灰，不想喪氣黑又不敢大鮮紅，粉色系又太年輕，希望看起來有朝氣又不失身分年紀，很自然就選到了紫色系。媽媽那件羽絨衣不就是她幫母親選的嗎？她當時在一排衣服裡也自然而然地選了舒服又亮眼的紫色系呢。

這幾年她經常穿著霧灰，偶爾霧紫，羽絨保暖輕盈，冬天還可藏肉。夏天穿什麼都變大嬸，闊腿褲舒服，舒服就騰出空間給肉安放，就像體脂肪，有縫隙就堆積。

恐老彷彿瀰漫整個社會氛圍，尤其女人總是在和抗老大作戰，據說女人一生花上十七年在減肥這件事上，花上三十年在對抗地心引力。

嬸味是女人最恐懼的氣味，但為何大家在意外表飄出嬸味，卻很少人願意提升氣質？為何嬸味只談外表，外表可以裝年輕，但一開口簡直慘不忍睹。四周充斥著大聲說話的與刮玻璃似的刺耳聲音，眼神腦門音質都有待整形的人。她這樣一想，知道自己又在憤老了，年輕是憤青，憤青老了變憤老。

洗手槽漬滿著焦糖瑪奇朵似的染色，她打開水龍頭，感覺時間也瞬間被沖走。她看著鏡中的黑直髮，深呼吸，練習微笑，憤老的人臉部僵硬，下垂。

這一天她比以往特別注意著是否飄出嬸味，她在衣櫥內挑了件銀灰色襯衫搭配黑褲子，都說這銀灰是氣質灰，色彩加入一點灰，就變得低調有質，但也是要慎選，不小心顏色過亮就成了阿姆斯壯登陸月球。

租屋的地址位在離河不遠的環河一帶老區，下了古亭站，一路往河方向走去時，她一直注意著自己的樣子，好讓屋主見到她時可以放心租給她，很多人都不租給老人了，即使她自己只在老國門口張望，還不打算把自己推進這個遲早會抵達的國度。

沒想到一開門房東更老，男主人起碼有八十多歲，女房東也有七十幾了。

斷捨離泰半的事物之後，幾個包袱她就把自己給順利搬進新窩。

她常聽得住樓下的房東窗戶內傳來兩人廝殺的聲音，一個說你怎不去死，死了我就好賣房；一個說我就去死，死給妳看，妳這個死要錢。

但兩人都活得好好的，有時還叫上她要不要搭伙。她懷疑吵架是為了確定彼此都還能呼吸的方式。

像寄居蟹，隱藏在五坪大的租屋處。

她把這套房稱為貝殼，老維納斯的貝殼。套房邊邊有兩根大樑柱，使房間看起來有點像是小時候村外的土地公廟，所以她也戲稱自己住在姑娘廟，姑娘廟也分多種，姐級姑娘廟、嬸級姑娘廟、婆級姑娘廟。她感覺某些自稱心靈大師的女性到了某個年紀都會化上豔妝，老了也都怪裡怪氣的。但怎麼樣怪裡怪氣也比自己臨老了還租屋好吧，她不知道她一生在堅持什麼，這樣一想就有點心酸。

學生宿舍式的長條形老公寓，隔音不好，狹長如棺木。夜晚起伏跌宕的貓鳴混雜著女生的呻吟。有時安靜下來，失戀的女生披著長髮像鬼如廁，她見到青春的鬼魅。

她沒有要事，只有佛事。

還好有一點退休俸可用，不出門也能活下去。她練習孤獨，體驗孤獨極限，比如好幾天都不出門之類的，或者練習自己可以一個人生活。她想晚年之後把自己活得很像小說的一生寫成詩，當然後來她什麼都沒寫下。

她喜歡看書，靜態的極致，長期不動有礙健康，加上眼睛動了手術之後，愈發乾燥，盯著看半小時就要點人工淚液。年輕時流淚太多，現在淚流不出。

她人生裡有些事必須靠非常勉強才能去完成的，一個是運動，一個是不吃零食，一個是去參加團體活動，以前可以不勉強自己去做這三件事，現在走到高齡門口，她覺得必須勉強自己。

不吃零食，使她樂趣減半，吃零食可以治憂鬱。為了減重，不吃零食之後，少了嘴巴的咀嚼，無聊時光顯得漫長。小孩子或者傷心人，都是一把歡笑或一把眼淚地往嘴巴丟零嘴。上了年紀不能亂吃零食，一包洋芋片一包薯條的卡路里就超過一餐，一吃胰島素就馬上動員。為什麼快樂的事都有礙健康？吃零食真的很解壓，但常吃就發胖。有個朋友也是經常動不動就想吃東西，吃到得了糖尿病，有段時間還必須靠施打胰島素補充，家人一到晚餐過後就把冰箱鎖起來。父親晚年，她也是把冰箱鎖起來，免得父親晚上夢遊就走到冰箱門口，吃完整座冰箱食物。

胰島素阻抗，近來她學的新名詞，胰島素無法吸收，身體一直釋放匱乏訊息，導致胰島素飆高卻不作用。阻抗，她一輩子都在阻抗。她一輩子都在為孤獨或者群獨掙扎，一個人孤獨還是進入群體孤獨？對於團體活動，在融入之前總是發生阻抗現象。即使去了好多年，怪的是每一回都還是內心掙扎。她去的靜坐中心師姐說，因為妳還有太多的自我，太多的自尊，太多的私我，沒有放下。

放下放下放下，說了三次，深呼吸三大口氣，套上鞋子，打開門，一路仍在抗拒。倒是一進入團體就又安然了，彷彿只有之前會掙扎，到了也就到了。甚至到了還會慶幸還好自己有來，好像立即吃了大補帖。但離開之後，就又像洩氣的氣球，下回出門前又開始掙扎。

團體課程，這回談後悔。

她想著原以為會一起終老的好朋友，還沒走到老就散了。

都是互相指責對方變得怪裡怪氣，或者開始嫌棄對方，老了看到彼此更多的缺點，認識太久都學不會欣賞。老了好友分手還因為時間感，大家晚上都不太想出門了。以前可以聊到晚上十二點都還覺得才十二點啊，現在聊到五六點就各自紛紛起身要回家休息了。

還是一個人好，雖然有時很孤獨，但出去更孤獨，好像老了不該出現在路上。

看上這間套房就是因為孤獨而不孤獨。

這套房有一面窗戶外有棵大樹，大樹探進三樓高。夏蟬一整個夏天都在拚命高鳴，蟬聲消失時，不用抬頭就知道窗外雨聲淅瀝，蟬怕潮濕，澆熄了求偶熱度。夏蟬的求生技能就是高鳴，她的禪卻是靜到寂境，靜到極致，如花不開。蟬聲有時貼得很近很近，彷彿誤把她窗台的盆栽當成棲息地。還好她有點重聽，蟬鳴剛剛好，像她喝的牛奶咖啡。半翅昆蟲，久居地底，蟄伏而出，只為一鳴，那是她年輕時的樣貌，公關界的酒后於今蝸居老城區套房，蟬夏鳴，冬有風，還有老房東語言廝殺的分貝伴著。

淺眠，醒轉。功法，沐浴，焚香，禮佛。接著煮開水，蒸一顆蛋，烤兩片吐司，切幾片小黃瓜和挖兩匙水果醬在碟子，數五粒杏仁和六顆核桃七顆腰果，然後手作一杯單品莊園咖啡。手沖咖啡是她還在職場時就養成的習慣，這讓她看起來好像生活還撐得住不錯的樣貌。咖啡香和檀香融入日常，凡聖不分，無伴奏大提琴，她聽著蟬聲。

食物分量嚴格控制，並非是老了才有的習慣，而是她這個人前半生是又放任又嚴謹，又嫵媚又感傷。年輕時交男友也經常被慾望搞昏了頭，前戲總是悱惻不已，到了節骨眼卻不願纏綿，浪女變聖女，惹惱不少男人，其實男人只要再給她一兩次機會她就會整個繳械。後來她自我發明一套檢驗方式，非我族群的是男人喝三合一咖啡、不看文學書、不看藝術電影、旅行不逛博物館、吃飯狼吞虎嚥、開車沒耐性的都歸類成異己，不同星球的物種先行隔離。

但男人世界真的很多這種人，於是她後來就對慾望投降了，但不對擇偶投降，提前辦退休，不再讓自己像一壺開水，燒了又冷了，冷了又燒了。六十歲關卡是退或進的臨界點。她的許多朋友二十三、四歲就當國小老師的，早在五十五歲就退休，爽領十八趴。她太晚盤點餘生，發現自己工作一輩子竟是無產階級，以前住父母的房子不覺得無產老來之悲慘，等到父母相繼離世，她才驚覺連父母的房子都是公家宿舍而不察，她太忙於職場，回家就躺下睡覺，忘了要提早準備老後生活。別人早啟動第三人生，她覺得自己的第一人生都漫長得還沒結束卻已經來到老的門口。

五十九歲的生日前，她搬離公家宿舍，搬家前看到有個老婦人不願意撤離，強行被女警拉走，整個上衣都被拉到胸罩上方，老婦人一路哭嚎。老了老了，遇到不公不義很慘，她心裡跟著慘叫一聲。她在最後可住的期限前找到了這間套房。本來要找獨立公寓，找房子時被和她年紀一樣的明星羅碧玲（她還是習慣這樣叫）獨居過世幾日才被發現的死訊嚇到，於是她改租套房，旁邊有人來去但又可獨立，有房東卻又不同層的。

於是只有她這間套房是住著臨老之人，其餘都是學生，有的還是短租客，半年一年的，多是來台北補習的重考生，像夏蟬一季來去。遺下青春身體生猛的氣味融入了她不小心滲出的老味。

隔壁住了一個在健身中心當教練的男孩，對她而言還是男孩，但其實也快三十歲了。有幾次在走道遇到，她聞到男孩身上有著健身中心的味道，她熟悉這種味道，健身後沐浴，和沒有健身者的沐浴氣味不太一樣，聞著很健康，很難形容。她在中年過後有幾年也常泡在健身中心，中年過後明顯腹部長肉，穿衣服不好看，就跑去健身。但那幾年其實每次都要給自己催眠變美才去得成，因為其實她就是不屬於健身中心的女生，就像難以想像張愛玲穿運動服舉啞鈴拉單槓去慢跑之類的吧。很多人以為她找的健身教練一定都是帥哥，剛好相反，因為男生會使她失去專注，就像以前學游泳也不找男生，關於身體的事她找男生教都學不好。

何況當時她開玩笑說自己有貼身教練了，貼身教練，她想起這個情慾對象不禁失笑起來。剛剛男孩和她錯身時也朝她笑了一下，她覺得受寵若驚，天色還亮，男孩已經要出門上班了。下班時間預約健身中心的人最多。仲夏夜之夢，天光很亮，亮到月亮出來，一片光害。完全天黑前她吃晚餐，不知何時她就改成晚餐早吃的習慣，免得消化太慢就上床睡覺。但太早吃又失眠的話，飢餓感就會跑來敲門。她一開始禁吃零食，後來又開始吃，沒有零食，腦筋也停頓。生活已苦，乖乖蝦味先老朋友，可以安慰舌根與回憶。

她這樣的生活，類似神隱。不禁想起張愛玲，還有她自己的閨密。

以前那些所謂的閨密，有一半死了，有一半像是中了張愛玲老奶奶似的魔咒，從同學時就開始較勁，一直較勁到熟齡了還沒停戰。成名要趁早，不然快樂也沒那麼快樂。她想起高中時她們校刊社老愛把這幾句話掛在嘴裡，一臉稚嫩眼神卻故意煙媚視行地瞟著別人，故作優雅狀態地說著賤同學的八卦，忘了自己不過也是擬仿的，和天才少女相比，只有少女是真的。少女可以天真，大齡了還天真，就很耍婊。她的男性朋友在臉書這樣嘲笑她們。臉書讓她們曾經著迷的神祕神隱時光消失，故障的老少女走到大齡，走在街上那些自己過去的青春幽魂瞬間都有如利刃刺來，藏在必須慈眉善目的枯萎（或是一身拉皮的塑膠）身軀背後，她知道自己真的也快要神隱了。少女時迷戀神隱的那種不存在的魔幻（做作）的謎樣時光，到老才知道老了根本就不想存在大眾目光之下，難怪張祖師奶奶要神隱，神隱才有傳奇。

今天是閨密的忌日。

我喜歡妳。十六歲的夏天，到哪都是夏天，白衣黑裙下的黑眼珠朝她熱烈地說著，聽起來像是告別早已寫在訃聞的字句。

往昔回憶不斷地竄進腦門，她懷疑自己是在悼念還是在怨咒？

過了三十，少女加強版的張祖師奶奶的魔咒開始變得白流蘇版的心機重重，以為可以用美色去代換出亮眼的生活。那八〇年代崛起的女力，開始以身體本能為道德，以混世取代亂世，女人的賭王鬥千王在二、三十歲時簡直讓她不敢回憶。女人易得八卦症，她的八、九〇年代，關於吳爾芙的房間與經濟，她們早就全有，在職場上和男人競賽的同時，領了獎金就去雨後春筍興起的汽車旅館開房間，將摹帖改成摩鐵。沒有網路的虛擬，只有實戰的奔赴。且她們浪費很多時間八卦誰的婚姻與敗德，哪個女人靠獻身得權得勢，不知時間才是最大的公敵，而不是彼此。

在訊息如宇宙爆炸的年代，以往高中社刊年代還處在稀薄有限的大師閱讀裡，小小的敬仰都是那樣真誠，漫漫黑夜都是張派那語言華麗腐朽下自以為吸取到的人生情愛蒼涼。她吃著蘋果派，想著華麗不曾有過，蒼涼倒是漫漫長夜。

她高中時代的小說女神自此消失了，傳奇計算得如此精確，沒有人可以找得到她了，傳奇加碼再加碼，讓她這個曾是痴心狂吃張派的少女，走到初老之前，可真是疑惑重重。但這又關她自己什麼事，她笑著自己痴。有人願意以孤寂作為人生底色，有人願意以退隱如死當作活著，她想著離去者，她曾經的閨密。當然閨密只是表面上的，後來她才知道，閨密是壞朋友，說壞話，搧風涼。

比如明明她穿得很怪異閨密卻說她很美，明明燙了一個醜斃的頭髮閨密說可愛極了，明明試著去打肉毒桿菌導致臉動也不動時，閨密說妳看起來好年輕喔。當然她很久之後才知道這是甜蜜的糖霜，故意說反話的閨密，可以共患難卻不能分享榮耀的人，對，沒寫錯，因為榮耀時忌妒心會跑出來。共患難卻是好姐妹我夠意思，一個施捨者，隱隱地高高在上。閨密已經走到生的另一邊了。她連告別式都沒去，她害怕看那張她打從心裡厭惡卻花了一輩子和她在一起的臉。

她們的校刊生活全殉葬給張愛玲鬼，著迷於語詞的蒼涼，營造風格勝過於熱愛寫作的她們，房間衣櫥的門都闔不起來，膨脹如流言。島嶼女人盛世開啟在她的年代，在繁華初啟的流光迷離世界，在台北夢華錄的燈影下，每一張愛情履歷都像是超市的冷凍牛肉片，幾齒生的肉片標誌著生成的時間與被屠殺的片刻。

為何姐的年代瞬間變成姨的年代，複製臉滿街跑，但卻仍滿口張派的她們，老了活在複製臉不斷增生的網紅世界，活在傳奇魔咒而忘了變成進階版的老人類，不知今夕何夕。後來的她們？被老去這個魔鬼彷彿瞬間丟進了火山，或者有的被提早抵達的死神甩進了火爐。

她這個四年級末班生，從新舊交替走來的女人，很快就能銜接科技年代。她的科技從大學的大台桌上電腦到掌中型手機，最初幾年有時恍神聽到微波爐嗶一聲還會下意識以為是BB CALL響。在她少數的幾樣東西裡，微波爐是必需的，還有一台市內電話，只有在選舉期間才會經常響起的市內電話機像瘖啞人，也像她父親的最後幕景，失去語言。有時下雨天或者天光未明之際的心寂時刻她會走到電話旁，那裡面躲藏著時光的聲音，答錄機的遙遠年代，錄下了當年她心懸的情人與父親那些年經常留言給她要她回家的聲音。

除此，屋子靜悄悄的，老了她覺得自己就是一具市內電話機。

整間屋子好像只有她對時間虛度，她偶爾會帶一本書去小七坐一個下午，一入座就脫鞋，她逐漸成了以前自己討厭的人種，明白原來舒服才是最重要的。偶爾她會去街上餵貓，她練習習慣不把任何事情變成習慣，偶爾，喜歡偶爾，免得失去時難過，應該是年輕時失戀太多而內化的習慣，習慣不要養成習慣的習慣，沒有習慣的習慣。

習慣養成需要時間，但她已經沒有太多時間。

所以很多事情變成偶爾。

偶爾讓記憶冒出一點星火，偶爾從往事中醒過來，偶爾看電影，偶爾盯著僅有的幾件玉飾看，偶爾在房間抄經，沒寫完的墨水有時會發出一股臭味，混著她染髮的阿摩尼亞，覆蓋過她的身體味道。很多感官都不靈敏，唯獨嗅覺很靈敏，依然是好鼻師，但她多希望是好眼師，眼睛退化得很嚴重，晚上都不太出門了，唯獨偶爾會去鄰近一家設在大樓的佛寺禮佛，寺院光燦燦的，連她的眼睛都放光。

最偶爾去的地方是自助洗衣坊，冬天去得頻繁，夏天沒怎麼去，薄衣服手洗。洗衣店固定時間會出現固定的人，為了避開固定的人，像是那個老是和她攀談的遛狗婦人，狗總是對她又舔又蹭的，她還得裝作喜歡狗。她改不固定時間去，夏日傍晚行經洗衣店會聞到被白日曝曬後的一股洗衣粉香精味。這氣味總讓她想起小時候的一些光景，或者大雨過後，土地蒸出的氣味，沖刷雨水的水溝聲，銅板經常滾入水溝槽，有回鑰匙掉下去，還好鑰匙上方她綁了一隻小絨布馬。這是夾娃娃夾來的，跟在她身邊就像會認床的小孩認定自己的枕頭床單氣味。

她喜歡馬，連包包都掛著一匹馬，因為她雖然年輕就在公關界浪蕩，但心裡其實一直懸掛著一匹馬，那是她的最愛，但最愛總跑得最遠。

現在她臨老，最愛也更老了吧。

她租屋環河老城區，混雜在此，可以成為一滴泡沫，隱身在洪流裡，她覺得甚好。和老公寓比老，才能忘了老。有時她從環河南路缺口走近河岸，去看落日，幫女房東遛狗小白，女房東的步履已經跟不上小白了，拜託她黃昏時光帶狗散步，她起先是為了這樣可減免水電費，後來是真的喜歡上小白，狗的忠誠一直是她需要鍛鍊自我的質素。

女房東經常忘記她的年齡，常錯以為她才中年而已，而她看起來確實也不過是熟齡，身材還算纖細，皮膚又白，只要記得染髮，倒不顯老。她本不喜歡狗，但狗可以保護她，且有一隻狗在旁，散步變得非常正常。她也慢慢習慣有一隻不屬於自己的狗可以陪伴，且開始有一種特殊的責任感拉住她的行腳。唯一的缺點就是她偶爾要撿起小白的大便，大便的氣味會勾招她的淚水，最後父親臥床的時光。

她和父親比較親，因為母親對她不知為何常有一股連母親都不太察覺的隱匿敵意，尤其父親買禮物給她或者讚美她的時候。通過一回洗過一回的淚水，瞳孔才能療傷，才能張看過去。

在河邊，也是老人與狗。城市的河流和社區公園一樣老了。

雨天就不遛狗了，她聽得見樓下傳來小白的低嗚哭泣聲。

沒有淚水的哭泣聲聽來特別哀戚，加上雨天的潮濕，被雨困住的人與狗。

她現在成了一個落伍的人，以前時髦小姐時不曾想過會成為的人，每天念佛號的人，以及遛狗看河水的人。她穿白球鞋，偶爾穿黑球鞋，掛著齊肩直髮，遠看年輕，彷彿學生。但她以前都是穿高跟鞋，前幾年坐骨神經痛到無法走路，拉開神經沾黏，不再發痛之後，她把高跟鞋細跟鞋夾腳鞋都給了回收，那些鞋子使她覺得自己的青春豔事也一併消失了。

夏日傍晚絢麗，將她和狗圈出金黃焦糖，日子堪可過，又有夏蟬可聽。冬日或雨天，都顯得如此孤獨而不合宜。野風在河岸狂散，河水也無法安靜，有時風送來淤塞的臭味。她從堤岸望向河口，以前雙十會在河邊看煙花的父親也變成煙了。和情人去臨河飯店高樓幽會看煙火的情人也癱瘓，變成囚禁在電動床方寸之間的老人。煙花四散，情感易逝，色身危脆。走了大半個人生路程，她連在傳統市場買菜都不會。

拿起一顆洋蔥問多少錢？

三十。

她從皮包掏出三十元給女菜販，菜販笑說沒那麼貴啦，不是一顆啦，是要用秤的。

一顆才十三元。一斤三十。

妳知道我們去批發時是買公斤賣台斤，一公斤換算成一點六台斤，扣成本兩成，穩賺四成，菜販跟她聊天地說著。她還是聽不懂，聽到兩成倒笑了，她有個男性朋友就叫兩成。

五色蔬菜加好調味，電鍋一放，蒸煮，簡便又是一餐。難的是買菜，買多易壞，買少要買多次。小冰箱不大，也不能放太多東西。學生都外出的假日，空間安靜得聽得到自己的咀嚼聲。曾經自己也是屬於另一端的人，啊，那時候墮落得又犀利又美豔的，怎麼一回神就成老神在在？

她意識到不可避免的時間會將自己在推進火化爐前變成想昇華成不願再輪迴的人，但願不再回到人間。

佛是過去人，人是未來佛。這激勵她想去學習不再歸來世間的可能，一天有一段時間她會去見神禮佛。佛堂靜坐課程一坐一炷香，有人起身臀部疼痛，說是屁股沒長肉，其中以老人居多，肌肉萎縮的老人坐不久。還好她臀部還有肉，自嘲自帶厚厚坐墊。

她年輕時上過很多心靈成長課程，學過一堆占星算命卜卦，但都沒認出自己的命運走向與暗示。上課時非常激動，下課後卻非常疲憊，經常下課後雙眼下的眼瞼疲乏鬆弛，皮膚泛油光。年輕時她經常到處貼ＯＫ繃，有點此地無銀三百兩的意味，提醒著別人她那裡有個傷口。

她記得某個心靈成長課程的林老師就第一個眼尖地見到那個和肉色很相像的紗布貼紙，林老師說妳的手背怎麼了？她笑笑說沒有啦。林老師兩手做切割狀，自語狀又像對所有學生說話的口吻說著不對呀，要割應該割這裡，手比在手腕做切割的動作。旋即林老師沉默，看著她，空間隨著林老師半閉著眼睛地陷入一陣靜默。

明眼人已經知道林老師是聲東擊西，心照不宣。

這手背的傷痕一想，很快地便想到是菸燙的。

菸疤，最容易遺下的傷害，為了那個疤，燒去了情。有的疤是為了紀念，有的疤是為了提醒。

那一回課程，原本她是和一個在外商銀行做襄理的女孩並坐一塊，突然林老師旁邊的女弟子對她招手，同時間也招呼著一個原本在那裡看書的男人一起過來。在男子還沒趨近她前，女弟子向她悄聲說：「林老師說要給妳介紹男朋友。」這不說也罷，一說出口，她看見那男人往她對面空著的椅子一坐就開始覺得不自在。眼睛對望了男人一下，男人也定定望她一眼。

她後來回味男人的是那個眼神，那種定定望她一眼的凝結感。反而男人的頭髮是否鬈曲多寡倒不復記憶多少。轉眼就忘了男人，戀愛談多的後遺症。過去她常以自殘的儀式來解放自己的痛。那時她經常成為違章戀情。於是每個週末日她必須退讓時，她雖知悉情勢，但痛卻無法因為知悉而減少被那個絕望所分泌的滾燙汁液所灼傷。她當然不要痛，不要再因為愛情而痛，不要不要，到了夜晚她這樣戒慎恐懼地提醒自己，可她的前半生還是一步一步地掉了進去。

將玻璃心轉成金剛心。

愛情這東西為何可以摧毀那麼多人的心靈與意志？說真的這讓我百思不得其解。你們真的了解愛情？為何不了解卻又可以如此被傷害，你們不是瘋了就是最笨的人。時間過去多年，她仍記著上課時那個林老師對大眾宣說卻聽來像對她說似的字字砍進她的心。但真正讓她長出一點點金剛心的是時間。時間讓慾望繳械。時間讓她明白一切都會流失。

某一天她在鏡子前發現她無法穿無袖的衣服時，那意味著她無法再喬裝可愛，臂膀的肉隨著流光日漸肥大且下墜。她雖愛美，但卻討厭人工，加上懶於修正扶正一切肉身的傾頹，她想看來只能靠遮掩了。

遮掩，才是她所擅長的。但現在連遮掩也不需要了，寬鬆的衣服很舒服，只要不飄出嬸味就好。

她想告老還鄉，才發現無鄉可告，她鄉已傾，己邦未建。

有點年紀的女人在愛情國度所受的傷痕將是年輕時的加倍，且更悲慘的是還更難堪不知幾倍。那一回當她第一次聞到邁向老化的預備氣味，也就是開始邁向中年之途時，她感到驚嚇。原來回首百年身，未滿百也近半百，未腐朽但也已將生鏽。鏡子前曾經妖嬈且仍企圖媚行的形影，引誘過多少人，也被多少人引誘過？哪一次是全身而退的？沒有沒有沒有，她自己在鏡子前對空氣吶喊了幾聲。

完全退守，日子終於來到這個臨界點。

這真好，徹底接受自己，不再掙扎。當被叫阿姨的第一次刺耳到後來的耳順，第一次聽到有個年紀約莫三十幾歲的男生竟朝她叫著阿姨時，她回家整整想了兩天兩夜，為何被叫阿姨，我真的是已經走過姐級了？但為何不能接受被叫阿姨？我是否應該去把自己下墜的兩頰肉拉提？顯老的法令紋木偶紋拉平？她想了又想。又問自己，但難道這樣自己就不恐懼了？那些螢幕上和她年紀差不多的明星都有一張塑膠臉，反而更擺明老的樣子。她甩甩頭，沒有永遠的年輕，她知道。

於是走到夏天，開始肉不遮，不遮不掩，光亮刺目就刺目，風景不是只有單一的年輕。走到秋天，黃凋的落葉，侘寂之美，她慢慢走到姐姨稱謂交接的這一刻，日後將轉到姨婆交接之日？她希望可以直接跳過這一段。但如何跳過？時間又不能停止，除非提早去見佛，但確定能見佛？還是見到魔？她一路遛狗，一路還想著姐姨婆三階段，覺得自己根本沒放過自己的外表，為此不禁失笑起來，小白在旁邊磨蹭著她的腳邊。她望了小白一眼，還是牠好，老了也不顯齡。

緩慢而律動的日子是夏天，月色明明亮亮，她和小白尋一處聽得見末日蟬聲的樹下長椅棲息，看著比她老很多的婦人剪著孩童式的削短髮式，蒼老是那般顯眼，像油畫般地盡顯在色身上。一個女人到了五、六十歲，還沒覺悟的就要受苦了，迴光返照來得迅速凶猛，像潮水拍岸。渡河的力氣尚殘存一些，如沒力氣游回就要沉淪溺斃。撲打一番，蹬腳一番，鑽出一點縫隙呼口長氣。哪裡有愛，她就去哪裡，只要一個她愛的人，錯了，只要一個愛她的人，也錯了，都是單行道。

就像以為只要給她一張白紙就可以寫字，但寫字容易知音難。沒有愛情的河，她將如何度過人生？望河，愛情鬼魂，早已超渡。她渡河太多，嗆水多了，不再渴望愛，不再相信人，不再想結伴同行，不再有捉對廝殺，不再有纏綿悱惻。

只剩臥榻，纏綿。像父親一般的晚景，連包大人都棄守的褥瘡，沒有尊嚴。沒有尊嚴的人也要活下去，這樣的意義在哪？業報受盡才好投胎，匆匆忙忙跑去下一世，太危險，妳父親這樣很好，降低驟逝的力道，多了緩衝期的準備。佛堂某師姐跟她如是說過。

如是我聞。她喜歡四偈句的佛語，但一改成人話就落落長。

彼岸有人嗎？只有菩薩低眉。

凝固的甕內是柔軟的骨灰，她父親母親各取一瓢，混在一起，不是要他們你儂我儂，而是要他們和解合一。

遛狗回來才煮晚餐，肚子的飢餓感讓食物都顯美味。電鍋蒸蛋蒸飯蒸魚，煮南瓜，炒青菜，一個人的晚餐。偶爾點蠟燭，喝點紅酒或用氣泡水佯裝白酒，讓食慾好一點。小白一起餵，有時都沒下樓找女房東，彷彿已把她當成主子。去超市，她開始逛寵物區食物，仔細地評比著熱量蛋白質膳食纖維，彷彿回到照顧父親的往昔。母親沒有給她麻煩，急診就直接送加護病房，不留她纏綿相思。她抱著冰冷的母親雙腳哭喊，媽，妳還沒跟我和解啊，妳不能走。和她隱形競爭一輩子的母親的靈彷彿在偷笑說，老女兒啊，就剩妳一人嘍。

學生房間有時會傳來健身的聲音或者慾望潮水淹沒的聲音，即使只是啤酒罐可樂罐打開的聲音，不知為何她聽來都有種青春人的率性任性，那是她從來沒有過的東西，雖然在母親眼裡，她一直是這樣的任性女兒。想做什麼就做什麼，老了很自然就變成老姑婆一枚，沒有姑娘廟，狐仙已老。

在她年輕曾是肥沃的身體內，一直有著一整座沒有開花的麥田，想盛開也想枯萎，就跟她的生命一樣，唯一的體會是她明白自己一直擁有那塊夢田，和一般迷迷糊糊就把時間過完的人不一樣，但也因為這個不一樣而使得她活在兩端的煎熬裡，要擁有還是要放下。林老師曾跟她說，要用提起，不用放下。她讚嘆哲理甚深，但卻常要用提不起，不用放不下。顛顛倒倒，徘徘徊徊。

她寫下一些關於枯萎的事。

她的朋友死去了一半，剩下的正在死去的路上，餘生或許只想只能修得慈眉一點善目一些，她對著案上燃香供佛時這樣想。楊枝淨水，自問心中的大千世界還在嗎？

在父母的悲劇中，看到自己的未來，於是她開始注意自己的身體。一直將身體當草原的人，沒有特殊照顧過身體，經常吃零食解壓解饞，後來才知道零食有一半是毒。父母生病成了她的貴人，照顧父親太久，久到自己也被逼迫看見自己，即使想賴活，也不能活不好。

老了才學會哭泣，卻已經沒有眼淚。突然就被拋棄在荒原。

有時她會盯著玄關走道掛的數位輸出梵谷向日葵與鳶尾花看，廁所裡面則放了幅梵谷的夏夜。女房東以前是台大醫院的護理人員，對美感自認有些感受，但在她的眼裡就是一般人會挑選的複製品畫。梵谷那麼悲傷，但他的畫複印品最多，彷彿向日葵鳶尾花都還在向日生長。男房東聽說是他妻子之前的台大行政長官，兩人一輩子的工作也夾雜在一起，難分難捨又齒輪摩擦甚密。

她看著向日葵，突然勾起自己對藝術的那股眷戀，被耽擱的文青。附近社區有開樂齡繪畫班，她之前不去是因為抗拒樂齡兩個字。

拿出空白畫布，聽著老公寓傳來樓下老人在打麻將或看電視的聲音，她聽著感到那般熟悉，彷彿大學校外的那條墮落街通過時間腐朽，桌上的年輕人轉眼都雞皮鶴髮，手上摸八圈，圈不出一張方桌。

沒有太特別的人生，每個人到老都逐漸融成一個樣子。

每個人一樣，都有陽光有雨有空氣，但不知怎的，她覺得自己是還沒開花就一夜枯萎的人，彷彿睡醒就變成癩蝦蟆。慾望不再飛奔，記憶卻如羚羊跳躍。

大水來臨之前，每天都是末日，如果每天都是末日，她想那自己還擔憂什麼？

但她想找到一個人，然後把她的眼淚全都給那個人。那個人是誰？她曾經愛情苦痛的來源，或者沒有這個人。

她不想要一樣。

推開長青班的大門，貼在門上的樂齡兩個字被她大力晃開。

社區長青班的繪畫老師說，畫出你們的愛與掙扎，畫出痛苦與淚水。

一頭白髮的繪畫老師經常大笑，她聞到老師口腔散發出的酒氣味，彷彿只要一根火柴就可以點燃的濃度。

她喜歡梵谷的畫，雲毛茸茸的，麥田捲捲的，像父親以前養的狗兒阿忠。

她用土耳其藍畫淚水，梵谷的眼淚是普魯士藍，那些像得漩渦症的雲捲起千堆雪的雲都是普魯士藍。老境像綠松石藍，碎裂的美藏在細節。

繪畫班後來只剩下她一個人。

老師從年輕就被叫老了，老師經常喝酒，起先只有晚上喝，後來白天也喝，老師還沒走到畫架就知道人來了。

有佛有光有祥雲有微妙音，她微微地露出門牙，多情之人常有眼淚。流的眼淚像蘋果，果肉是黃的淚，果皮是紅的淚，肉的給眷屬，果皮的給情人，淚中有佛法，綠度母是觀音的一滴淚，轉世成她的淚。

繪畫老師很訝異她的圖充滿肉體的光與火。她也很訝異繪畫老師這樣看待她那一團如泥土混在一起般的身體。

不畫畫時，她一個人去看河，有時會在河邊哭泣。過往騎腳踏車的遊人都不免因為這樣的哭泣而略微停頓了片刻，瞥望她一眼，但沒有人露出疼惜的表情，甚至有人還帶著一種神經病的感覺離開，看一眼只是好奇。

殘酷的是，有點年紀的女人流的淚會滑過皺紋，卻無法灌溉歲月。都說老人的淚是伊底帕斯王，想哭沒淚，想笑卻掉淚。未完成的故事都屬於天涯海角了，天涯海角再也去不得。現在要完成的故事都屬於過去。

老人卡講也講過去，她還不是老人，若時間繼續走，也只是成為非典老人。一回神，十年就過去了。

不放下就不只要花費十年。

但她就是放不下，一定要自己摔到想哭才知道不對。

但哭完好過多了，這也是她的生存方式吧。哭再也不是為了討好，而是自然而然的事了，是為自己過去的傻而哭。她這張水床老了極度乾燥。還是愛哭，因為每個男人都只愛她的背面。

直到有一天，她在哭泣的河邊看見一個遛狗的糟老頭，她瞥眼見到是那個她曾為他痛苦的荒山野人。耍帥不修邊幅的藝術家到老變得很酸腐，讓她想起以前喜歡的強尼・戴普。這一悄悄相遇，暗中治好了她這顆曾被藝術家叫為水床的玻璃心，何況現在遇到她的人，逐漸都喜歡上她的正面了。

年齡原來不是問題。

作為一張好床，就是躺下來舒服，管它好看與否。

水床從此從美人魚變成魚乾，風吹日曬過的自己，不再為男人流淚，但偶爾為自己流淚。

她畫著一張水床，上面優游美人魚。

她曾經畫過一系列「床」，嬰兒床、新娘床、父親的電動床，各種臨終之床，臨終之床擺放著臨終之物，最後畫了一張屬於自己青春墓誌銘的水床。

女房東來了，剛好看到她的水彩畫，女房東說，幫我和老公畫張肖像吧，以後離開人世，可以讓美國的孩子回來紀念。

她很尷尬她不是科班，畫肖像畫不像。

就是要不像啊。

女房東給了她一張兩人的結婚照，要她臨摹，房租打七折。

她畫著畫著，但女房東都不滿意，很久之後她才明白這也是一種擬死，可以延長死亡。

她也樂於畫著，怕那麼老的他們走了，自己又要搬家。

樓下經常傳來唱佛機與秦腔的聲音，彷彿老人彼此尬聲。男房東有點失智，據說只要開秦腔的唱曲聽就會回到童少。起先她也不知那是秦腔，是女房東有回上來陪修冷氣時說的。秦腔，像貓哭。女房東說。

她以為是廣東大戲，女房東搖著頭，覺得她無知可笑的表情閃過一瞬。房東來自秦腔地，她想起莫言，畢竟她也曾是文青，以前還是校刊社社長呢，長期在文化部門工作，只是後來才知道所謂的文化部門常常只是文化代工，並沒有真正碰觸文學，但她是喜歡文學的，她偶爾也開窗聽房東放的秦腔，不覺得是貓哭，倒有點大氣呢。

只是很久沒看書了，眼力太差。莫言和一堆書早就給了二手書店，現在她常服用莫炎，一款對治她的頭痛很有效的藥。莫炎，不要發炎，消炎吞噬愉悅。消炎藥止痛藥失眠藥都是孤獨者必備的，除此孤獨者必要的配備，女房東說她光是「不求人」抓背搔癢的工具就有四五只，背部癢時只能求助這種工具，生活必備的不求人工具，她說老公絕對不會幫她搔癢。她想這不求人不就像穿背後上拉鍊的洋裝，如果穿起來不好拉上拉鍊的衣服，就不買。或者戴項鍊之類，扣環太細也不買，穿戴麻煩的都屏除在外，只因沒幫手。

她還怕郵差來按電鈴，因為經常莫非定律，在如廁沐浴時，郵差總按兩次鈴，急得衝出來時，郵差已經騎著機車走遠。

一個人生活需要很多「不求人」的生活裝備，比如護膝或拐杖（如膝蓋不好的人）、梯子（換燈泡與拿東西）、防跌墊（浴室最危險）、手電筒（記得電池要買很多備用）等。說來網路也很重要，於今斷了網路彷彿斷了和世界的聯繫。眼鏡或老花眼鏡則更重要，有時忘了帶，就如瞎子一般。眼鏡通常要配兩副，預防有一副突然破損。有的人配有多副老花眼鏡隨時可供閱讀用，客廳書桌臥房，甚至廚房（閱讀食譜）都各放一副，以應任何空間之需。

以前不戴老花眼鏡是怕顯老，點菜都用問的，或者指著隔壁桌看起來頗好吃的菜色說也要一份一樣的。現在不戴是度數老不準，心想看不見就不看了。

年輕時她去挪威旅行，挪威朋友送行到車站，他幫她買票，因為她看不懂挪威文，但挪威男人那天卻忘了帶老花眼鏡，以至於幫她買了老人票而不自知，她當然也不知道，然後就一個人搭火車去挪威別的城鎮旅行。出站時她被售票人員攔下才知道原來持的是老人票，當場補票才被放行。

有回看女房東拿不求人搔癢不禁露出那種舒爽的表情時，她想也應該來買一只用用。果然不求人比求人好，癢癢頓時解除，甚是暢快。她常想會發明這些工具的人，一定經歷過要求人卻求不到的孤獨生活的窘境吧。有一天房東夫妻繼續揚聲大吵著，她才明白是吵給她聽的，有吵架聲是兩人都還有呼吸聲，哪天沒有吵架聲，她就得叫警察了。和比自己更老的人住才發覺自己仍然有點用處時，她不禁對自己笑了起來。

她突然明白為何有獨自生活的人還堅持訂報紙雜誌或定期訂羊奶之類的，「怕死無人知。」鄰居或送貨者看到多日都沒有人取走至少會來探詢吧。

等到樓下房東不吵了，她也該搬家了吧，但到時要搬去哪裡？

想著想著，女房東又來拜託她遛狗了。

自己還是有用的人啊。

小白看著她，舔著她的腳踝，她拍拍牠的頭，黃昏的風已起，這是有點快樂的黃昏。

去看一條河流，之後再躺成地平線。

安安靜靜住到沒有新式姑娘要住的姑娘廟，狐狸姬住姑娘廟。

紅顏不再，狐仙已老。

一個人的買一送一

沒想到當初那個異常生猛加入野百合社會運動的他都年過半百了。

年過半百，為何聽起來比五十還恐怖？

就是那個百字害的。就像牛肉湯麵，半和湯字成了虛字似的滑過耳際。

他喜歡把許多事物分開，比如咖啡與奶精分開喝（朋友看他喝一小球奶精時都會笑翻，他說進肚子就你儂我儂了），三明治裡的起司和火腿分開吃，沙拉與凱薩醬分開蘸，唯獨理性與感性他分不清，黑夜與白日混沌一塊，感情與慾望攪拌一起，靈與肉沒分開過，理想與政客沒分開過。

只能等待死神來分開靈與肉。

他喜歡吃過飯來公園走走，因為在公園裡，他是最年輕的。

就像社區老人也離不開這座像從出生就在上面玩鞦韆的公園，一晃就頭頂半禿，被代稱阿伯，他們臉色有著連自己都沒發覺的悽惶，穿著白棉衫，靸著藍白拖，不講究的阿伯有一只紅白塑膠袋裡頭裝著菸火（檳榔）發票或銅板紙鈔，有時蹺腳邊哈菸邊搓腳皮，抽著不再長壽的長壽菸或者不再發亮的七星菸，也或許是萬寶路。

腳邊是捏扁的台灣啤酒或者麒麟一級棒。和抽著涼菸的女人話當年勇。

看得出有點年紀的女人裝年輕，身上斜掛著一只多功能尼龍背包，裡面除了手機還有粉餅口紅和零錢包，年長一點的多了手帕，年輕一點的女人也許包包裡面還放著保險套。

時間的意義不再是一天兩天，而是誰誰誰還在，誰誰誰走了。

他偶爾會加入老公園老人靜默團的行列，他不說靜坐，因為靜坐已然莊嚴成修行字眼。他看起來斯文，可惜頭頂上已光成一片，如死海，有時也說著言不及義的話，腳邊的水溝蓋都是菸蒂，流浪漢會撿菸頭起來回收再抽的老日子。

日子已老，紅顏們都長成神似的塑膠臉，將軍早就戰死在現代網海。

無須等到白頭，世界早變了樣。

記憶與現實，都混在一起的老日子，何時快樂成了見到彼此還在的安然？沒有熱情的激流，只有赤色的數字不斷攀高。

邊界逐漸消失。像土石流的崩壞日常，被盜領一空的身體，什麼時候觸怒了健康？不再起飛的破風箏，像航進無風帶的水手望著一片死寂？

例行日常會見到的熟悉陌生人，那些在公園打小牌下棋的有一半都送醫院或走了，或者後來被阿蒂們推來的，愛說話的都變不說話了，隨著日落，再被推回去。顧著自己聊天的阿蒂們將公園的老人們推錯回家的很多，因為老人們不是開不了口就是連自己也不認得路。直到家人發現你的爸爸不是你的爸爸，你的奶奶不是你的奶奶。

他們在這座公園混跡多年，有人退場，有人陸續上場，公園仍在，樹影依然，孩子的遊樂場褪色，萎縮的老小孩爬上去坐坐小鴨騎騎大象，彼此笑鬧童年也不過如此，但為何童年時好快樂。一點笑就笑到彎腰，一點吃就開心到世界充滿光亮。直到李生盲了眼，老張聾了耳，洪仔斷了腿，最後是莊頭阿發中風，大家就真的散了場。他們在一起混日子，但到頭來都不知彼此的全名，只知綽號，最後連去路都不知道。

沒人在家等老人，相望江湖的只剩下牆上掛的肖像。

餘生都在燃菸中消失。

妻子還在家時，總是會燃煙供佛，說她的煙神聖，他的菸有毒。好比罌粟花，可入藥可變毒。

電視新聞不斷地重播著香港，獅子山下，香港國歌不斷放送。

一九九七年的蘭桂坊，那時他才三十出頭而已。墮落樂園煙花柳巷。一九八九中正紀念堂，他的盛世，躺在地板等給警察抬，新聞拍照過後，他轉去上海老天祿買雞翅噎。西門町沒有地貌，只有人看人的人貌，不用考古地質，但須考古人種。

他是山頂洞人，和精神病患經常當好朋友。風也是精神病患，藝術家有一半都是。青山，曾是香港精神病院代稱。龍發堂，曾是台灣精神病院代稱。杜鵑窩，曾是美國精神病院代稱。之前他想申請去住精神療養院，好領到保險金，結果落空。他精神評鑑好得很。但他仍經常往精神病院跑，因為風到哪家新的療養院就留下他的聯絡電話，搞得妻子經常翻臉。

異鄉人逃逸原鄉的路徑是海，烏托邦變異托邦，從海上岸的父母早已魂埋島嶼，住到了北海岸。悼念風，悼念父母，就看海了。

窒息式的回憶像他老化窄仄的血管，西門町紅包場貼的明星都是偽明星，應該說都是叫不出名字的明星，從沒亮過的明星，暗處陪伴過氣的人。

霓虹燈光與蒼涼的老聲外是街頭表演的電子聲音，街頭尬舞，跳舞者讓屬於他的年代的麥可・傑可森也復活，史上最孤獨的人之一就是麥可。

啊，老麥，把膚色染成白的，把闊鼻縮成窄的，史上可以媲美阿姆斯壯登陸月球的孤獨之最的老麥，一個人在足球場大的遊樂園盪鞦韆，自戀戀童貓膩孤寂。

水菸大麻酒精，鬼影幢幢，滲透老年骨髓的是該死的感傷。

街上搭訕，網路開講，集體群聊，直銷人集合一起，一個拉一個蓋起千萬巴別塔，但為何他加入的直銷永遠都碰不到錢，永遠一邊名單拉長，一邊掛零。那些動輒三千萬起跳的飛馬飛天階級到底怎麼來的，別人藍鑽他難賺。

口袋空空，要麼活下去，要麼預知死日。知道何時離開地球成了高齡求生最重要的技能。

那晚他去公園練習打八脈功回來，打開新聞，聽見某高官之死。他頹然坐在沙發，心想比他過得好百倍且地位人望也都非常有好評的人，為何就這樣奮不顧身地一跳，他想需要嗎？至於嗎？但他自問自己，也還真不知道為何自己要活著，說活著不是為了自己，要為眾生。但他一點都不喜歡眾生怎麼辦？人類一點都不可愛，動物還可愛些。

他看著新聞不免自我模擬起死亡事件，他開始先想自己身體度過時間之河的幾次近乎溺斃所帶來的苦痛。首先想起的是痛風，初犯時真是太恐怖了，爬不起來，全身無力。很奇怪的感覺，意識非常清楚，但全身就是動不了。朋友從新竹趕來台中，用那種有滑輪的辦公輪椅把他邊拉邊抬上椅子，然後用推的推下樓，接著叫救護車到醫院。先抽血驗血，接著等報告。醫師看看報告，一副沒事的樣子，只說打一針就會消了。後來才知這就是傳說中的痛風，吃太好引起的富貴病。說吃太好還不如說是有點任性。但太好也是真的，他以前一個禮拜可以進帳五十幾萬，台北吃的名單可以連成一串。現在一個月還賺不到五千，再靠點老人年金補貼勉強可以餬口。糊這張口，填這個胃。

每天看抖音微短片打發時間，到處都有金玉良言安慰他。很奇怪的金玉良言，聽的時候信心滿滿，但轉眼就塌陷成耳邊風。身體到現在還可以撐著，走著，但中年過後失業，故事還沒結束，動力卻已熄火。老，附身，轉眼，空蕩蕩。有時又想，自己還是幸運的吧，萬一是痛苦但又死不了呢？像父親當年，最後也往鐵軌一臥。

他才知道是因為父親生病了，父親痛到不想活，不想拖累兒子。他永遠都記得最後一次見到父親時的眼神。那天中午他特意買了菜飯去探望父親。父親謝謝他，很客氣，很不尋常的刻意，那種客氣充滿一種欲言又止，欲言又止又蘊含感激之情。他一時很不習慣，畢竟父親非常嚴肅嚴厲，從不輕易施恩。臨走前，父親甚至還叫住了他，拍了他肩膀一下。他瞬間因為不習慣而輕輕地甩開，雖然很輕很輕，但父親還是敏感地察覺到了。父親無語，最後一次見面只揮揮手。

那就是父親最後的樣子。

父親失蹤，再來就是接到警察的電話要他去認屍。走進停屍間，露出的手長滿屍斑，被撞爛的臉他沒翻開布，警察也建議不翻開，因為父親身上的手疤以及從他褲子找到的鑰匙，就是父親的遺物。包括那個疤痕都是。
父親不求生，想多了就走不下去。
兒子求生，不用求，呼吸一天是一天。
朋友聽了他的故事說你們父子一場這算是彼此有道別的。
我是和父親吵架後轉身，夜晚父親突然心肌梗塞走了。
吵架畫面成為最後父子的回憶時光，這太揪心了。
沒有機會被覆蓋的吵架畫面，最後停格。
這陰影覆蓋了他，後來換他跟女兒吵架時，都是他先去道歉和解，搞得女兒很不好意思。

他在西門町看著過去的青春地，想想離晚餐還有時間空檔，於是他晃去今日看了場復古電影。他喜歡印在海報上的文字：影史上把邪惡拍得最優雅的電影，聯邦實習女幹員和瘋狂凶手的精神科醫生，茱蒂・福斯特嘴邊的那隻蛾，蛾臉成了骷髗頭。
沉默的羔羊，近來重新上映的電影都是他年輕時看的電影：末代皇帝、鐵達尼號、巴黎野玫瑰。何時這些都成了復古電影？就像讀金庸的人也都老了。走進電影院，想著當年和自己看沉默的羔羊的女生就是後來的妻子，嚇得半死的妻子，緊抓著自己的手都捏疼了。妻子容易驚嚇，也把自己提早送進天堂。留下沙漠之地給自己，乾旱的洞穴躲藏著曬傷的殘骸，逐漸稀少的喜悅甘霖。剩下我，為何剩下我？只剩執著的痕跡像急煞的車輪咬著凹陷不平的生命柏油地，徒手扒地，記憶的血水觸及死去的時間，列隊醒來的都是亡者。

在四周是尖叫音的回音中電影已近尾聲。

走出電影院，從黑暗中走出，看見外面竟然還是亮的，感覺很奇怪，從沒覺得明亮的世界竟如荒原悲傷。

一樣的電影，和年輕時看的感覺完全不一樣了，恐懼的感覺不再，並非緣於知道劇情，因為劇情也忘得差不多，是因為老了，知道電影都是幻影，不容易受外境欺騙。反而從黑箱步出突然撞上一片刺眼的光亮，街上晃動著滿滿的人潮時，他頓時有一種百鬼群舞衝向自己的驚嚇感。街上的人彷彿全得了假日症，像百貨公司高的停車場每一層樓閃著滿，等待進入的汽車回堵，十字路口動彈不得。

不習慣空下來的人不是老往外跑就是廢在家裡。老往外跑的人大概就是計畫小旅行或者吃喝玩樂。廢在家裡的人看似清閒其實不然，有的人趁機把幾季影集或連續劇連夜殺完，直到眼睛布滿紅絲方休。

這讓他想到以前一到假日，總會去租一堆錄影帶回家，在錄影帶店租片子竟已成了往日情懷。他的年代都知道的太陽系，窩藏著他的藝術電影時光，看不懂也要裝懂的電影，現在他都忘得差不多了。但他很喜歡在一整排錄影帶尋著看著，有時隔著鐵架可以看見孤單者也在尋片，或者年輕而百無聊賴的人在好萊塢片的架上隨手取片，而經常是他要租的好片卻被租走了。附上押金，租片回家，有時忙了忘了看，還得被催著還片。宅在家裡一定得買一堆零食，以及採買幾本厚得跟磚塊差不多厚的書回家以度光陰。

現在一個按鍵，繳一點費用，甚至好友分享，想看都看不完，尤其是幾季下來的影集，追個一兩季就沒力了，大陸劇更不敢追，一追變夸父，沒完沒了，心被懸著，最終渴死睡死在螢幕前，下一檔名劇又來奪目擾心。想追就是有耐性也沒時間沒體力，經常看著還打起瞌睡。出來走走，老人和年輕人壁壘分明，老年人多半一個人坐著發呆，年輕人坐在長桌，面板上那一顆顆發亮的蘋果照得他不知今夕何夕。

他這種剛半百的人，因為這個百字，讓人心慌慌，未老先老。彷彿快速催化加快熟化，提早面對即將鋪天蓋地的高齡求生系統者，回想大學時期第一次被教授帶去參觀所謂的電腦時，那龐大的電腦簡直像飛船剛降落地球，他們這群頂尖的名校人腦圍繞著電腦直盯盯地看，像是第一次接觸，後來的ＡＩ席捲，他的世代更是搭上了財富列車的島嶼錢淹腳目的狂熱年代，街角騎樓廟會稻埕雜貨店經常都有人潮聚著簽六合彩大家樂，麻仔Bar台日日夜夜都站著人往裡面丟錢拉霸，柏青哥絡繹熙攘，歡樂今宵彷彿沒有盡頭。

他有搭上財富列車，但那列車在半路就放他鴿子了。寧可年輕時沒錢，因為還有希望可拚，晚年沒錢才知悲哀。他因失業提早結算年金，簡單度日也還可以活口。他想自己不知何時也得了這種假日症？和得團體症差不多吧。他的同類有一半死了，有一半去教堂或者佛堂。

他還活著，年輕時不怕團體，半百卻怕團體，尤其日久長成一副勸世臉是他恐懼的。最多他會去公園，大家都熟悉的臉孔但不熟悉彼此的來歷，彷彿公園落彩的小鴨小象。

他全身器官最敏感的剛好是鼻子，團體的人臭味讓他不適，吃素者皮膚會飄來一股加工的豆類味也讓他敬謝不敏。到了夏日，去打禪七，密閉空調飄來女人的狐臭味也很干擾他。怎麼靜坐，一屁就把他打過江，如何八風吹不動？近來他沒再去靜坐班，他怕那種虛心的問候，或許那只是因為自己的心已成頑石。

他知道很多人得假日症還有個原因是因為本來各自忙碌的家人突然在假日必須緊密在一起，雖開心相聚卻也容易摩擦，摩擦可以擦出相思的火花，也可能擦出誤會的齟齬。就像有些日本夫妻面臨退休時，突然想休夫棄妻，因為不想將餘生浪費在不對的人身上了。

他把平日當假日過，把假日當平日過。一個人如果能夠好好安靜地待在房間，大概就能克服空閒所謂的無聊感。每回他望著假日塞爆的淡水和許多觀光名勝通道時，他常想為何假日要往這些地方擠？這些人不會不知道一定會塞車，但為何還是要去？除了赴約之外，其原因就是不想或不能待在家裡，不想者想來是不知在家裡做什麼，平常習慣有班可以上，在家裡除了手轉遙控器或看手機之外，想想還不如出門曬曬太陽踏踏青，即使塞車也是大家塞在一起。不能待在家裡的有的是因家裡沒有溫暖，或想脫離大人的管控。年輕時，自己不也如此?老了看不慣年輕人，而年輕人仇老，不知老之將至。老年人恨少，恨時光無情將自己拋下。

看完電影，還沒想回家，女兒也還在外面混吧。他決定進入咖啡館打發時間。

才走到櫃檯，店員就甜美地笑說今天買一送一喔。

他心想好家在，店員沒有說阿伯您好，這真有禮貌啊。

可不可以另一杯寄杯?

不行喔。(這裡又不是小七)

那一杯冰的一杯熱的，他想冰的晚一點還能喝。

不行喔，都是要一樣的。

啊，怎麼這麼囉嗦?

你可以把另一杯請人喝啊，今天是我們的好友分享日喔。

就一個人(沒好友，好友是風，風早隨風而逝)。

那你就點一杯啊。

他又不甘心，心想有多送一杯為何不拿。

我想中杯換小杯，心想兩個小杯剛好一個中杯。

小杯很小喔！櫃檯女生拿出很小的紙杯說著差十元，不考慮還是喝中杯嗎？

他堅定地搖頭，感覺結帳要考驗慾望或者臉皮。

收銀機吐出發票給他，他轉頭發現不知何時隊伍又更長了。

連咖啡館也得了假日症，長長的隊伍。

一個人的買一送一，眼前兩杯咖啡，多出一杯，敬早走的父親，回憶也是他求生的甜蜜方式。

忽然他拍了自己一記頭，父親不喝咖啡，成了亡靈就更不喝了吧。

蘇門答臘咖啡，蘇門答臘，妻子病景看護的所來處。妻子生病送來了異鄉人，人老了送來了孤獨。死神也等著買一送一，買走風，買走父母，買走妻，買走歲月，等著對他下訂單。

他拿著兩杯咖啡走到咖啡館窗邊，品嘗咖啡，感到苦澀。這咖啡的苦味彷彿是時間的意志，人生深處原來是寂涼，臉書跳出一句老文字。

過去的未來，他彷彿看見求生的自己喝著黑咖啡，望著這座既熟悉又陌生的城逐漸調暗了光，日頭終於不再刺亮。

小包袱

過了這麼多年，她想起人生最後悔的一件事就是把母親送去安養院。每回想起母親人生末路就有心痛的感覺，久了成了隱形傷口。一開始經常打開房門才想起母親已經不在隔壁房間了，她一直沒有去收拾母親的房間，往往因為被愧疚感給淹沒。

當時因好朋友的母親入住安養院，說是很不錯，建議已然快呈現崩潰狀態的她可以考慮讓母親進駐。那陣子她正為找不到適任的看護來家裡而苦惱，雖然她的企業教育訓練的課程工作可以調配彈性時間，但長久之計或許安養院是條路，畢竟她只有一個人，沒有額外的人手。

於是她去參觀朋友介紹的這家安養中心，位在郊山，視野遼闊，安養房間外有一條長廊，老人家們可以站在陽台眺望雲彩流動，聽風的聲音。她從重度臥床者、半自主者，可自主但沐浴或散步需人陪伴者到可自主但年事已高者的房間一路參觀下來，她的母親屬於第三類，可以緩慢走動，行動還算自主，但因脆弱且有慢性病，所以仍需有人料理與特殊狀態陪同。大部分的家屬都不選比較貴的單人房，單人房雖然安靜，卻隱藏落單危險，且也太寂寞。

來到安養院不就是為了多吸一口人氣嗎？這裡最不需要的就是安靜。最終讓她下決定是因為看到安養中心竟設有才藝班，她想這樣母親就不會無聊了，母親有著那個年代女性的老派手藝，會編織毛衣毛帽、手串珠子項鍊等，她都沒有遺傳這些手作能力。

母親看著女兒收拾著自己的物品時說，妳該不會不要我了吧？要把我像東西般丟出去啊？

她說怎麼會，我是把妳送到更好的地方去安養，這樣我才放心啊。

她幫母親安排入住三人房，其中一個室友說話含混不清，一個半失智，三個人就數她的母親最清醒。帶母親去認識環境，她忐忑而仔細地觀察著母親的神色，發現母親並無不悅，反倒張著好奇的眼神看著四周。回房間後，她幫母親鋪床，擺放母親的物品，將一些個人用品放到置物櫃，衣服吊到衣櫥裡，她還買了除濕包，山上濕氣重，打開薰衣草香氛包，讓床頭櫃有香味襲來。和母親說再見時，母親頭也不抬地只是揮揮手。她望著拉張椅子坐在長廊的母親側影逐漸在日光隱到山頭之後跟著黯淡下來。

一路搭公車下山，心裡卻像擱著大石頭地沉重，房子沒有母親的呻吟，也沒有母親老怨著為何還不死的間歇性嘆氣聲，安安靜靜的空間，怎麼聞起來都是悲傷的味道，彷彿母親的哀怨感瀰漫整個房子。一天天死過去的氣味少了母親竟顯得更死寂了。她以為讓母親住到有人可以照料之處應可讓自己的心安妥下來，未想不僅不得安心，且還整晚掛著，以往母親在隔壁房間，想看她就看她，現下突然隔了千山萬水似的。她想起以前母親想念自己應該也是這樣的吧，據說她還是嬰孩時，就經常在機場轉機，香港是中介站，三個月被父親抱去，三個月被母親抱回，兩邊各養三個月。父親在香港，母親在台灣，有好幾年母親還因此住到了桃園，因為離機場近。為何父親不乾脆跟著過來？她一直覺得很奇怪，好像嬰孩時自己被丟包似的。母親卻從沒仔細回過話，只說父親不能來。為何不能來？母親沉默。但她有記憶以來就只有母親，彷彿她是無父的人。母親說，來來回回在香港接送就那麼兩年，兩年後我就徹底和妳父親斷了，有一次沒應約去機場，此後就將所有的訊息切斷。

她的理解是父親在那邊有家庭。母親脾氣又硬，等不到希望就乾脆自己給自己希望，她曾是母親的希望。她念國一就開始戴牙套，在當時很少見，那時多少人只求溫飽，誰會想要花大錢幫女兒整牙。她整晚一直翻來覆去，被往事翻得如搭船般暈眩，直盼到天亮，趕緊草草梳洗，打開冰箱喝了杯低脂牛奶，看了冰箱門外貼的紙條寫著：「身手鑰錢花」，提醒要記得帶身分證、手機、鑰匙、錢包、老花眼鏡。然後去巷口買了母親愛吃的早餐，等著搭開往郊山的第一班公車。

打著呵欠等公車，她想起誰寫過的「這樣過分地早起只會使人變笨」喔，卡夫卡，她笑著想起是他寫的，高中校刊社團讀過的小說，除了記得醒來卻變成一條蟲之外，就只記得這句話。

第一班公車看起來也睡眠不足似地緩慢駛來，車上只有零零落落的幾個中老年人，她自問著難道自己也屬於這一邊了？剛剛踏上公車踏板時，還感到膝蓋有點痛。所有的曲線都往下掉，只有體重往上升。她突然感到害怕，一陣恐慌感，心裡空洞洞的。母親都快八十了，她自己也坐四望五了，眼看自己後面還有個三十年光景，看到母親晚景，自己孤家寡人，突然覺得有個老伴也不錯，但去哪找老伴？

母親看到她來，眼神閃爍孩子氣，那種妳沒有不要我的表情讓她看得心痛。

母親隔壁床的失智奶奶桌前一堆食物，邊吃邊說著我吃過了嗎？她回失智奶奶說吃過了，剛剛才吃呢。失智奶奶喔了一聲，但沒隔多久，又說著我吃過了嗎？或問現在是白天還是晚上？她說白天，老奶奶哦了一聲。過了一晌又問，她回說白天。老奶奶又哦了一聲。她跟老奶奶說看起來亮亮的，就是白天，暗暗的就是晚上喔。老奶奶點頭，但隔沒多久又問，現在是白天還是晚上？

於是，她後來就不再接話了，任那老奶奶像是自動播放機似的不斷地聲音迴旋倒帶，蒼啞的喃喃低音飄在空氣中無人回應。

母親吃了一點她帶來的粥，解除母親被遺棄的誤會，母親開始吃早餐，還興致勃勃說要去上才藝班。哪裡想到，來到才藝中心卻沒開。院方解釋因為沒有幾個人會去上課，人數不夠就開不了課，請不了老師。打開抽屜，為母親帶來的手藝材料，一樣也沒動過。

過了一段時間，她才發現安養中心入住的人也分本省掛與外省掛，且彼此之間暗藏階級，入住前的身分成了一條隱形分野線。有一個之前當裁縫的人竟被某個軍官老太太擋下，不讓那個裁縫老太太進去玩打擊樂器。打擊樂器教室是所有才藝教室唯一有人氣的，爺爺奶奶們隨意亂敲亂打，都能獲得快感。裁縫老太太轉身就走，跑去和她母親聊天，從此成了母親能說上話的少數人之一。小團體小圈圈，到老到死都還有。

老人欺侮老人，或者至親殺死至親。闖進安養中心的丈夫，企圖用棉被悶死太太，被發現後接著用鹽酸倒入太太口中與自己嘴裡，安養中心的電視播放著新聞，她看著電視新聞瞬間想找老伴到頭來還不是一場空，可能找到的只是冤親債主。

觀看電視的老人們都沒有表情，彷彿他們就是那個甜美主播口中的悲慘太太，只求一死卻不死，度過來到安養中心漫漫長夜的掙扎之後，都安靜了下來。或者開始日夜不分，冷熱不管，生熟不識。

有一回她去探望母親，看到電視老是停在甩耳光之類的八點檔或者歌仔戲之類的節目，她正拿起電視遙控器，就被母親抓著手，暗示她別轉台，她一轉頭見到幾個肥胖老婦人朝她準備射來飛刀，她才知道原來連這裡的交誼廳都是有地盤的，長年被幾個住久的凶悍老人霸占。母親不愛看電視，也不喜歡在公共空間坐太久，要不然以她的個性大概會去跟中心的人嚷嚷幾聲了。

這裡也搞霸凌，比如那個因兒子過世而被兒媳婦送來安養中心的老太太，和家人唯一的聯繫就是固定每天六點半打電話給孫子，但她又記不得自己打過電話沒，於是只要看見人就會問我打了沒？有一天大家就說好聯合來欺騙這個健忘症老太太。只要她問我打了沒？大家就說打了打過了。老太太哦了一聲，過沒多久又問我打了沒？大家又說打了打過了。就這樣一整天，老太太相信自己打過電話了。一整個禮拜下來，他們都跟這位老太太說打過了，於是老太太都沒有打電話給孫子。有一天老太太的兒媳婦跑來安養中心，以為婆婆發生事情，怎麼一個禮拜都沒有打電話給孫子（孫子也過一個禮拜才說），為此事情才揭開來，安養中心主任告誡老人們，不可以聯合欺侮任何一個人。但人的習性不可能因為告誡而改變，何況老人們只是帶著往日的習慣來到這裡，有的人連自己是誰也不認識了，大概也是瞎起鬨，不過就是同一個泥沼之中的可憐人。

母親總是穿得很乾淨，很得體地拉張椅子坐在長廊上望著前方山色。

後來安養院就把母親當樣板，對岸不少想要來台灣學習如何長照安養的團體會來到這裡觀摩，觀摩團到訪的前一天，安養院會暗示她的母親穿漂亮的衣服。

孔奶奶，您穿那件外套很漂亮，明天可以再穿給我們看看嗎？那種帶著目的性的親切，老人家是分辨不出來的。開心有人讚美，隔日穿得漂亮，拉張椅子坐著看山，看著看著就打瞌睡了，直到一群參觀的人來了，聽到按快門的聲音，孔奶奶才醒過來，趕緊擺好姿勢，讓自己也成為風景。

但沒人參觀的日子畢竟占滿了多數的日子，沉寂而漫長。她的母親陷入某種奇特的等待，直到人聲逐漸暗了下來，那種在她聽來像是從午後雷陣雨狂下的一陣急切聲響裡，乍然靜了下來，靜下來的頻率從一個月兩個月的間隔，最後完全靜了下來。

疫情隔離了人，也隔離了孔奶奶。

女兒成了母親耳朵灌滿的唯一聲音。

走在前面的老化，將傷口牢牢包裹起來，使那個人連自己也看不到了。時間的利刃將記憶切薄，那個和她母親同房的半失智老人，後來就全面性失智了，起先不是忘了吃就是吃撐了，後來連吃也忘記，被移往另一個等級，全面臥床者的房間。

她看著清出的床鋪，露出長年被山上濕氣浸淫的霉臉，她想這張床睡過多少人？又有多少兒女在床邊梳理著記憶或說些不著邊際的話？從這間房離開只會移往更不好的房間，輕度重度，在這裡彷彿永遠只有秋日與冬天。樹影下都是涼風，老人的皮膚也都偏冰涼，一聲不響離開的人，後面跟著一聲不響住進來的沉默老人，她渾身起了一身雞皮疙瘩，彷彿日後自己也將覆轍所有的過程而感到巨大的恐懼。母親還有女兒可以分擔悲傷，她這個孤獨女兒找誰分食難過？

突然門開，剛清空好的床鋪，就被他人搶著入住。進來的是一位氣質優雅的老太太，旁邊跟著一位傭人，後方有個看起來應該是老太太兒子的男人提著大包小包。

有傭人的老太太，她想那為何不住在家裡？如果有選擇，她是不想把母親送來這裡的，母親剛剛才跟她說想回家，她點了頭，卻不知道何時才能把母親接回去，一旦選擇安養院的系統，就等於放棄在家安養的可能，主要是她退了外籍看護，重新申請又要等上好幾個月。

她感覺她和這個男人也是因為母親而一起凹陷在時間谷底的人。

男人和她微笑，她也微笑，或該說苦笑。

未久，他們剛好都要離開，男人問她要去哪裡？她說搭公車去山下捷運站。

我可以載妳一程。

他們各自和自己的母親道別之後，一起轉身離開。

她看著男人開著頗為昂貴的轎車，心裡的狐疑更大了。她想有這樣能力的人何必把母親送來這冰冷荒涼之地。她話沒說出口，男人就說把媽媽送來這裡，好讓她有伴，我沒結婚，家裡空蕩蕩的，又經常出差，一出差就是兩三個月。

她想起男人的母親應該是封閉型的老人，並不跟別人互動，因為她跟男人母親打招呼時，男人母親連眼皮都不抬一下，是那種長期住好吃好且有人服侍的老公主，老公主知道竟被兒子送來這種鳥地方時，打從進門就一直狠瞪著兒子，對兒子的反應都劇烈地搖頭，兒子卻佯裝沒聽見沒看見。

她聽著點頭，看著山下的城市燈火逐漸捻亮，灰霧色裡的微光染著傷心的色澤，山下的房子有一間是屬於她和母親的空間，那是母親留給她的房子，但她卻把母親送走了。

也許是因為在風中搖曳的微火使她竟有那麼一刻偷覷著男人側影，心想有個老伴原來是不錯的啊。男人專注看著前方，手握方向盤，知道她瞄著自己，但沒有打算回應，其實他有倒帶回想之前在安養房間初初見到這陌生女子時的心裡還浮起一股熟悉感，那種熟悉是愉悅的、甜蜜的，他此刻才明白會有那股熟悉感是這個陌生女子竟和他的大學女友很相似，臉瘦卻不枯，身弱卻不萎，素顏如花，有一種欲言又止的自制感。他喜歡這種樣子的女生，耐看有品味，愛學習且有知識，個性不張揚舞爪。但他卻又很害怕這種女生，容易東想西想，且話總是說一半，剛開始還新鮮，久了不僅乏味，還成了愛臆想的人。

因為這樣一想，男人不敢回應她的目光，即使這目光是偷偷掃過來的。

半山腰車程很快就抵達山下，來到劍潭站。她下車前說謝謝，男人則說應該我說謝謝，之後可能麻煩妳也幫我注意一下我媽媽，他留了電話給她，我媽媽萬一有狀況，妳可以聯絡我。

她點頭笑著接過名片，下了車。往捷運人潮裡去，看著名片，上海大公司的總經理。她笑著想安養院才是第一個應該打電話給他的啊，這是故意留下蹤跡給她嗎？

回到窩，仍心神不寧，她打開母親櫥櫃，心想要再帶幾件漂亮的外套給母親。

哪裡知道此後她一天到晚接到安養中心的電話，她才知道原來可不是把母親送去安養院就了事了，更麻煩更瑣碎的事在後頭。比如母親一有狀況，他們不是先叫救護車，而是先打給她，等她來了才叫車子。母親到醫院若住上幾日，重新回到安養院不是立即送回原來的房間，而是必須先送到一個大房間隔離。大通鋪的床與床僅僅隔著蘋果綠塑膠簾，很簡陋，母親很受折騰。

平時母親吃的慢性病藥也得自己去醫院掛號拿，她覺得送母親去安養院自己竟還和以前一樣忙碌，且更忙碌。母親生病的頻率更高更密集了，彷彿這樣才能引起她的注意似的。之前母親住家裡時，至少還有外籍看護，送到安養院後，外籍看護就不能申請，母親到了醫院，就又剩下母親與女兒，她無法抽身去工作。她很懊惱，母親看在眼裡就說，把我接回去吧。

她說好，媽媽，明天我就聯絡仲介。這一聯絡就等上了好久，外籍看護大缺工，台灣照服員只能來幾個小時，就是全天候能來的，她也山窮水盡，實在付不起台籍的。

就這樣，沒有等到母親回家，卻等來了安養院的急急如律令，電話響都是壞事，從母親急診到母親離世，都是驚嚇。母親清晨在走廊上看著山色，可能著了涼，看護去送早餐時，發現已全身冰冷。

母親是看著她山下的房子離開的，山下的房子裡有著還在和夢神打仗的女兒。自此她就得了創傷弧菌，海洋母親螫傷她的副作用。她且得了電話響恐懼症。可惜的是她不知道後來電話響的另一頭有幾通是男人打來的，否則至少也可以開心證明自己仍有殘存的魅力。至於那個男人為何打電話給她？也許是因為感同身受？也許是因為懷念起大學的經典情人。所謂經典就是難以超越，但難以超越又如何？日子逐漸老去，提不起勁往往成了新關係的致命傷，沒開展就放棄。

她回到安養院收拾母親的東西，送了幾樣母親勾的毛線外套給老公主，本來忐忑老公主並不領情，老公主卻微笑收下，且對她說，難為妳了。她有點想哭，穿了那件母親最常穿的美麗外套，拉了張椅子學著母親坐在長廊外看著山色，山下凹陷處有一間房子，只剩下她一個人的窩。看著看著，直到後面房間一陣聲響傳來，新入住的老太太帶著小小包袱踱步到原來是母親的床畔。

她把椅子放回房間，看著老太太仔仔細細地收拾著小包袱。

聽見安養院照服員對那個老太太說，阿嬤就妳一個人？

老太太點頭笑著，一個人啊，一個人好啊，無牽無掛了。

走回一個人，要流多少淚，又得將多少人咬死在心裡？

這回，她徒步走下山，一步步走回有光的所在。這光埋藏著傷心，但至少光還在。

回到家裡，她將母親這個擱在心的包袱暫時放下，母親也把她這個老女兒的牽掛脫鉤了。她開始打開母親的衣櫥與自己的衣櫥，想起那個獨身老太太身上的那只小小包袱，世界就剩下一個人一張床一條棉被一小包袱，她覺得甚好。她開始丟東西，但不丟感情。花了一輩子才了解不放棄比放棄苦。脆弱時，要給自己更多的棲息地。但暫時不斷也不捨，但試著離，對世界與他人他物拉開些距離。

不說斷捨離，因這對她仍是「痴」人說夢。

代筆生

他下筆如有神，不是文筆太好，而是如有神助，每一篇他所寫過的結局都成真，於是他只好當不成文學家，因為會成真所以渴望好結局，好結局太像好萊塢，往往會破壞藝術性，少了文學必要的那種悲愴悲壯。

他希望過好人生的渴望勝過於對藝術的追求。

藝術需要榮耀、桂冠。藝術需要人捧，藝術需要被看見，這些他都沒有。

他寫的小說結局果然成真，父母親留給他遺產。日子不再煩憂經濟，就更寫不出來。

但他還是喜歡聽故事，故事還可以讓人延長生命，讓人萌生斯人也有斯疾的同理心，他到處聽故事，像是個臥底者。終於明白不缺錢才能開展第二第三第四人生，財務不自由，什麼人生都沒有。還好他下筆如神，給了自己一個好結局，也為父母和不合適的情人將感情入土善終。至於藝術？管他呢，藝術的那種悲劇性，他沒有，他要的是人生。反正寫作原本也只是興趣，既然那個小如池水的文壇沒有他的位置，自從他獲得故事結局一切成真的遺產之後，他也就不再發表了，只是偶爾仍塗塗寫寫，當真把書寫當成興趣。

有一天，他附近的一家地藏庵看他常去那裡翻善書，長得又文質彬彬，且看他常參加寺廟的文化課程，於是就問他要不要當代筆生。

代筆生？他第一次聽聞這種工作，他之前只聽過准考生。

廟方工作的阿嬸帶著他參觀代筆生工作之處，以前他每回來都直奔大殿或者敬奉茶水處的善書休息區，不知道廟的側邊才是最熱鬧之地，所有來祈求的人都要先過這一關，因為要寫疏文。他以為疏文都是求方自己親筆寫，但阿嬸說不是的，因為很多人當然自己會寫字，問題卻不會寫疏文，不知如何與神講心裡話，不知如何訴狀訴苦，所以疏文要透過代筆生。

他想這工作還真有點像是代書，人和神的仲介，代苦主寫疏文。

代筆室的長廊被切割成左右兩岸，讓他想起年輕時為情所惑也曾經去行天宮地下道問神卜卦的場景，天花板上的白光鎢絲燈，白色磁磚牆，用美耐板隔出一間一間的小房間。

右岸是櫃檯，要點燈要捐款要繳費的都往右邊櫃檯去，櫃檯比銀行櫃檯站的人還要多，旁邊有號碼機。他轉頭看左岸，左岸也有號碼機，但沒看到人，因為左岸被切割成一間一間的小室，問事過程雖簡單卻必須要有配備，一個辦公木桌，一旁有個小玻璃鐵櫃，擱著佛經與一疊疊粉白黃等顏色的Ａ４紙張，兩張對坐的辦公椅子，靠裡面的大張些，問事者的椅子略小張，都像辦公椅，像心理醫師的房間。代筆生房間之外的長廊左右岸中間，放置著像機場車站候機室的那種連排塑膠椅子，愛馬仕橘，十分醒目。大約是被人坐鬆了，連排的椅子只要有人起身或入座都會整個搖晃，像是集體搭船似的。

這座庵坐落在市區，四周都是高樓大廈或者老公寓成排，人來潮往，許多店鋪都環繞著這座地藏庵生存，紅塵萬里愁緒，獨庵神通廣大。這裡有一套完善的問神系統，他才知道以往自己隨興來拜拜根本是在狀況之外，包括他說的語言。

神的語言不是他一時能弄明白的，但人的文字他還擅長，當過廟公的父親以前就常教他寫疏文。

他還沒答應要當代筆生，那位長得像總是在談因果業力或者要人行善的阿嬸就把他拉進一間空房，指著辦公室說這就是你工作的地方。

等到他走進去才發現辦公室空間算是大的，設備也還先進，電話電腦印表機影印機都有。

他看著地藏菩薩望著自己笑，彷彿說信男你來了，他的父親靈骨塔大殿前也有這麼一尊。只是這地藏庵的地藏菩薩臉色昏暗，被每天鼎盛的香火燻黑了臉，乍看膚色倒有點像是關公，但眼神眉目多了低垂的慈悲。

他才屁股剛貼到辦公椅上的沙發布面，還沒坐定，阿嬸義工就幫他按下燈號，他聽見廣播聲音喊出跑馬燈上的號碼。要接單了？阿嬸說對啊，不然咧。

你結束一個可以稍微整頓休息一下再按下一個號碼，三個小時換班喔。阿嬸指指櫃子，要寫的疏文單子都在上面，疏文你很熟的。

跑馬燈閃過一組數字時，他聽見門外長廊有人從塑膠椅起身，他瞬間有種自己在義診似的錯覺，診斷業力困擾與身心愁憂煩惱苦楚。

隔壁的代筆生是頗有些年紀的歐巴桑，看到壯年的他加入很高興，去上廁所經過時還進來打了聲招呼。

上年紀的人容易跑廁所，他想著，聽著門外朝自己這間走來的腳步聲，腳步聲步伐小且老沉，應是有點年紀的女人。

門開，卻露出一張頗為年輕的女生臉孔，那個瞬間不知為何他的心神有點被搖晃了一晌，他不清楚這種漣漪似的晃漾，也許是因為和剛剛想的反差太大，或者他沒有想過來問神這樣古老行為的也有輕熟女之類的漂亮女生。女生穿著一身黑衣黑褲，只差沒戴黑網紗帽，彷彿才剛從某個告別式離開，進行過冗長的誦經上香跪拜的繁文縟節，身上且飄著一股檀香味。一個時間停滯的人，這使女生年輕但也使女生老化，空氣隨著她走進，飄進一陣風，哀傷的風。

女生進來，他示意她坐在對面的椅子。女生坐下後，忙著把手中問神的事情遞上訴狀，彷彿急切要把哀傷給送出。這庵特別，要到代筆室之前，必須先擲筊取得同意，需燒多少金銀財庫也都問好了，進代筆室只是待寫上達神佛下通幽冥的疏文。

他接過一疊不同顏色代表不同路徑的願望。他以前自己也來這庵拜過，但沒看過要燒這麼多財庫的人，就好像一次要抵達許多旅遊地的通行證費。

他看著，有要燒給嬰靈的，有要超度歷代祖先的，有要補充財庫的，有要脫離病苦的，有要燒給冤親債主的。每一張都有兩份雷同的，他皺眉看著，女生忙說一份是母親，一份是自己，說自己時聲音小聲到就像蚊子飛過。他習慣皺眉，看起來嚴肅，但其實沒有別的意思，女生誤會他要寫的疏文太多而不耐煩。

他因新手，忘了要微笑，仍按自己本來的樣子說著，小姐，妳要超度母親的歷代祖先，但母親要超度的歷代祖先，和妳的姓氏完全一樣，那度一家就行了。

女生完全分不清楚父姓母姓的祖先不同似的，誤以為他不願意寫，聲音突然因為急促而拔尖了起來。

我要替媽媽單獨超度歷代祖先牌位。

那妳就要寫媽媽的姓氏，妳媽媽和妳的姓不同吧。

不同，她了解之後，聲音又變回正常頻道。有點臉紅地接過他手中寫錯姓氏的單子，改成母親的姓氏後，女生又將紙推回給對面的他。他看了看說，妳媽媽要超度的歷代祖先應該地址也不一樣啊。

她聽了又開始面紅，只差還沒耳赤。我不知道我媽媽老家的地址，只知道雲林。可以只寫雲林嗎？

這樣不行，他想這女生怎麼那麼天真，雲林那麼大，怎麼迴向給她母親的祖先？他沉吟了半晌說，妳可以打電話回家問啊？

女生聽到打電話時突然生氣地說，怎麼這也不行那也不行？我覺得你好像很不願意幫我忙似的，你根本就不想幫忙寫疏文。

他被指控，也生氣了。小姐，我是好心怕妳迴向文寫錯地址，那麼就是燒了疏文也沒用啊。

女生這時才又和緩了些，聲音又變回小聲，低聲說著你知道會來問神的幾乎都是走投無路的人，那種痛苦你了解嗎？我能問就問了。

他瞬間理解自己太公事公辦了。他隱約想女生的母親不是昏迷就是植物人，或者無法開口說話的失語者。於是他想了想就說，妳知道雲林，可以更縮小範圍嗎？比如哪個村哪個厝？至少比較迴向得到。女生想了想點頭，就寫了村。抬頭看他仍皺著眉，有點火大又說，這樣又不行了？

小姐，我沒說不行，我是想妳還是要拿著這張疏文去擲筊一下，如果得到聖筊，代表妳寫這樣是可以的，歷代祖先應該收得到。

女生鬆了表情，心想為何這男人講話要分段說，又想自己真倒楣，這麼多代筆室，每間代筆室的玻璃窗裡都坐著看起來慈眉善目的阿姨，一種老江湖似的替人代寫疏文，怎麼她偏偏遇到長得像武士的冷面男，一直小姐小姐的叫，聽得她煩。

他還沒細想，這女生就忙著拿新改寫的疏文單出去再次問神，等待時間沒有按下一號，他倒帶想剛剛自己所言，察覺自己確實忘了他人的苦楚，一心只想照表操課的樣子，少了溫度。女生的苦是什麼？

女生很快就走進來，臉色愉悅，神說ＯＫ。他聽了面部柔和起來（神也說英語），感覺女生像是進入便利商店似的。

歷代祖先疏文寫畢，寫發財補財庫文，這容易，也很快寫完，求財求康都容易寫，寫要離苦得樂迴向冤親債主時，他問女生母親狀況，女生一一道出母親漫長的臥床時間，如何壓垮母親與自己等等，期望冤親債主冤消釋解，祈求無明造作時的錯誤，期盼神佛面前和解，解脫輪迴之苦，同生極樂。他聽著練習微笑著，心裡想，女生的詞彙也可當代筆生了。

講到超度嬰靈時，他照表操課問，母親要超度幾個？女生聽了想，完了，這眼前的男人若聽她回答不知道時，也許又要皺眉不悅了，萬一疏文寫不成，也無法燒了。其實她哪裡知道母親有幾個嬰靈，但她知道母親確定有失去嬰胚，少女時母親曾有回肚痛返家，她聽見母親發燒囈語，就是失去胚胎。她想度多總比度少好，於是以三作為多數代表，就說了三個。他聽了點頭，清清喉嚨又問女生，妳的要寫幾個？她吞吞喉嚨的水，痛苦艱難地吐出三個，她其實也不確定，她連自己都不確定，吞事後避孕藥是否也算？她寧可度多，也不錯過一。

男人不知她的心思，心裡忽然一驚，這世代的女生的每樁愛情背後都是傷害啊。但他不也曾傷害過女生們，難怪剛剛他見女生推門進來那一刻心神晃蕩，女生讓他想起大學女友，沉埋在心海如古船的傷害，默默地離去，靜靜地流淚。她曾為他失去一個孩子，當時大家都太年輕，誰也不敢說留，無知的年代。

那也是他第一次來地藏庵的原因。

兩個新手在代筆室彷彿度過好幾世似的漫長。

女生拿著疏文要起身前，他突然跟女生說，其實我下筆如有神，把妳真正的願望告訴我，我寫一定會實現，不說妳真實發生的事情，而是按妳的願望所想。

女生聽了終於對他放鬆整個下午繃緊的臉部面龐，心想原來自己是幸運的，是被神眷顧的，真正的神代筆人在這裡，字有靈魂的人才能替她上通神下通鬼。

那我們總不能約這裡吧，女生環伺這生冷的代筆室。

加個賴吧。女生竟爽快地將手機介面打開，遞到面前等他掃圖加入時，他瞥眼見到手機畫面有個戴鼻胃管的女人照片，痛苦的神情讓他更毫不猶豫地從抽屜取出手機，心想剛剛阿嬸沒說不可以和客戶加賴吧。

但他又想如果來的不是美麗的輕熟女，他會這麼熱忱嗎？

他失笑地想著，將手機框框對準另一個框框，掃圖如天語，兩個手機像是創世紀手指要一觸即發似的虔誠。

父親多年前就無法為自己辯護任何一件事了，他無能再說出一句完整的話，之後更是失語如靜默的繭。父親無法描述自己，早已踏入死境。

在擁擠市場亂象叢生裡有棟非常不起眼的頹圮公寓，聲波在暗巷迷宮交錯，如午後的傾盆大雨，陰陽離子撞擊。只有夜晚到來，白日騷動才逐漸隨著夜色增濃而潮退。

他在白天所武裝的自己，到了夜晚也開始搖晃基地。

很多年來，他推開家門，迎面會習慣聞到矮暗不見光的腐朽氣息，四周昏暗，只有電視螢幕發亮，且發出呻吟的呢喃聲，那是還有彩虹頻道的年代，螢幕不很清晰，裸男裸女交纏還算清楚。假皮沙發的高背遮住了觀看者，他當然知道是他父親在看電視。他在玄關緩慢地脫下疲憊一天的臭鞋，皮面發出窩藏一天的汗味。

他不慌不急地走到客廳，且不看父親一眼。波特萊爾說每個時代都有兩種力量，走向上帝的力量與走向撒旦的力量。暴力無所不在，語言的行為的意念的，他邊走向房間邊想著波特萊爾。關上門，他聽見幾聲飆高又墜下的浪聲，打開電腦，他想寫字，他想著父親對肉體的慾望，或許這也是一種存在？

那是還沒倒下的父親，才五十幾歲就失業了，自此把自己囚在藍色的螢光之後。父親也沒看他，父親是因為上了年紀看著看著就打起瞌睡了，記憶開始退化現象，不論看電視或是聽別人說話時容易打起瞌睡，但真到了夜深，他可能反而成了失眠人。

即使他放低了聲音，但父親很快就醒了。父親像是從古老溽熱的夢裡泅泳而至的茫然，關掉電視，慢慢踱回房間。

這戲碼演了好幾年，直到彩虹消失，父城崩壞倒下。

都說男人喪偶很快就會有女朋友或者再婚。偏偏父親更像女人，或者刺鳥，父親早把胸膛讓妻子給狠狠插進去了。

不知是否太思念妻子，父親變得怪怪的。他的父親曾經被當神經病，因為他經常拿著紙筆不斷在路上喃喃自語，一個想寫字的人，但沒有人看過他寫下什麼。也許父親幻想自己成為大詩人，可以在廣場上塑成雕像傲立人間，他的海馬迴區殘存著未來的自己是個偉大詩人的幻覺。父親的妄念，還曾希望生活的負面可以變成寫作的繆思與動力。

但父親什麼字也沒寫下，父親只在悔恨的淚水中不斷地洗刷懊悔惱恨的瞳孔。而父親的兒子還沒復仇就開始過起為父親把屎把尿的人生。

起先父親需要被餵食，父親再也拿不起一支刀的重量。失力的父親不再暴力，失能的父親轉為無能，像是有預謀似的，父親無能再轉為不動的人，他覺得父親是故意不讓兒子有復仇的機會，誰會對一個老嬰兒復仇？誰會對一個弱者示威？

父親從一條管子變成一束管子，鼻胃管、點滴管、導尿管、胸腔導水管、呼吸氧氣管，老嬰兒管管大人，不是管管大詩人。

自此父親沒有機會悔恨，且可以理所當然地原諒自己。

可悲但也無可奈何的是他的兒子，這個兒子自覺一生謹守分寸，不讓自己犯錯，因為只有不犯錯才能彰顯父親不斷地犯錯。他依然為父親仔細地把屎把尿，愈是這樣，他以為愈是復仇。

為父親把屎把尿之後，兒子躺在地板上，看著天花板逐漸長出一張臉的霉，有時也像天書。他試圖為父親脫罪，開始想父親是否是因為失去妻子才喝酒，又因為酗酒才控制不住暴力的？

他經常窩在廚房旁的小餐桌寫字。小小的桌子與矮矮的板凳，他以前說不出口的話都用寫的，他用可以不留痕跡的筆，擦拭過後就塗銷一切，他只是要述說，但沒有要留下，只想發洩，但沒有要留下證據。

反覆書寫塗銷，清清楚楚的細節變得模糊一片，逐漸消融在時間的旅程之後，兒子對父親的同理心才能有那一點同情升起，以此支撐前面的崩壞，指向後來是有路可走的路徑。

起先他以為父親的病是一場詐騙，像八卦雜誌署名莊孝維的那種裝。有病就可以繼續混日子，蒙混以前的混。騙久上癮，果然真病，且一病不起。

父親還沒倒下前，父子沒有接觸的任何點，他習慣跟貓說話，父親習慣跟牆說話，因為牆上有年輕的母親，溫婉朝著父親笑，也是一種時間的詐術。

他不照鏡子，因為鏡子被父親的手撞擊碎裂，他只要照著就看見四分五裂的童年，現實不在鏡子裡，現實在那些永遠躲在暗處的瘀青。酗酒之害，讓父親面目坑坑疤疤，且不再像是一個父親。

後來他的小餐桌被父親摔壞，他就開始學著用嘴巴寫字，對著手機講話，不再用筆寫字，講過之後刪除，或者夜晚再聽一回，決定去留。錄音比寫字更陌生化，通過聲線的陌生，彷彿是他者敘述的人生。

他的父親曾是大樓機械車廠的技師，某回機械車位沒到定點就停住，父親又因前夜喝酒，眼茫心慌踩空，頭部撞到受損。受損之後，父親繳械了暴力，開始成為被命運施暴的人。

父親經常覺得這邊痛那邊痛，醫院成了父親常逗留之處，也許醫院是父親回憶母親最後之地，父親藉此想念母親？為此，他開始同情父親。

他也開始學得不完美，不完美才能像父親。

有生命的東西都會被父親殺死。

於是他去玉市買了一對銅貔貅。

聽說貔貅可以咬錢進來，窮得無路可走，把貔貅當成解脫貧窮的渴諾對象。貔貅說是龍之九子，他常想龍族好厲害，可否幫幫他這個人魚。他這尾魚，春天出生的柔軟之魚，渴望變成龍之剛強。

龍很愛乾淨，他常幻想自己也曾生活過的海，即使現實的海常逆襲他。

貔貅給他一種心的奇妙安慰，好像摸了貔貅就會滿屋盡是黃金甲一般的閃亮熠熠，希望滿滿。加持過的貔貅上面有個小紅硃砂，檀木刻成的貔貅呈飛天狀，三根手指大小，公母成對，放在他的案上，每天他跟貔貅說話，說的都是反覆的進財貔貅，我是你的主人，幫我咬錢進來，幫我還清所有的負債，幫我把父親體內的暴力與酒精毒害趕走。

上千個日子，貔貅依然是木刻動物似的，沒有幫他太多忙。直到父親快要上路了，貔貅忽然搖身一變成為木刻神，貔貅咬回幫助長照父親的保險金，卻無法咬回失去的人。

那些被父親打爆的魚缸，摔飛的蠶寶寶，壓扁的烏龜，都像是童年的汽車模型，不再有生命力，也不再讓人仇恨施暴者了，施暴者已經稱降，雖然還沒道歉。

他在窗台放乾燥花，重新養貓，將蝴蝶標本放進環氧樹脂封印，悼念。男生放乾燥花，男生養貓，諸此種種，他父親討厭，他喜歡父親討厭的事情，但也喜歡父親喜歡的事情，比如看著牆上的母親。

他喜歡死亡就在隔壁，死掉的花，死去的蝴蝶，死去的母親。這樣可以提醒他的生，稀薄的空氣裡仍有昂揚的可貴慾望。他習慣被霸凌，沒母親的娘娘腔，老是被揍的人，他的好友都是亡者或是不說人話的昆蟲與動物。亡者紀念物還包括自己那張四歲的照片，瞪著前方看的照片，那年他失去母親，那年他是死亡的蝴蝶。

父親過得自私，兒子活得私密，孤獨讓他們沒有遺棄對方，寂寞出賣了自由，綑綁他們。童年是父親綑綁兒子，被酒精毒害失去理智的綑綁。晚景是兒子綑綁父親，他將父親的手套上約束帶綁在床架上，合法的綑綁。五花大綁的父親只有眼珠子轉來轉去，卻轉不出一方天地，父親逐漸放棄掙扎。電動床成了他唯一可以控制父親的領地，他的細心照顧使父親愧疚嗎?他試著進入父親發黃的瞳仁，卻只看到深淵的空洞。

他在多年之後，拿出小小筆記本想要重新書寫。他告訴自己書寫必須基於寬恕，他提醒自己救贖來自慈悲，他試圖遺忘暴力，於是他的筆記本打開後一直空白。

他聽著父親不斷如海浪的呻吟，襲來的痛苦之浪如夏蟬將衰的激情。

等待把自己帶到世界上的眼前這個人徹底離開，化為一縷煙燼前，他想再也不寫下任何一個字，如果禁不住手癢而寫下的字紙，他想將紙放在父親的枕頭下，也許可以傳輸夢境給逐漸成繭的父親，被暴力父親燒死的繭，都化成追魂的幽冥無常吧。

屆時所有的字也都想奔逃吧。

晚安，父親。

他寫下目前能寫下的，可以被後來者閱讀的字句。

父親，晚安。

美麗的復仇，不美麗的苦痛。

老少女熱島嶼

盛夏真不是人過活的日子，她覺得自己每天如風般地被打過江又打回岸上。八風吹不動，八風吹又動，感覺自己花了很多時間生別人氣，花了很多時間感慨生老病死，花了很長時間才走出臉書按讚圈的假象。她發現自己開始無聊地忌妒起臉書上的陌生人都過得比自己好，連別人的自拍都比自己假得美，連衰事都比自己的哀傷。自己獨處，她可以不必遮掩地仇美憎富恨年輕人。

但這些她不是也都曾有過嗎?而且還正在擁有中，只是害怕流失，提早把自己說老。

老少女，中年阿姨，新潮大嬸。她才剛躍上姨的擂台，還沒適應。嬸的擂台，虎視眈眈摩拳擦掌，她還很陌生。

轉眼很多事沒做，熱氣入晚仍沒轉眼。

快要邁入大齡了，都還靠腰父母，是活該，但房價更活該，誰買得起？雨下太大的時候，她的書房會淹水，她的書房在加蓋的三樓頂樓，母親一直將違章建築給於母親看起來最不重要的書進駐，還有她這個產量差的女兒住。頂樓加蓋沒有裝冷氣，母親說妳要吹就下樓，難道還要老母親上樓啊？母親轉眼要逢九，低調的六十九，看起來一副要和女兒比老，和女兒要天長地久的狠勁。

她覺得母親一天到晚走動街口里鄰，就是想把快望四的女兒嫁出去。

遲暮者總感惶惶。

母親還初一十五地前拜後拜，拜天神拜佛祖拜地基主拜死去的老公，祈文裡總有一項：要菩薩和媽祖婆幫個忙，把快要變老姑婆長出豬公牙的女兒給嫁出去。

她在臉書寫她有一個最勤於走動鄰里最善於拜拜且還是天下最大省的媽媽，有人留言問她天下最大省是在哪裡？

她寄了一個翻白眼到天邊的圖像過去。

傻啊，在足感心的全國電子。

她真的好需要足感心的電子產品，但用了洪荒力量也召喚不到裝冷氣機的一天。錢不是主要因素，主要是頂樓加蓋的材質，工人來巡過，還真心說了真話，裝了也是熱，且電費驚人，母親聽了說算了，要吹下樓，更省。

裝不成冷氣，又不想下樓和母親見面容易吵嘴，她去買了掛在頸上的小圓形攜帶式電扇，像是冬天遮耳的小毛套。買了加裝冰袋可以吹出冷氣風的電扇，但還是熱。

一到夏天，她和母親就紛紛從恐老變成恐熱。恐熱季節，恐同恐婚恐老恐病，她的時代，恐和病彼此掛鉤，成了關鍵字。

頂樓是不吸金但吸熱的鐵皮屋頂材質，陽光下一片銀燦燦，像是母親口中掛著幾顆為了省錢而鑲的銀牙齒，彷彿母親一張口就可咬下鐵餅的錯覺。

三樓加蓋鐵皮屋，沒有隔熱，沒有隔音。熱島嶼四周沒有降溫的海水，環繞的是八卦如海潮音的一襲襲不斷電的聲波。整條巷子裡最三姑六婆的人家剛好就在她家左右和對門，因此每日每夜都是噪音如盟軍轟炸。對面的兒子娶的越南新娘生了三個，左右兩個隔壁人家的阿嬸跟兩個不嫁的老女兒最愛玩對面的小孩。對面那一戶的家門口就是整條巷子無聊阿嬸們的聚集地，只要有小孩哭鬧都會過去攪和一番逗弄，小孩哭聲愈大，她們就愈有存在的快感，這種快感可以填滿她們的空巢。

對面的人家是超級大嗓門，說話都用吼的，越南新娘分貝更高，跟沒嫁的老公姐姐一起嘰嘰呱呱叫，兩人彷彿在玩分貝比賽。魔音傳腦，加上超級酷風熱氣，總是把她轟出門。

祖父以前常對掛著耳機的她說，要把所有聲音都當成觀音菩薩，觀音因耳根而得果位。如何因耳根而得果位？妳怎麼沒接著問？祖父笑說。她根本沒聽懂什麼是耳根什麼是果位？佛桌上擺著很多水果，是那個位子嗎？

耳根成就是必須訓練自己聽到外境任何聲音都立即返聞自性，入流亡所。好難啊，聽到阿嬸的分貝實在很難想成是觀音再現。她繼續戴上耳機出門，同時為那三個被玩的孩子感到抱歉。長期內心養著一股鼓譟，太緊而有崩裂感，很難再忍耐的極限快要抵達臨界點，只要這個死亡線快出現了，她的理智就告訴她上山去找祖父吧。或者喝點手機上老是被轉傳的金玉良言心靈濃湯。這種濃湯像止痛藥，瞬間止痛但不會根除，且會引發後患。

但她沒膽，萬一被老媽趕出去，自己連個落腳地都沒有，靠腰族還是好的，只是轉眼竟也要邁入大齡盛女，每個月的卵子都在流血哀號。但人生卻什麼故事都還沒發生，轉眼就要跳到姨嬸擂台，等著淘汰被丟進黃昏市場，她真哀怨。

真的好熱啊，要保持清心自在真是愈來愈難了。去咖啡館，瞬間從自動門吹進臉的空調，常讓她感激得想要流淚，這才是猛暑人過的生活。夏天她看起來就像個小男生，好在短髮救了她，頸臉不會太燥熱。但到了冷氣房，頸部一陣冷，就好想像長髮女生抓兩撮頭髮遮冷。人真麻煩，總是幻想自己沒有的東西。但她倒是不喜歡大胸，雖然她對一瘦身就瘦到胸部而懊喪，近來實踐不吃零食，使她看起來更如洗衣板了。

怪怪，為何有的女生那麼瘦胸部卻仍那麼大，難道她的胸部是盲胸，脂肪不會挑這裡堆。兩碗肉胸快變成兩碟小菜，這唯一的好處是可以減少她的男友對她像小狗發情般的飛撲上來，也許可以趁機甩掉他也說不定。男友其實比較像是情慾對象，當心理諮商師，在大學輔導室，到處是美麗少女走動在他眼前。至今能克制是因為他的職業倫理，絕對不能跟案主談情說愛，大忌更是發生任何關係行為。

沒胸部的女生喜歡穿白襯衫，她就是屬於這類的女生，孫儷樸素版，眼睛小一點鼻子低一點皮黑一點。乍看會有一種孫儷類型的感覺，俏麗可愛，但其實那只是偽裝術，她裡面很暗黑，屬於太宰治級的，只是死神尚不屑看她一眼罷了，所差只是她不會實驗死亡，且渴望要活就要活得好，只是沒錢很難。她很無力，但並不特別覺得必須去處理活著這件事，活著是很自然的，呼吸不需要提醒，是不呼吸才需要提醒。

比如鍛鍊無氧運動可以減少內臟脂肪，無氧就是暫時閉氣，整個腹部凹下去，然後緩緩吐氣。這需要提醒與訓練，但呼吸就不用。

她知道最根本的是自己也不知道在跟自己拗什麼，都說站久了戲棚下就是你的，但要站多久？而且要那個戲棚下的位置幹麼呢？看台上清楚有何意思？自己又不是演員，當觀眾別跟著喊燒。總之時間久了很奇怪，就像走路走很久，就因為走久了若才叫計程車會很氣自己一般。總是她經常熱到臨頭了，想下樓又想算了、再撐一下，反正要出門了。不是都說啟動時最耗電嗎？被母親叨念會毀掉她的一天。

就像某次搭公車去敦南誠品聽演講，幾站過後就知道搭錯車了，因為眼見離那棟看起來很像外星人的一〇一愈來愈遠，但不知為何竟然想，等等公車就會繞回去的吧，她竟懶得起身，硬是一路搖著搖著，等到乘客落盡。司機停下來，轉頭大聲說欸，小姐，過重陽橋就到終點站了，妳到底要去哪裡？她才倉皇下車，眼前是哪裡？她要去哪裡？她明明要去東區，怎麼跑來西區。到處有流浪漢，這裡是哪裡？老松國小，抬頭見到站牌。

想到這裡也哀嘆，敦南誠品都按下熄燈號，那是她遇到不少假文青男友的地方。以前被她老媽數落說很固執時，她還會生氣，覺得自己明明超自在的。自在，笑死人了，自我感覺良好也不要隨便用這兩個字。對，她不能隨便用，她只是每個月經常用好自在的女人，她的祖父才配稱自在吧，他後來出家了，送終太多人，整座小村的人都在他的手裡走完色身最後一哩路。

祖父見過太多奇奇怪怪的死亡方式，辦過太多形形色色對葬禮的要求。有堅持要平躺在地裡的，有要灰飛煙滅往海裡丟的（自覺是聖者或不在乎紅塵者），有要燃燒成火鳥的（最後沒有變鳳凰），有要樹葬的、花葬的，棺材從昂貴水晶貼鑽或檀木到便宜幾塊板子都有，祖父跟她說死人比木板還硬。

祖父最後一次埋首將他的妻子親葬之後，就像賈寶玉般出家了。

她之前的男友說她某種程度是有被虐待狂，且是不見棺材不掉淚的人。但棺材她可見多了，祖父家開傳統葬儀社，就是送亡懶人包，全部涵蓋，從死亡那一刻開始到色身終結的最後一刻，包山包海。連棺木都親自打造，因此裡面躺的人可以吹冷氣，活人卻不可以吹冷氣。她一點都沒有遺傳到她祖父的嚴謹與瀟灑，她有的只是偽裝成瀟灑的散漫。她總是要燃燒到最後一刻，好像這樣出來的東西特別燦爛，她所謂出來的東西就是她的寫作，沒有人在意的文字工作者。文字工作者是很奇怪的職稱，常讓她聯想到性工作者。

祖父出家前跟她說，如果像妳這樣散漫，我的棺材店早關門了。死亡儀式跟日子有關，好日好時才能進行，看日子看時間，祖父的腦子就是鬧鐘。

受祖父薰陶，她也經常反省自己，但反省歸反省，看起來也沒有真要改的樣子。覺，真的好難啊。覺了之後的行動，也好難啊。人的念頭，要無時無刻保持澄淨，真的好難啊。

但睡覺的覺卻很容易。念頭來來去去，都說要止念，不思善不思惡。

她的男友於她只是短暫過渡期男友，關於這一點男友不知道。她曾在夢中見過一個男天使，後來她一直想男天使有天會出現在真實的生活中，但都沒有。

她在少女時期曾把夢中所見的男子描述給祖父聽，祖父聽了沉吟了一晌，忽然說妳說的這個男子昨天才把他的骨灰入塔，難道魂魄沒跟去塔位？

早知道就不該讓妳跟去。祖父又喃喃自語。

那時她曾跟祖父去命案現場收屍，祖父要去當現場清潔師，但沒想到遺體尚在，而她也跟著不小心就看到了遺體，然後好幾晚都無法入睡，倒不是思緒紛亂，而是老是有個男子站在她床邊。但長相俊美，而且溫柔。後來又過了半個月，連祖父都忘了這件事了，聽她描繪，嚇了一大跳，跟她說這不是天使，但她仍認為是天使。後來她不知聞了什麼香就睡著了，接著醒來就忘了那個遺體，但仍記得男天使。

在交友網站認識諮商師男友，兩人約在敦南誠品見面，會答應見面就因為他網站貼的照片頗像男天使，現場一看卻不像，使她心裡有點意興闌珊，但日子空白，需要一點色彩，如此就成了情慾著床對象。她很怕這個男友會像是她搭錯公車卻懶得下車的結果，明知錯愛，動力卻一直沒提起，時間移往，懶惰更深，然後又會想都走過一年了，再走一年吧。就像車過一站，又想再過一站也差不了哪裡。祖父有送亡懶人包，她好想要有愛情懶人包。

說來是懶惰還是個體的選擇？

或許人不這樣追求，但即使明知無意義的付出，也會繼續做，就為了感到自己還活著的妄念。就像祖父送終的那些人，不拖到最後一刻，也不會情願在棺材前掉淚。嗚嗚。

以上。

她又加了這兩個字。

這是她參加寫作班的擬仿小說的作業，她很喜歡來這個寫作班，因為她是裡面最年輕的，不像她在公司是最老的。寫作老師很讓她舒服，老師長得嬌小，但臉書的每一張照片都讓人以為這老師看起來很高。她跟他們這群大齡熟齡老齡學生說要培養一件興趣，免得老了面對漫長時間無所依。老了時間會變得又快又慢，該快變慢，該慢變快。老ㄙㄨ，妳還沒老怎麼那麼清楚？她聽到有個阿嬸這樣說。有個阿嬸分享怎麼度過慢時光，看手機上的購物網站最感到時間飛逝得恐怖，光是比較哪個東西想買就過了一兩個小時，吃東說西的，真正是一晃就肥了，老了。

老師，我廢話好多，某個學生跟老師告解自己老寫過去。

老師說，廢話有其必要，你們想寫什麼就寫什麼，先這樣，不阻斷念頭也不強求念頭，像打開水龍頭，一直流，流到沒水滴了。

她看大家都寫不長，但用嘴巴寫作卻每個人都說不停。

你們先寫快樂的事，女老師怕老學生們受不了寫暗黑面的打擊。

但她很暗黑，且沒有快樂的事。

祖父與男天使，她的標題。

文不對題，老師在台上說。

老少女熱島嶼，改成這題目呢？妳的鐵皮加蓋就像天際線上的熱島嶼，妳應該鎖定少女時光來寫，少女學現在很夯，且都是比妳年紀還大的女作家在寫少女，故作年輕，妳不用故作就很年輕。

真的嗎？我不是看起來很臭老？還有，少女就少女，幹麼給我加上老少女？

妳還是先寫快樂的事，寫快樂的事作為打底，才會有繼續眺望生命風景的回憶能量，快樂讓人看見光，接著再航進暗黑汪洋，如此也不會覺得暴風雨吞噬人的可怕，不會擲筆而去。

她聽著老師又補述的話，想自己的少女時代應該不比現在快樂，但她一時之間不知如何回答眼前這位看起來也還很少女的指導老師。

窗外夏日遠方雷聲彈了幾聲，像森林低吼，無垠的晴空裡飄來幾朵烏雲。

我是來這裡吹冷氣的，她忽然明白為何她在這裡。

老了就是該快變慢，該慢變快。

她想如果是這樣，那麼自己應該也老了。

三十幾歲就把自己捏出老臉老身的人。

她看見老師在白板寫著下次寫作的題目，關於老後。

她是否該離開寫作班了？她想是否應該找媽媽來上寫作班才對。該去探望祖父了，聽說他要從禪房出關了，她真不知道為何他要把自己關起來？監獄那麼多，都是關罪犯，祖父犯什麼罪？他去閉關前在桌上寫：心若滅亡罪亦亡。要她想這句話，說是他唯一可以留給她的遺產，她好希望祖父留給她的是房產。

禪是什麼？饞讒纏，闖不過就是自關三疊。

不知道把自己關起來至少超過百日的祖父，是否已成仙？修道者神通可隱身可縮小，甚至可引內在真火自燃。她近來都沒再夢見過少女時期坐在她床畔的男天使，連他都離開了嗎？

離開寫作班，走到家的巷口，手機突然大作，介面上她的現在式男友敲著字：今晚摩鐵見。

她又高興又頹然，高興的是不用回鐵皮頂樓去烤身體，但又頹然想她燃燒色身幾回了？回到頂樓加蓋，放下背包，打開衣櫥換了件性感洋裝。

心若滅亡罪亦亡。

身若入空身亦無。

離開前她在過去祖父的書法字旁用她孩子氣的字學著祖父寫下這句話，然後套了布鞋，下樓準備騎她的小綿羊去汽車旅館，沒有汽車的機車族也有摩鐵的春色無邊啊。

母親看見女兒從巷口穿進又駛出，母親在後面大聲吼著，妳又要去哪？

去吹冷氣，她回頭喊說了一聲。

拜拜，把女兒推往摩鐵的天下最大省的大人啊。

老骨肉

妳是腦部發炎，代謝科醫生說。
妳是心裡有個黑洞，所以要靠嘴巴填滿，心理諮商師說。
妳是欲求不滿，慾望是最危險的，宗教大師說。
妳討好別人的目光，因而抵抗肥胖，害怕衰老，不願青春消逝，另一種薛西佛斯，肥胖變瘦，瘦又變胖的循環，徒勞無功。臉書長輩文寫。她也是另一種長輩，經驗質夠多就會變成老生，變話多的人。她不是年齡的長輩，卻是心境上的長輩。她在抗肥這件事上已成老生，真正的老生，很有經驗。

直到她真正受了傷，以前的傷都沒有這次感覺那麼刺目。那是某天她去咖啡館，這間帶點文青味的連鎖咖啡館在夏日生意總是好到爆，鄰近又有學校與國宅，社區人與學生全跑到這裡，把咖啡館當圖書館與辦公室，有冷氣，一杯六十五元咖啡，甚至不點咖啡也沒人管，可以一坐坐到打烊。她太晚去，或者去的時間剛好學生下課，只剩那種看起來像會議桌的長桌還有一個空位，空位上被放著學生的背包。她只好擠過去問著放背包的人說，請問這裡有人坐嗎？

學生很不情願地拿起包包，因為實在沒地方放了，加上來的又不是美女。

尷尬的事發生了，背包雖然移開，但她卻坐不下，這長桌的位子實在排得太密了，幾乎無法擠進她的身軀，她從沒坐過這種長桌，不知道這種空間對自己的屈辱。

就像車位太小即使免費也只好悵然放棄之感，喔，不，比這嚴重太多，因為會坐到長桌的都是年輕學生，他們自恃青春無敵，笑談他者簡直都帶刀。

她以一種不了了之的神情放棄，但心裡緊張冒汗，近乎落荒而逃。彷彿後面有一群鬼追著她。

拎著一個背包行李站在街頭，胸衣裡淌著汗，我又胖了！這念頭跑進她的意識。幾年前她和某男在一起時，也有過這種下意識的胖感。

母親看她走路的樣態不過就那麼一瞥，就說她已經有男人了吧，她瞥了一眼逐漸蒙上的豐臀，關於逐漸明顯的小外八字腿形，像是一種變形證據。

但實情不是像母親想的那樣全然。畢竟身體變化並非完全是賀爾蒙，許多時候是因為愛。她感到內心有愛時，胃口總是變好。而且最初她的這種胖感只有熟悉的男人才能夠以手丈量出關乎她的身體變化，就像她必須依賴胸衣或褲頭的勒緊感才知長肥了。但已然被撐大的胃早已是個巢洞，不時需要填滿，否則感到飢腸轆轆讓人容易躁怒，填也填不滿的空洞。可恨的是只要上網查過減肥訊息，往後就經常跳出各式各樣的胖子從六、七十公斤變成美魔女四十五公斤的廣告訊息，之前之後的照片對比就像除皺照騙，買了一堆什麼膠原蛋白，怎麼吃怎麼沒變，只是錢變瘦了。

和母親一起凹陷在沙發上看電視，嘴巴大口地丟進爆米花洋芋片。

母親突然打了她的手臂和臀部一記，並發出某種見了恐龍怪物之類的尖叫，她說妳什麼時候胖到手臂來了，手臂胖就是老的象徵了妳知不知道啊？說著並打掉了她手上正吃得一手油滋滋的巧克力麵包和奶油甜甜圈。

不量體重不注意身材，妳等著肥死啊。

妳看起來老就沒人追了，母親又說。還在等待從女兒這裡回收一點什麼好處的母親很是擔心這個女兒逐漸不在乎自己外表的隨意。隨意有好處，沒看女兒煩惱，但換成做母親的煩惱。

妳的氣質看起來不像讀中山女高的，比較像是讀育達的。

她突然想起在高三時曾因為考大學的壓力過大，導致發胖的那年遇到某校社團聯誼時，某個初識的男生曾對她戲說的話，乍聽輕鬆，卻是一身的諷刺。之後大學四年肥胖症因有愛情而被嚴格控管住，再次發胖就是現在，因為戀情遠去而得了不斷吞嚥咀嚼症，無意識的嗜食。

母親給了她一張名片，上頭寫著考試合格整脊師與針灸師。

她正巧那長年掛在電腦桌前的腰椎在發痛著，還有她過去在漢堡店打工時站得兩腿發痠的痼疾仍不時現身和她打招呼。尤其是晨起時，總覺得爬下床鋪是一日酷刑之始，痛是一種提醒，提醒她還活著，應該感恩。但她感恩後，痛還是繼續侵蝕著她的神經，這就無法再感恩了。任何事情超過一個平衡程度後就都堪難忍受了。一如小時候大家都覺得她可愛，現在她一點也不可愛，甚至在瘦子世界備受冷落與歧視。

名片的地址印著五股。

她騎著她的小綿羊，從三重疏洪道一路馳去。阿爸曾在這裡租田種菜，蔬菜田旁的土地公廟和百善祠已遷，昔日蠻荒已人工化，公園和腳踏車步道讓這裡的一切彷彿沒有歷史，唯一有歷史感的是某年颱風肆虐淹大水所灌進疏洪道的痕跡仍在，大水過後水滯留在凹陷地而形成的小湖泊，於今長滿了及膝的草，周邊高樓已然四起。曾經的暴虐轉成溫美，像是某種愛情過程，兩相交歡，滯留者多因凹陷難出，記憶卡在一個深深的溝槽。

經過風暴而化成美麗遺跡的愛情，這樣優雅狀態已很稀少。騎過可以眺望小湖泊的小徑，在眺望時悶想一陣才又跨上小綿羊，往山上的方向行去。

老五股舊區有一種草莽的特質，工廠和眷村雜陳一起。整個城鎮灰灰一張臉，工廠鐵皮屋和水泥眷村樓房連成一氣，陸光新村曾住著她阿姨全家，姨丈老兵退役，雖搬去新公寓住，但仍常往眷村跑，去賭博打牌。騎過去時，不免想起阿姨曾經想把姨丈某房的兒子介紹給她當男朋友，那時她還是個膨皮憨奶的可愛女生，剛大學畢業，眾姨們已經緊張兮兮地認為她是拉警報之齡了，後來見了那男生還不賴，但是顯然人家並未看上她。於今她雖仍年輕但心情卻逐漸退出婚姻市場。一旦自覺要退出婚姻市場，整個人就像被自我遺棄的物體，開始怠惰了它。

這就是為什麼連她老媽都看不過去了，遞給了一張說是可以改變她命運的名片。

窩在觀音山旁的小鎮人丁繁多，到處是漆著說綠不綠說藍不藍的鐵皮屋工廠。幾家位在河圳旁的鐵皮屋染廠把小河染成了血腥，久了又成了肝褐色。

等她尋到公寓下方時，烏雲已經追趕到頭頂上方。

按了四樓電鈴，鐵門開。大白天裡依然是一團黑漆漆的樓梯，布滿廉價鞋櫃的鞋子，歪扭地掛在樓梯間走道。她小心走著才不至於跌倒，樓上的狗吠聲愈來愈大聲，那音量讓她卻步，感覺似乎是一走上去就會被耍狠的狗兒咬一口似的，真是步步為營。

兩隻狗一前一後地在三四樓之間聞著她的腿，確定她安全無疑後才停止吠。在更上方的那隻黑白犬則仍繼續吠，這時她聽見門開的縫裡一個中年女人的聲音傳來，麥芽糖你是牙齒痛是否！叫叫叫的。

中年女人開了門抱起她口中的麥芽糖，她的步伐才敢往上爬。別怕，狗兒只是愛叫而已。但她還是很怕愛叫的狗，那種叫聲讓她緊張發麻，小時候被狗咬被狗追的恐怖印象總是尾隨。

已抵達初老門口的針灸師，帶點蠟黃的臉脂粉未施，她懷疑眼前這個婦人可以改造她的身體命運，化腐朽為神奇的針果真能見效？她邊褪去外衣的同時邊悄悄打量著這個空間，心想要是這麼有效，為何生意如此冷清，這空間的擺設也有一種被主人所怠惰的氛圍，倒是乾淨，但卻毫無個人品味與特色可言，像是她老媽的空間，就是有一種人對於美感空間完全無感，對生活用度用品很直接，沒有任何為了美而存在的裝飾，杯子就是喝水，電燈就是照明，衣服就是保暖。

正當她這樣想時，卻發現被叫做莊醫師的女人身材很好，很勻稱，尤其是手臂一點贅肉也沒有，更別談蝴蝶袖了。她想在一切都講求實用以致呈現一種傖俗氣味的空間，她感受到莊醫師對身體是最不怠惰的，慢慢感受這看起來十分實用的空間其實是反映了莊醫師內在性格裡的安貧，一個物欲極低的人，且對於控制口腹之欲也相對很能夠。

她對於物欲少和口腹之欲低的人是很佩服的。

褪去外衣，全身只剩胸罩和內褲，她躺在床上時，也感到自己有某種日漸消瘦的幻覺產生，看著莊醫師在插針處先抹上清潔藥用酒精，她偷覷著莊醫師，發現莊醫師的手藝與專注很專業，每一根針都在她的神指下戳進了她的身體，不久她的身體插了針，像廣告裡的十八銅人。莊醫師將針頭接上電流，她渾身起乩似地彈跳。莊醫師說這就像是跑好幾圈的運動，躺著運動是懶人減肥法。妳去健身房運動之後反而會吃更多，而且一旦停止運動就會更胖，但這個不會。她想中年過後，如果能過這種單身生活應也不錯，因為她還滿喜歡這個人，所以就這樣，往後她大約一週或兩週來五股報到。

她媽媽看她去得算勤快，和姨通電話時很高興，像是已經看見她婚姻的前景。

也不知道是第幾週之後，她逐步登上樓梯快到四樓時竟然沒有聽見每一回都讓她卻步的狗吠聲，相反地卻有古箏南胡音樂交相彈奏流過耳膜，像是通往小橋流水花園的音樂迎接在前，若非一踏入公寓即是傖俗之頹色腐顏襲來，她會以為她走進的是高檔的ＳＰＡ，或是她正要前往某座花園會晤小情人。

但都不是，依然是莊醫師，一個怎麼看都不像是可以幫女人打造夢想的女人。

以禮相迎，以法相待。莊醫師突然對她這樣說，一曲音樂也緩緩幽幽以終。

妳身上帶有法，很奇特，莊醫師說。

哦，是嗎？法是什麼？她在內心自嘲應該是帶著脂肪與絕望吧。

妳瘦了喔，莊醫師捏捏她的梨形臀說。

她點頭，倒是同意，上午往磅秤一量，果然下降好幾公斤，不免欣喜。但今天她更好奇莊醫師為何說要以法相待她？

莊醫師說今天一起床就聽見一個這樣的聲音進入耳膜，要我這麼對待妳，而且我也感應到妳身上有帶法。妳平常在拜誰？

拜誰？她想該回答什麼呢？總不能沒禮貌地說拜睡神、食神吧，她於是認真想了一下，回答說以前有聽過綠度母的咒語，這是真的，她喜歡咒語達列度達列，鏗鏗鏘鏘，很有節奏。

綠度母就是觀音化身，所以妳有修觀音慈悲法。莊醫師像是自言自語地說著，她光著身體，感覺自己一點也不慈悲啊，她只有無盡的貪念與欲求不得。

莊醫師在背後又說起自己某世就是個醫生，在更老的一世還曾是梵諦岡修女，此世她的英文能力很好，天主教朋友也特別多，似乎有某種注定因緣在前面鋪路。自承有天眼通，但似乎這樣的能通並沒有讓莊醫師感到欣喜，卻有更多的疲憊。她一如往常邊躺著針灸邊閉目聽周邊聲音，只是以往是莊醫師聽股票或看連續劇的聲音，轉成了今天訴說她自己。

她很世俗地想，要是有天眼通就可以偷偷飛去看愛人在做什麼，也可以未卜先知地預防痛苦的襲擊了。但莊醫師卻說，更多的知道反而也是一種痛苦，痛苦的減免不是因為預知能力，相反地卻是要學習遺忘的無知能力。

她在肉身的減重療程裡，卻感到靈魂不斷地加重。

她看見童年的自己在陰黑的暗處裡寫著功課，一邊啼哭一邊寫作業，一筆一畫寫著國字：小熊有一個夢，小熊有一個夢……十遍二十遍三十遍地罰寫下去，天色晚了，屋外暗光鳥呀呀呀嗚叫，她的眼皮好沉重好沉重，像是一旦闔上就再也無法睜開了。嚴厲的母親拿著藤條在後面盯著，她的童年噩夢。

她躺在碎花布鋪的床枕上，在預約美麗的時間裡卻看見了自己的過去。是畏懼的沉重讓她的肉身發胖，她終於知道。

耳畔的莊醫師繼續說著，她學中醫和針灸非常快速，很快就考到了執照，之前開瘦身美容店，生意好到連休息都沒辦法，當時台灣錢淹腳目，許多股票族和百貨業小姐沒事就來她這裡扎幾針，甚至有的還在她店裡幫忙煮飯開伙，一堆女人成天跟著她，像是把她當大師般膜拜，那時收入好到不行，八○年代和九○年代的盛世。

這盛世也過了二十年。

那一整代人都成了老人。

後來經濟壞了，莊醫師也無心於事業了，交往十年的男友竟瞬間以秒殺的方式突然心肌梗塞地走了，使她體會到無常，對美麗這件事再也不感興趣。

之後莊醫師就開始逐漸縮減客人，這一減也把許多人帶開了她的生活世界。時間一多，她就開始練習自覺瑜伽和打坐。她說她也會打功練拳，是在意識中被授受完成的學習，某天她打坐突然就開了天眼，看見了另一空間，但也開始被另一空間的鬼魂打擾。

我被自己關了起來，一關十年，走不出去，所以就一直待在針灸的空間，根本不知道外面的世界，甚至看見自己被手腳切割，苦不堪言，一直過了起碼三年才知道意識是可以控制的，靈肉可以非常清楚地分開運用。莊醫師說起另一個世界的殘酷並不比我們以為的真實肉身世界還少。

她聽著莊醫師的述說，想像著中午時間，像仙女的莊醫師也跟著進出股票的畫面，她問莊醫師關於買股票的事，莊醫師說想要老後自由，還是得趕快存點錢，莊醫師有點通靈，說在買賣前會看見一個奇怪的老人在夢中告訴她要買些賣些什麼。她聽了想真好，這老人像是個保護神，自己的生命與愛情，在無數次的風浪裡，多麼需索一個這樣的老靈魂保護她。

莊醫師似乎聽見她的內在聲音，跟她說其實妳呼喚，祂就會現身，妳有慈悲心，整個宇宙能量全會幫妳。

宇宙能量都出來了，她笑，問怎麼呼喚？

用心呼喚。她聽了又笑，針在她的皮肉上也跟著發出一陣搖晃。這回答像是某種宗教教義或是童話寓言，但她還是認真把話聽了進去。任何一種善意都難拒絕，何況她真的瘦回來了。

想瘦，就是自己還在乎身材吧。

這是最後一次她見到莊醫師，回到自己過去的樣子，她感到輕鬆。她把所有的零食都丟進垃圾桶，同時也把熱門的防彈咖啡送給需要的人，原來她需要的是防彈心靈，刀槍不入的意志可以阻止讓她不斷下墜的發胖誘因。

她在一家咖啡館回憶著她所遇見的莊醫師，咖啡館旁邊開著一家甜甜圈店，大排長龍的隊伍讓她對食物大大減興，人們可以為了買甜甜圈排隊兩個小時之久的行徑，她在想究竟是針灸發揮了作用還是她開始可以拒絕誘惑而導致了她不再復胖的原因？

沒有小孩子喝咖啡的，不要在旁邊再給我鑽來鑽去，影響我和阿姨說話了。咖啡座旁有兩女一小孩，她又看見她的童年畫面，活在一堆女人家的碎言碎語裡。她所畏懼的畫面再也不讓她畏懼了，在母姨們身旁做功課的小女孩卻好像挺快樂的，她想只要人遲鈍一點，很多事都可以度得過去；只要善良一點，做人也許就輕鬆些。

但能不能凡事都敏感又凡事都度得過去呢？

莊醫師的臉飄在眼前微笑著說妳會是自己生命的見證，為她瘦身的莊醫師彷彿成了她肉眼見不到的傳道者。

她最後一次和莊醫師通電話是莊醫師說她把股票全脫手了，要遠行去，將抵達夢裡出現無數次的香格里拉，去看看一直幫她的老人，看看自己以前打坐的山洞。

那個老人是她以前的上師，每個人邁入初老前都想要擁抱心靈導師。

當然莊醫師自此封針了，還好她已經瘦下來。她是最後一個客人，像是等著做完她這個客人就準備封針的莊醫師，讓她想起佛陀的弟子，佛陀在入涅槃圓寂前說他還得見最後一個弟子，見了才能辭世，他看見一個老人渡過重重山水一路長途跋涉朝他而來，一個為了趕在佛陀圓寂前獲得證悟的老人。她沒有這位老人長途跋涉的精神，她最多就是騎著她的小綿羊來到荒涼的五股工業區，而她也沒有證悟了什麼。但她喜歡當莊醫師的最後一個客人，自此封針，有種高手看破紅塵退出江湖的氣勢，她總覺得這樣的想像有著無比的俗情美感。

有時她常想莊醫師就像一個武林高手卻不願現身在已無章法的江湖，原本莊醫師是可以在帶著變態瘦身美容觀念的城市裡大賺特賺的人，但莊醫師卻沒有如此，遠離了這座美感非常雷同甚且已到無聊的島嶼。對某種物欲放棄的姿態，也就是什麼都可以了，既然莊醫師覺得如此，也就更不想為人瘦身美容了，因為已然對肉身有所體悟，若眼中什麼都是美，既如此，何塑之有？

聽說莊醫師去了西藏，如果你在西藏遇見一個身材勻稱但臉部卻有著某種莊嚴的初老女人，她臉色平靜，頭髮總是盤起，腰部且可見到年輕時的水蛇腰，那也許是她。

她的母親和阿姨們看見瘦下來的她，開始進行她的相親計畫，但她卻正在盤算遠走高飛的旅行計畫，她想和莊醫師比賽誰會先達陣尋找淨土的夢想，但其實她也不知道什麼是淨土？淨土是否是沒有老去、永保年輕的星球？她還在地球，只知道生老病死是每個人要面對的課題。耳邊繼續聽著母姨們的聊天內容，她看著這群寡婦，如此希望把女兒嫁掉的執著念想。女人們的輪迴遊戲，從沒停過。

還是莊醫師好，她想。但問題她還沒存錢，這如何遠行？但至少先練習骨肉分離，她和母親得先練習分離，她想起莊醫師意味深深的話，當時莊醫師正在為她身體裡長年的骨肉沾黏挑開剝離。

老骨肉，易沾黏。

老了還綁在一起，這不是她想過的生活啊。

趕快把快變老姑娘的女兒嫁掉才行，她聽見母親說。

各有盤算的下午茶時光。

如果不重逢

人逼近中年，幾年光景都是怵目驚心。

半夜有人打電話給她，問她有沒有認識的精神科醫生或是心理醫生。她沒有這樣的朋友，她的朋友都是病患，不是醫生。

她認真地問著打電話給她的朋友這一整天都在做什麼？

朋友說打太極練氣功，寫書法學瑜伽，學東學西，但仍感空虛。

這麼多的學習，妳為什麼還需要看醫生？她這樣想但並沒有說出口。因為同時間她想起「我尊重別人的恐懼」這句台詞，是她和電話那頭的朋友一起去看阿莫多瓦電影《悄悄告訴她》裡的對白。「我不懂鬥牛，但我懂絕望的女人。」阿莫多瓦，她那一代人曾仰望的男神，就像艾爾頓・強，但都是不愛女人的人，她們只能在岸上看著。

半夜，如洪水猛獸的絕望情緒襲至。許多人只能盯著絕望看，看到最底層是什麼，但是這不易，因為絕望襲來時很難平息，需要如糖漿般的慰藉。所以說歸說，面對他人的恐懼與絕望，是無能的，光是懂得也還不足。比如，失聯很久的前情人突然打電話來說要請她寫傳記，會付錢給她。

菸嗓透過電話傳來，給她一種奇異的疼痛感。

她很想要那筆錢，但她知道她無法聽男人說他的故事，男人忘了她曾有的痛，她想這就是男女有別，以為錢就可以解決？

感謝對方曾給過妳困境的那一刻，她忽然就懂得慈悲了。

掛上電話，她更確立重逢不安好心，她心懷感謝男人帶給自己的成長，但再三提醒自己重逢沒安好心，小心重逢。

重逢設下機心處處，不是真來挽回或來懺悔的，寫傳記，她笑著想男人有什麼豐功偉業？寫傳記應是託詞，也不是真心想要看看她過得好不好吧，半是有點懺情是真的，畢竟她曾經為了這段感情付出不小的代價。半是來炫耀的吧，聽說男人是大老闆，底下員工不少。但這樣就可以寫傳？她不相信。給自己錢？她又開始有點心動，但最終還是過去的痛擋住了對自己的誘惑，被騙兩次就太傷了。她最後得一個結論，應該是男人過得不好，男人過得不好才會回首往事，才會想起誰是真正他傷過卻愛過他的人。男人過得不好，才會走回原地，要是過得好過得風光，早就四周美女環繞，哪裡想到褪色的舊情？且自戀男人會以為她的心還懸在過去的舊情，殊不知她的心懸的仍是情，但不是舊情，尤其是關乎愛的舊情。她現在懸的都是父母恩情，中年過後，父母雙老，她才看見陪伴她未來將度過高齡渡口的是此時父母老去的險灘風景。

但雖這樣想，這通突如其來傳進耳畔的熟悉聲音，仍如鬼魅地一時難以擺脫，過去的底片仍顯影曝光著如粗粒子般的刮痕傷害。

以前她只要一想起她的男人正在和另一個女人在一起，她一想起就感到痛，可這痛究竟是因為想才被呼喚而至，還是就一直寄存在她的本體？她真不知為何要保有對這個男人的記憶？是否也意味著她的害怕寂寞呢？也許她自己知道是她的懦弱所造成的。說來男人是愛她的，然而他有一般保守男人的無能與自私。但說他保守又顯得沒有道理，他老覺得自己前衛。

偏巧都是無緣的錯身倒也罷了，偏偏又不是這樣的絕然際遇，男人兩次遇到她時，都已經是身不由己的處境。

第一回，十幾年前，她剛從學校畢業，二十二歲的年華，任誰都要逼視一眼。

當年相逢，既不是前半生也不是後半生，就是剛巧卡在他的三十八歲，往前往後此生一樣遙遠，他相信他至少會活過七十歲。既無前生又無後生，那就是此生無緣了。

他們的緣總是不接在一塊，或者該說接到一塊時，他的這一方總是擠滿了無法鬆手的事物。

她開車回到家，手機早被她關了，她覺得智慧型手機真讓人厭惡，以前她談的戀愛也是這般不確定，但是總容易死了心，因為電話聯絡不到時就只好等待或放棄。然而現在有了手機，隨時都可以打電話追蹤。但是只要對方關機或者不接聽電話她就掉入無邊的痛苦，被想像劈得四分五裂的痛苦。因為這都意味著他和另一個女人在一起。因為他和她在一起時手段如出一轍，不接電話當然不會任憑電話在那邊無理地響著，而是改用振動。她的電話號碼會顯示在手機，但是他見了卻不回，這當然事有蹊蹺。何況，後來她知道他的事，他也就更擺明了如此，妳看著辦吧。

寧可不知道也不要知道的痛苦，她當時無法回頭。

知道另一個女人的存在，是一種奇異的心境。世界可真小，她想搞半天自己的閨密竟然和她有過同一個男人。我們的私密陰暗黑口曾經被同一個外來物進出過，這是何等奇怪的感受？她的閨密曾經這樣說過。

以前有好多個夜晚難入睡，她又按捺不住地撥了電話，週末依然空空地傳來電腦的虛假腔調。她寧可聽到他的冰冷回應都好，就是不要這樣無法找到人地墜入無邊想像的痛苦氛圍。冰冷至少是一種溫度，可以看清灼心的痛。

她經歷無數晚的揪心的這幾年做過一些蠢事，她太害怕造化弄人了，情慾海潮漲滿整個生命的孤島四周，任憑氾濫，無法防堵。

愛情潰散，她會去東海岸散心，看海。

夜裡四點醒轉，被海邊旅館人體雜沓的氣味喚醒，她推開蚊帳，步到屋外，海邊雲朵降到海平面上，遠看像山，她想是因為視野角度的關係，以致有一種雲朵全落在海面的錯覺，她想她對男人是氣憤的。他總是沒事就來惹她，然後又無能地在每每她心情不好爭吵時便亟欲走開，或者來個賴皮甚至不理不睬。賴皮時他說，妳罵我好了。竟有這樣的人，就是覺得放火燒了別人後無辜地說，我就是這樣嘛，妳罵我好了，不然怎麼辦？

有回她氣憤地說，那就走到大家都難堪的地步吧。

妳這話是什麼意思？喂，妳可別亂來喔。

你就生怕我毀了你的幸福城堡。她心寒極了。你只在乎這個的話又何必來招惹我呢？這話她在心頭響著，要吐出口又說不出，覺得整件事自己也有責任，不光是男人的招惹就可以脫身的。

她痛，她惱，她氣，但她無能且感虛無。既不在核心也不在邊緣。她什麼都不是。她就像她上班所寫的建案廣告詞般虛無、不真。

菲薄暮年，傾城時光絕復再戀。廣告文案人省字，但不省心。賣房子更要和現實脫離，推開文藝美腔內裡都是天價，就像愛情，推開夢幻顛倒，內裡都是傷痕。

別走回老路，但就是不走也常回頭的足跡是手機定位，跳出每個月去過的地方，拜訪的次數，以前要是有此功能，那麼她想自己豈不失心瘋，日日跑到某條街某個屋子下張望偷覷如鬼如魅。

別找老情人，但只要一按搜尋引擎，搜尋引擎即如流刺網般地在網海攔住所有的足跡，她之前無聊啟動引擎，不找舊情但尋舊識。起先是找到一堆同名同姓的人，有刑警有咖啡館老闆有水電工有心理諮商師。直到他和其母親的名字一同出現，她才確信找對人，一所大學輔導室受學生歡迎的心理諮商師。但她找到的是一則死訊，新聞出現一則冬日瓦斯外洩意外，母子同葬悲歌，學校師生辦追悼會。

她永遠都記得大學時期舊情人母親的名字，這個名字也是拆散他們的人。

心理諮商師難以輔導母親，男人的母親長期守著兒子，視兒子是寶，視所有的女生都是來搶她寶物的人。她好久都不曾想起這對母子了，舊情人受歡迎她一點都不意外，他在外面是陽光男孩，在家裡卻是陰翳之子。火冰衝撞，看運氣受到哪一邊的眷顧。想掙脫卻又難掙脫寡母的彼得潘，深度交往才會揭露的反面。她看到這一面之後，心裡常想該接受諮商的人原來是男人自己。

她打了個冷顫，男人帶她回家見那個寡母時，那母親的眼神如刀，是會拚命維護自己地盤的眼神，不自覺流露卻又自覺下戰帖的複雜。見了幾回，她就把一腳移往外面了，恰好她工作需要出國一段時間，也就漸行漸遠。

此後，不想也不敢在網海任意拋下尋找舊情人的流刺網。流刺網什麼都不放過，拉拉雜雜地撈上來不相關或一堆錯誤的訊息。舊情人老情人前情人，都是感情洪荒時代產物，但意義不同。舊情人發舊，感情並不殘留。老情人只是已老，感情還有可能新生。前情人曖昧，有可能復活。

她不想被這些人夾殺，在人生前半段她已為感情付出代價，在即將踏入人生的後半段，她可不想在網海的庫存網頁裡再次迷失自己。

感情要殺出重圍，都說需要智慧，其實更需要果決。可惜她沒智慧也不果決。何況搜尋引擎聽命機器，並非永遠是那西雅圖夜未眠似的浪漫。她不僅不果決，感情月老且沒善待她。重逢浪漫故事，室友小A就發生過，在印度那種和死亡靠得很近的恆河垂死小屋旁遇到前情人，災難感使人渴望結合，傾城之戀的原型處處暴露人的世故與純真。恆河濕婆神見證他們的愛。

至今還在一起，太平盛世沒有拆散他們。

台北小日子，有了恆河打底，彷彿基盤穩固，愛情竟禁得起平凡的不斷重複。

她想如果是自己應該早分手了，她的愛情禁不起日常，小A說她壓根兒就不想和別人過生活，生活哪有不重複的。

網海茫茫，她不找，別人找。大學舊情人曾經等了七年的時光才得以再次和她這個舊情人見面，七年之間他們彼此都有許多錯誤幻想。

那一回重逢的美好空氣很快就消耗一空。

走入汽車空氣循環扇的某一端，往後吸進兩人之間的彷彿都是廢氣。

他說她欺騙他，她卻覺得相反的是她太過誠實。否則她也不會因此為愛而流浪。

這關係也是個循環，她帶著他的影子而分手了台北前情人，現在重逢了，好巧不巧她出發紐約前又在台北某個聚會遇到一個心儀對象（還沒展開不算劈腿，但心裡又重疊著他人的影子），以至於她讓人感到一直有個祕密黑盒子，罩了一層紗。他發現這女人沒變，過了七年這女人心裡還是一種迷霧森林狀態。

她卻覺得自己誠實，當然也為自己的無從偽裝受苦而落難。最後一天，他指責她對他說謊，她何曾說謊，她從沒說過愛他，是他先說我愛妳的，在兩地的時差下，他一早打電話來說我愛妳，然後掛了電話。電話再次響起，是他，說妳別以為我瘋了，如果妳要我到妳身邊，我就會到。然後她沉默一陣，他就掛了電話。

她沒說過愛他，但她確實忘不了他。

但我們忘不了的人事物何其多，她想，這也不算什麼，在感情世界忘不了只是一個名詞。忘不了不代表愛，忘不了有時只是當時發生的情境過於沉重或過於戲劇性，他讓她忘不了的東西正是這兩端的沉重與過度戲劇化。把愛情當戲演，她記得他在她面前哭過兩次，一次是七年前他自行決定說再也不當男女朋友時，他哭了，他對她大聲說妳以為我好過嗎？我和妳一樣痛苦。她看著他的淚水，不是想著為何我們要分手，而是想這男人的淚水何其多啊。

之後她繼續站在廚房聽著他述說她的不是，像是她的不言不語（她聽著想那是因為我的英文不夠好到能及時反應啊），像是她的躲藏（她確實有點社交障礙，但電源被打開後又會變成人來瘋的個性），像是她不可解的神祕，像是她不吃正餐只是猛吃零食餅乾。吃零食餅乾也有錯，她邊聽邊想著何錯之有？

重逢後她已經沒有這些以前被男人指控的習性，七年來英文溝通已然沒問題（可怎麼吵得更凶），她也逐漸沒有年輕時那種沾染在身的異國情迷的神祕（男人不是希望她看起來更明白更簡單），吃餅乾零食也沒了（她現在可是靜坐加蔬食主義者），但沒有用，這回換她心嫌男人，怎麼更胖了，怎麼家裡還是一團亂，怎麼吃東西還是這樣任性，肉一吃就是好幾盤。男人卻自認以前就這副德行，男人錯就錯在誤以為她還愛他。

離開當時的情人住處之後，她去了幾個地方遊走，腦海浮起他們的一些往事美好碎片。當年分手之後，她回到自己的故里，關於這個男人形影讓她最忘不了的一件事是他洗澡時的溫柔。但有些事物也同樣讓她忘不了，像是他的粗魯與細緻，他是粗俗與敏感同時具備的人。

妳一定有這種經驗，不見這個人時很想見他，見了卻又非常想逃。他就是這樣的人，讓人想靠近又想遠離。有些人是走到時光布幕之後才會想念的人。

但見到人卻又想逃離，小Ａ說她懂。

重逢恰好把最美好的這個部分覆蓋了，最後真的可以丟到垃圾桶了。重逢彷彿是為了確認陰魂不散的感情真的可以丟到永久回收桶了。

感情重逢的道德性就是殺去纏繞心頭的陰影，陰影有礙陽光。

朋友聽了她的重逢，嘆息地說了一聲這樣也好，把一個人徹底推開心門，未嘗不是好事，要步入後中年的人最該解決的就是懸念。

懸著，多擺盪啊。

不擺盪了，石沉大海，重逢只是證明更好或更壞。

這回，她沒有受到誘惑。付費寫傳記？她想這個理由舊情人也想得出來，重逢果然不安好心。重逢在夢中已是干擾，重逢在現實悲欣交集。如果，不重逢，或許這選項有助健康，她忘了要寫建案廣告，卻咬著筆桿胡亂貼文寫下相見如初，重逢如魅，我們回不去了，我沒有要回去啊。往昔的愛情走過，時光已化成廢墟，重逢不可能重建廢墟，最多是在廢墟下看見一朵從黃昏裂縫企圖鑽出的慾望小草。

她的時代，沒有傾城之戀，只有傾城之恨。

沒有故事，只有未了。

重逢都不安好心，什麼世間所有的相遇都是久別重逢，她想所有的重逢都是久劫遠來，劫，來討感情債的，討傷心的。一回眸，五百世，一重逢，數千劫。情田難種，辜負花開，招搖小草，陌上流年，ＩＧ文，每天放一則，時間如春風，片刻忘了老。

老了更別找老。

後傾城之戀

如果這時候我們又遇上了大地震怎麼辦？男人低沉地問。

那我們只好死在一起了。她閃著烏亮的眼回應著。

這一想，當年大地震出生的孩子都幾歲了？

突然男人辭世的消息在臉書上跳躍著訊息。

想起男人，她回想那夜歷歷如初，原來相見如初是有可能的。

不安的晚上，台北大停電。大地震的隔日晚上，她正好站在台北南京東路口某家超商門前，不意遇到一直對她有好感的男人，男人正在公共電話亭打電話給他的朋友，朋友不在家，卻遇到她。男人喜出望外，她亦回報熱情。曾有的曖昧空氣尚未散去，茶熱人聚，來得巧合，災難時光讓人渴望溫暖。

男人方從災區東勢歸來。

他們一路驅車行經城市的暗處，有些停了電的商家點著蠟燭群聚地聽著廣播，人影幢幢地宛如大後方；許多的頭顱在燭影的投射下，大大地映在剝離碎裂的牆面上。

她適應沒有電的城市顯然比男人好些。男人說，他從東勢一路曲折地回到新店，無光無電，簡直難安，於是他就想晃到台北城內。

前一晚她鎮夜點燭發呆。習慣鄉下入夜的一片漆黑是她的本能，小時候摸黑至公廁解手亦從不害怕。想起往事時，她已經開到了中山北路。十字路口的燈誌有的已全然無聲息，而他們這樣沒有預期相遇的城市男女，突然在這樣的暗夜相依，只因為被外界影響而有了亂世兒女之感，突然被激起一種相憐感受的高密度對話。

她握著方向盤在悽悽惶惶的街道上，望著整個前方漆黑一片。

那夜，她和男人互相對話，那種對話有一種取暖的效用，頗有劫後餘生之感。因為他從災區歸來，從朋友家奪門而出的驚險猶在，男人慣常以平淡口吻述說大事，問他有什麼東西留在那個危樓，他說所有的東西都來不及取走，慌亂中竟拿了一本還沒讀完的《微物之神》。好浪漫，她當時還這麼想著，男人手裡拿著《微物之神》。

書於今也過了二十週年，推出了紀念版，只是沒有人想紀念愛情鬼魂。

當年地震隔日，她聽住在台中的小阿姨在電話中向母親哭說，第一次地震來時牆被地牛震破一個大洞，突然就這樣堂皇地見到了隔壁鄰人，雙方對望一眼旋即尖叫一起奔下樓，大樓已傳來鋼筋迸裂撕扯之聲。在報紙上，死亡名單裡見到和住台中的嬸嬸相似之名，一種不確定的惶惑感讓她的心悽悽然。

彼此懷抱這樣的絕境感相遇，若是無意也變有意。

她向男人說，燈滅之後，緊接著劇烈搖晃時，她才朦朧躺下入睡，人的敏感度降低，黑影中見到一排物品倒下時，她以為是房牆，那時有過一念閃至眼前，竟是想原來我真的是要這樣孤獨地死去。待肉身被鐵管擊中肩胛骨，她才意會倒下的是靠在牆邊鋼管製移動式的成排吊衣架。於是她摸黑踱步至客廳覷向外頭，樓下已是人聲鼎沸，見到人們不斷地在彼此呼喚著家人，有的急急然啟動車子準備撤離，車燈在暗夜如諾亞方舟。車內的廣播聲傳入，大樓倒塌的訊息已在黑夜傳來鬼魅與不安。社區認養的狗旺旺和小黃尖鳴不已，宛如鄉下的吹狗螺，那是一種犬獸感應到某種死亡訊息的悲鳴呼喊聲。夜裡添深了稠濃的悲意和恐怖氣息。而她仍獨自在房子裡，望著餘震發威的搖晃，踩過玻璃碎片，望見幾座獎盃跌落於地磚上，獎盃沒事，地磚倒有些裂痕。捏的陶碗和圖畫或碎或倒，藝術品無價卻也無情，毀壞棄主只是一瞬。

「第一次感到被人呼喚的感覺真好，被人急切地叫著自己的名字真好。」餘震之後拉開窗戶，鄰人望見她，才發現她猶在屋內，招手要她下去。下了樓，旺旺和小黃見到她興奮異常，把她舔得必須吼一聲要牠們停下，牠們才放慢那見著她的熱情。

當下瞬間有男人不如狗之感。

男人聽了，開玩笑說那下回他一定會記得來呼喚她。當然他們都不希望有下回。她和男人相遇在那日之後的夜晚又遇多起餘震。

如果這時候我們遇上了大地震怎麼辦？

那我們就死在一起。

「現在你可該相信了：『死生契闊』，我們自己哪兒作得了主？轟炸的時候，一個不巧……」台灣的地震成全了她和男人的竟夜相對，她想起死生契闊，這時代沒有的東西。

他們時而百般無聊地談東說西，時而掏心掏肺地說起往日情懷。然後什麼也沒發生，雖然好幾回差點越界。

晚安，各自回到如初。

畢竟他們不屬於傳奇。他們只被成全了溫暖和慰藉般的友情。

當代白流蘇不必賴活在男人的臂膀下。

倒是一時頗有世事如糞土之感，尤其是她更像洩了氣的氣球。

當大地震來襲，每一戶人家傳來此起彼落呼喚愛兒伴侶之聲時，沒有子嗣且獨居者如她，注定對一切感到惘然。同樣單身獨居的芸說，第一次地震天搖地動時，她起身穿衣，穿上一件漂亮的衣飾然後靜靜地躺著。「被挖到時比較好看吧。」芸舉重若輕地說。而她聽來卻為這樣的暗夜孤影獨自面對死亡感到一股充塞的悲意。

原來「家」是這樣的氣味，呼喚，一種持續的呼喚。

張愛玲當年早已寫下災難來臨時的愛情效應與團結聯盟一致的必然性，一個城傾毀了，卻讓某種消失經年的愛被找回來了，原本分崩離析的家拼湊成一個圓，分睡多處的家人，在那一夜全睡在一起了；游移不定的情人在那一刻不必思考地就能彼此相擁。

唯獨居者擁抱的是自己碎裂的影子，或像單身女郎一樣靜待夜的消亡。屬於單身獨居者的災難夜遊就像是不斷地下墜到一條深淵無盡的空谷裡，因為無邊可抓，無人可喚。

地震過後，家具移位，她第一次不必改變家裡的擺設即能獲致一種全新的感受。

全新地感受「家」的意義，她一向輕忽且會讓她渾身起雞皮疙瘩的「家」的意義這時候來輕叩心房。她迫切希望的是被自己一手建構的家人所看到的呼喚，還是她只是害怕孤獨面對可能成形的災難？

屬於家的那種平日疲乏在外界危機來臨時完全且輕易地被拋擲，義務和責無旁貸越過了疲乏的界限，緊攀著血緣之河。而她是血緣之河岸的樹木黑岩，沒有認證的種子被流傳下來，只有任其失去與荒蕪。

責任與義務在傾城傾國裡顯現它的重要，而沒有認可入家室者在危機中只能被削足和斬根。人類在最初的危機中，相依相恃所依據的是血緣牽連和族譜認證。

她究竟想說什麼呢？

地震過後，除了母親之外，她掛心著曾經摯愛的人。但如今卻已失去問候他的稜角，只因昔日戀人已有自己構築的巢穴與子嗣，他此時此刻掛心的唯有眼前的家人，所謂存乎一心的情愛和眷戀當然是該放兩旁。

沒有通過「家」的這個認證關卡，平時無風無浪時，單身者倒是言之鑿鑿地說只要有「愛」即是對自我的生命忠誠；然一旦危機發生，才發現人類要靠臍帶的結合是有其道理的，那是一種非常奇怪的世俗連結。當見到昔日情人說出「家人如何如何」的神色時，真令她黯然神傷，落寞了起來。原來一個男人吐出「我家人，我小孩，我老婆」時的嘴臉是這樣謙卑和充滿期許，即便多所抱怨，卻是一種根連根的抱怨。她簡直不認得曾經在一起的男人了。

婚姻是這樣地奇怪，它在愛情褪色後，顯現著無盡的疲憊與無聊；卻在外圍環境出事時，婚姻的連結窄道被打通了，誠然是保護生命高過一切。保護物種和生命的本能將自然而然地被啟動。就好像所有的父母在災難來臨時只有一個念頭，那就是如何保護「我的」小孩。沒有子嗣者，只能禱告誦經迴向給眾生，因為沒有特定的對象需要保護。

有個朋友說大地震那日她母親恰腰傷生病在床，動彈不得，母親急急喊她：「妳先走啊，妳先走啊。」朋友向母親說：「我還能走去哪？沒有妳，我哪裡也不走。」

那個母親已經走到時光的布幕之後，走到了北海岸塔位。

地震之日，獨居單身者，被關係遠拋，因這樣絕然的孤境，突然獲致了一種頓悟，沒有家人的空空然是一種奇怪之感，好像隨時可以撒手和撤離，可以無所恐懼，沒有眷戀。

雖然曾被片刻的孤獨強烈狂襲。

傾城之夜，獨自吞嚥的寂寞原來是智慧的一味。面對死神，或可昂首伸軀。

多年過後，因男人過世，回想這已然遙遠的傾城之夜，她不記得為何沒有接受那夜的曖昧邀請，可能因為她聞到男人生病的病體不具有雄性的魅力？她忘了，但她感激那一夜，她一直記得那個傾城之夜，無戀的傾城。

同時也總想起女性朋友描述臥床母親如何推開她，要女兒趕緊先走的畫面。

如果大地震又來襲，她仍沒有男人，只有母親。

她跨進中年，回首才知，沒有微物之神，沒有我們死在一起。都是孤單走的，但在孤單走之前，她的當下世界是老女兒與更老的母親。

她從書架上拿起比微物之神早出生的挪威的森林。

在你周圍世界所發生的事，能使我安心下來。我的二十歲過得很慘，如果你過得幸福快樂，把我原先的份也一起過，那我會很高興……她朗讀著，雖然不曾當過直子，而男人也不是渡邊。

她朗讀字句是為了告別寫詩的男人，這同世代的感情，即使彼此沒有跨界，什麼也沒發生過，卻是值得紀念的時代，男人象徵著她的年輕時代，有詩有夢有一切的可能。

提前走到另一邊的男人，也許晚上會在夢中讀詩報信給她。讓她提早準備母親病後的最後一哩路，以及畫下老後的路徑。

看著陪病纏綿臥榻母親的老景，她竟感到十分安然，可喜。

再見。

傾城。

無戀之城。

想賣詩的人

他打開厚重的玻璃大門時，早晨涼風瞬間灌入白色襯衫，他才發覺自己沒有扣上鈕釦，隨手扣著鈕釦時，抬頭尋找躲在茂密行道樹內的鳥群，接著他擺頭向幾個在轉角處擺早餐的人也打了聲招呼，趁警察來之前賺學生與上班族的早餐攤販，固定是那些賣糯米飯糰與豆漿的周胖、賣素包子與蔬菜捲餅的小蔡、賣烤地瓜的阿惠，支持單親媽媽的紅色旗幟飄蕩著，尋求某種同情的字眼，烤地瓜的氣味幾乎占了大部分食物的味道，這時他的心又開始飛翔到遠方了，其實他沒有遠方，他感覺自己被現實的十字架釘在原地。

早！小陳。背後有人喊他，轉身是大樓管委會主委，主委遛狗去了。他靦腆地搔搔自己的後腦勺，露出有點偷閒似的不好意思神情，他趕快走回櫃檯內。這時電梯也陸續走出要上班上學的住戶們。早早早，此起彼落，但大部分其實都是他自己的回音。

沁亮的陽光灑在大廈的花崗岩表面上，如河流的光束隨著風閃動。陽光忽然被遮住，他從櫃檯內抬眼，是七樓住戶鄭小姐正站在櫃檯前，她那過大的帽子擋住了陽光。

他倏地站了起來，問鄭小姐有何事需要幫忙呢？

她說昨夜上頂樓去收晾曬的衣服，卻不見一兩件，希望他幫忙寫公告，警告偷衣服的人法辦。她氣憤地又兀自說了好久的話，罵那些偷衣服的變態狂之後才轉身離去。未久又有一道陰影遮住了光，來了一個也是要他貼公告的住戶，說是鴿子常停在房間的窗戶外，咕嚕咕嚕地吵他難以清眠。住戶大聲嚷說著晚上好不容易入睡，一大早卻又被鴿子搞得失眠。

小陳認真地聽著他的咆哮，但他實在不知道要怎麼對鴿子貼公告？他拘謹地回答是是是！我會注意這件事情。住戶這時又大聲地嚷嚷了起來，他發現住戶都很喜歡對他大聲說話，好像他耳聾似的。

我叫你寫公告，貼在電梯裡，告知喜歡放鴿子的住戶別再放鴿子了。

我明白了，他恭敬地回答。當大樓保全守衛的第一個原則就是不能讓住戶客訴你，不然不管你有多親切，很快就會飯碗不保。住戶每個月繳管理費，好像這些費用也包括大爺小姐們想要發發牢騷。

之前半夜那個急急跑來向他說水管漏水的住戶也出現了，她眼睛從不正眼看他一眼，只因為他不會修漏水。他心想，我只是來當守衛，又不是水電工。小姐半夜太寂寞，想找人說話也不是這樣啊，他看這女人經過櫃檯時心裡這樣說著，但表面上他還是拘拘謹謹恭恭敬敬的，唯恐再被客訴。

後來大約又來了幾個住戶在他的櫃檯前說些話，不外都是一些抱怨，抱怨隔壁鞋子放外面，抱怨養狗的叫聲，抱怨養貓的臭味，抱怨隔壁情侶晚上吵架或者在床上哼叫，搞得失眠連連，害他只好念佛經打發時間。或者抱怨樓上失眠人一直走來走去，椅子拖來拖去。抱怨隔壁的年輕人喝啤酒，竟把啤酒罐往外丟，哐噹哐噹聲一直響著，萬一砸到賣肉粽的人怎麼辦？抱怨房客不按時繳房租，抱怨屋主太囉嗦竟然還跑來臨檢房客，抱怨垃圾沒分類，抱怨廚餘的水滴得電梯走道都是，抱怨運動間的跑步機老是壞掉，抱怨閱報室的報紙被偷走，抱怨有人在公共休息室吹冷氣睡覺打鼾，把會客室當家裡。抱怨……無盡的抱怨，一棟大樓的抱怨清單，比一家賣場賣的東西還多。

他成了大樓的情緒垃圾桶，好像整棟樓都是失眠人，都很難搞。

哪些該寫公告，哪些又不用寫公告呢？小陳望著電腦螢幕想著這些冷僻單調的字詞。主委剛好遛狗回來，他稍微陳述了一下抱怨內容。主委笑說，連鴿子飛來窗戶都有事，那就貼公告問想裝防鳥網的住戶在月底前登記，可以統一加裝。那太吵呢？他問。主委說，就貼十點以後請住戶自重，請勿高聲喧譁。他點頭，心想這種公告文字真是直接簡白。丟啤酒瓶的人比較難找出來，輪到你值夜班的時候你注意看看，看聲音是從哪裡丟下來的。垃圾廚餘的公告，你就去電腦檔案找找，之前應該有固定的模式。主委耐心地說著，畢竟他才來上班三個月，仍有很多需要被提醒的事項。

不久前小陳代收管理費就找錯了錢，只好自己倒貼。還被客訴他聲音不夠親切，沒有笑臉迎人，沒有幫忙提太多東西的住戶開門……主委說著說著又安慰他說，沒關係以後就會慢慢習慣，這需要一點時間。主委講完一連串話後就走了，他才又坐回自己的位子。

小陳一天要這樣從位子站起來又坐下去不知幾回，住戶來說話，他站起來，不然有的住戶太矮，根本看不到。郵差快遞來了，他得代替簽收，又得站起來。一早更得抱著一堆信分別丟進住戶郵箱，或者幫行動遲緩的住戶開門，按電梯門。別說身體起起落落多次，更多時候還得每一個樓層巡視，到停車場巡邏。只有寫公告時，才比較是一大段的安靜時間。今天他寫了幾則公告，中午過後到黃昏之前的幾個巡邏與收快遞空檔，他偷偷在電腦前寫了幾則詩。按下列印鍵，他看著公告與自己的詩印在白色的紙上。接著他走到電梯，開電梯門後，分別將列印Ａ４紙貼在電梯兩邊。他心裡有點緊張，像是剛新書發表似的緊張忐忑但又帶著神祕的喜悅表情走回櫃檯的位子。

他沒計算過了多久，但終於聽見電梯在滑動了，有住戶進電梯了，他從大樓監視器看見電梯裡面的人了，是十一樓的歐巴桑，他一時想不起她的名字，心裡忽然湧起一股失望，他真希望第一個進電梯的會是傍晚總是一臉疲倦地從十三樓走下來的李淑芳。歐巴桑倒是在等電梯的無聊時間看著電梯貼的紙張內容，她先看看右邊，又看看左邊。有時快速瀏覽，有時卻又停滯著。他沒有太好奇她的表情，也看不到表情，只看見老婦駝背肥厚的身影占了好幾個視窗。大嬸婆走出電梯門時，他轉身慣例對住戶說聲妳好。而她仍面無表情地走出電梯門，他聳聳肩，繼續看電腦螢幕。

傍晚，十三樓電梯有動靜，他看見監視器拍到李淑芳走進電梯。他緊盯著監視器畫面看李淑芳動靜，她望著監視器一秒，他瞬間嚇了一跳，有點像是被她窺見似的本能反應地彈退了一下。他看見她望著監視器鏡頭一秒後，就看著自己的十根指頭，像是在欣賞雕塑似的表情，將十隻指頭一一地舉在鏡頭前，她仔細地望著細長如青蔥的美麗指頭。整個視窗都是她的手，像京劇女伶的手，僅靠著雙手的細節就可以翻轉不同的氣韻。但今天他不是要欣賞她的手，雖然那是極為賞心悅目的畫面，他此刻期待的是她能注意到貼在電梯兩旁的列印紙，他期望她看見不同的風景，雖然都是白色的紙，但今天有不同的風景。他很失望，從十三樓到一樓的時間裡，她都沒有好奇任何紙上的文字一眼。

電梯門快開時，他將眼睛從監視器觀景窗移開，剛好大門開，走進一個快遞，他忙站起，快遞熟門熟面地說外面好熱啊！還是你的工作好，夏天有冷氣吹，冬天有牆壁遮。他看包裹寫的是十一樓，名字成真，他想起就是剛剛才走出去的歐巴桑，他想她的名字還真特別，和她的外表不太搭，成真這名字倒頗適合剛剛走出去的李淑芳。她總是扛一個大包包出門，沉甸甸地掛在肩膀上，像是揹一個孩子，又像是跑單幫。他好奇她的工作，傍晚出門的女孩，夜晚才歸。他曾一度猜想是酒店，但有一回刻意跑在她面前幫她按電梯時，他卻絲毫沒有聞到她身上有任何的酒味，甚且乾乾淨淨的，就像黃昏剛離開時遺下的茉莉香氣。

入夜，電梯門一開，李淑芳頭也沒抬地走進來時，卻與成真撞了個滿懷。成真手裡拿著垃圾袋，撞著了李淑芳。李淑芳狠瞪了這女人一眼，心想見鬼了，半夜兩點倒垃圾。他盯著監視器，這李淑芳依然沒有看電梯牆上的白紙一眼，她疲憊地闔上眼睛，電梯噹一聲響時，她的眼皮像是千斤重似的竟連睜眼也沒地走出那封閉的黑箱子。他想如果電梯停在一半的樓層間她就跌死了。

他將詩偷渡在公告上，卻沒人讀。唉，他嘆了口氣。

在漫長的夜晚時間裡，一般守衛的眼睛不是看監視器就是上網，但他會讀書，讀書還畫線，偶爾埋頭寫字。住戶丟掉的Ａ４紙都是一落落地丟，他用另一面寫字，近乎鋼筆刻的字像印刷體，他很得意。然後又像當小偷似的進入電梯，將寫的Ａ４紙貼在電梯公告欄旁邊。

倒完垃圾的成真過了很久才走回大廳櫃檯，小陳知道她常有半夜散步的習慣，他想夜歸人真的會被她嚇死，她留著一頭雜亂長髮，白髮和黑髮交錯雜生，加上又長，很像女鬼。她的腳步聲在夜晚的安靜中頗好認，像是滑冰似的，她的塑膠拖鞋滑步在光亮的大理石上，拖沓著，彷彿沉思。那個步履聲和她的人像是分屬兩具個別的軀體。

小陳聽見腳步聲忙從吃泡麵的碗中抬頭對成真微笑。本以為成真會站在櫃檯和他聊天，她卻從寬大的睡衣口袋掏出一個橘子放在櫃檯上，說請他吃水果。他笑著說謝謝，嘴唇殘存著牛肉麵的油光。

一看到電梯被包裹起來，住戶就會嘆氣，意味著電鑽敲屋的嘈雜喧囂即將開始。所有的公告紙張和包裹電梯表面的保麗龍合為一體，很多時候幾乎沒有人在看紙張到底寫什麼內容，但因為鏡子被白板遮起來了，因此閱讀紙張的機會理應變多，但小陳看監視器依然很少人貼近紙張閱讀，最多是瞄一眼，那種瞄法大概跟看一眼天空的感覺差不多吧。

隨著時移，白板陸續被貼上瓦斯度數抄表，還有許多人開始不耐煩地在板上留言或亂塗鴉。留言都是寫也裝潢太久了吧，你家是豪宅啊？他也趁亂偷偷又貼了自己的詩。

他想誰會第一個發現他把公告暗自動了手腳？將他自己寫的詩埋在其中呢？

他從監視器螢幕看見進入電梯者是否有認真讀著，但幾乎大部分的住戶都匆匆忙忙，總之截自他交班前，都沒人和他聊起牆上有詩這件事。

他照例去巡邏大樓後面的防火巷，正巧樓上有人砸了啤酒罐下來，啤酒鋁罐掃過他的耳際，刮了他一個耳光似的疼，他有點火大，拉開後門，走進警衛室後，他倒帶監視器畫面，想查是哪一戶丟出啤酒罐。在倒帶時，他看見電梯裡許多人在監視器前做鬼臉，一副你看吧你看吧的模樣。也看到有人在電梯伸出鹹豬手，或者親吻，他聽說電梯是票選最刺激的做愛場域呢。

白天娃娃車停在大樓大門口時，他看了牆上的鐘一眼，四點，大樓的孩子歸來。

小陳向小朋友打招呼，偷偷問他你有沒有看到電梯裡面的字？

小朋友說有讀啊，我媽煮一手爛菜，就跟你寫的詩一樣。

他覺得小朋友真是殘忍的動物。但也怪自己太寂寞，竟然問起小孩了。

有時他也當抓耙仔，暗地會偷偷告訴房東，某層樓的女房客常帶不同男人回來，不太安全，萬一在你的屋子裡鬧出凶殺案，以後房子就難交易了。也有房東將鑰匙交給他，麻煩他帶人上去看房子。他覺得自己像管家，或者僕人。

監視器是這棟樓的人生縮影，他看著住戶來來去去，而他自己真不知在守衛著什麼？他不免疑惑起自己的人生，感覺自己不過是隻看門犬啊。

他最怕遇見包租婆，有錢但卻過得老朽的游牧民族，所有的銳利勢利都凝結在那兩顆濁眼珠子裡，他想什麼都逃不過這肥婆的目光。

這包租婆在這棟樓有好幾間房子出租，他常搞不清楚她到底住哪一間，因為她是哪個客人搬出去，她就移到那一間，總是有空房讓她暫住，直到下一個房客。甚至連後面等待都更的老宅也有她的分。這裡距離城市上班區不遠，雖然周邊是低矮等待翻修都更的公寓，但像這種有電梯又有管理室的大樓很搶手，包租婆通常住五到十天就會換到另一間。小陳常想這棟樓真是夠寫小說的了，可惜他不會寫，他覺得自己只會寫詩，但仍仔細觀察著每個人，心想說不定哪天仍可以拼接出什麼作品來，也許可以得個文學獎，有獎金之後，或許就可以不用上班了。

但他代收的包裹信件裡，經常也包括自己的退稿。

那個李淑芳的房東就是包租婆，他想李淑芳竟然受得了這肥婆？他光聽她的故事就耳朵長繭，尤其剛報到時，每個大樓的失眠人就來他的櫃檯前，像說著什麼廚餘故事似的往他耳朵倒殘渣，害他偶爾想偷懶打個盹都不行。

小陳，我跟你說，你年輕可能不知道這社會形形色色，你聽過幫派吧，這肥婆兒子就是混幫派的，但卻長得很帥，有一回來我們大樓參加尾牙聚會，他還帶了很多食物來，聽說肥婆女兒滿漂亮的，卻在外面有私生子。你問我怎會住到這種人的房子？告訴你，這肥婆聰明，她的房子之前租給一個廣告公司，設計還不錯，而且這老太婆招租時，裝出十足一副慈祥和藹的伯母樣子，就把我們都騙了啊。接話的是成真，不知何時她也溜到了櫃檯旁。平常這單身的成真可話不多，但一說到包租婆卻非常氣憤。

小陳想這包租婆厲害，可以把任何一個沉默詭異的人也加入了口水戰局，把每一張嘴頓時都變得八卦。

聊天時光，櫃檯電話響起，這才把環繞在他櫃檯周圍的住戶們衝散開來。

對不起，我得接電話。小陳說。

住戶訕訕然離去，好像被小陳趕走似的。

管理室您好，小陳接起電話說。

管理室小陳嗎？對方說，一個年輕的女生聲音。

是啊！請問您是？小陳說。

我是住頂樓邊間的李淑芳。

小陳聽了頓時心臟停跳好幾拍，電話線那一頭續說著，我今明兩晚都不能回去，你可以幫我上去餵貓嗎？

我沒有鑰匙，小陳說。但其實他很想進去看看李淑芳的房間。

你跟包租婆拿啊，李淑芳說。

小陳想，不知包租婆流浪到哪一個房間了，不過任何一個老是愛說八卦的住戶應該都知道吧。掛上電話後，電梯走來的住戶果然就說那八婆啊現在住我們後巷的那棟樓，聽說有人搬出去，她就又搬進去住了，你去就找得到她。她隔壁也有房子？小陳心想為何偏偏都是這種人才有錢呢，心裡很不是滋味。

穿過都更的後巷，七里香的香氣撲鼻，但暗溝卻是腐朽臭氣。後巷是一排排等待都更的擁擠公寓，就是那種連著樓梯到底的三層樓加蓋頂樓的房子。

小陳走進公寓就聽見包租婆炮聲連連，包租婆在一樓罵女兒生的私生子，又是龜孫又是兔崽子地叫囂著。這傳說的私生子已經六歲，鬧脾氣不想上學。小陳說明來意，包租婆又罵了李淑芳這破麻，一定是跟哪個人睡了，才不回來。包租婆邊在木頭櫃找著鑰匙時邊罵著破麻，臭屄。聽得小陳耳朵都紅了，但瞬間他才明白原來李淑芳是包租婆的女兒。

喂，我跟你說，你別再寫那什麼爛詩了，偷偷貼在那裡，你別以為我不知道，你的詩還影射我，你別以為我不懂文字好壞，我年輕時也寫詩呢。包租婆吐了口煙在小陳臉上，他感覺被羞辱了，又納悶地想誰影射妳了。

拿去吧，留紙條給那個李淑芳，告訴她再帶男人回來老娘就要她滾蛋。包租婆遞給小陳鑰匙，說完就掐著孫子的耳朵，空氣一時瀰漫著哭泣聲與叫囂聲。小陳落荒而逃，回到大樓，差點在大理石地板上滑倒。

夜晚時，他趁空檔按電梯上樓。你好，你好，小陳向同進電梯的住戶打招呼。由於電梯也有住戶同搭，他不好意思亂望電梯周遭，任電梯載著他上李淑芳樓層。只感覺包裹著保麗龍的電梯，像是停屍間似的白光，他忽然感到生命如此寂寥，在電梯的上上下下裡，每個人都通往不同的隔間，每一扇門都躲著不同的故事。

當他轉開李淑芳的套房，他聞到充滿松節油的濃烈氣味。原來李淑芳畫畫，這他竟一點也不知道。

大家都在用靈魂畫身體，那麼我的靈魂呢？我的靈魂不值錢，我的身體每二十分鐘也沒值多少錢，我不過是個賣身人，一直站在櫃檯，雖然我想當藝術家，想賣詩，但沒人讀。他偷看著李淑芳擱在桌上的筆記本寫的字，原來她是人體模特兒，小陳這時突然好想也去畫畫，不知道她的畫室在哪裡，又或者彼此見了會很尷尬吧。

幫李淑芳餵好貓後，通話機就響了。另一個守衛阿輝來了。關門前，小陳望著這單身正妹的房間，竟家徒四壁的，只有貓。這讓他感到荒涼得可怕。

連續代班的疲憊，讓這一天的小陳非常累，交接給下一個守衛阿輝後，他忽然覺得自己無法忍受身上這件制服了。在交班給阿輝前，他還得去停車場巡一巡，然後從地下室走到每一樓層再巡視一番。他又特別到頂樓晃了一下，其間還去大樓戶外的曬衣場抽了根菸，望著大樓下的人生。

走到成真那一層樓時，小陳立即知道這是她的房間了，因為她的門口好認，不僅因為門口貼著內有惡犬的字樣，還因為從門縫裡可以聞到濃濃的菸味。她已經被客訴很多次了，她還是依然故我。他好奇地貼耳傾聽著門內的聲音，他聽見來來回回的踱步聲，一陣沉默後，忽然聽見這中年婦人放聲大哭的聲音，那哭聲把他彈離了門面。他嚇著了，沒想到成真這樣的嚴肅婦人也會放聲大哭。

這時電梯傳來上升的聲響，他忙轉身佯裝著巡視，和走出電梯的一個男子打了一個照面。男子往李淑芳的門口走，他好奇地往那個方向巡去，遭男子白了一眼，他才趕緊進了電梯。

電梯沒人，他望著頂上的監視器，他知道自己的臉這時會暴露在一樓的監視器裡。

他看著保麗龍上貼的詩與公告，但紙卻不潔白了。他偷貼的詩被接龍了別的爛詩句：午後／等待大雨來／像是等待情人來的午夜／仍不見他的蹤影／午時，死的一顆心／沒有香味。

他認出是成真的筆跡，因為她常來簽掛號。但在他的詩旁邊又被連寫了三個爛字，他認出爛字是包租婆寫的。

讀過他偷渡在公告裡的詩的竟是她們倆。小陳失笑走出電梯前，他撕下了詩，靜靜地看了一下公告，世人需要的只是公告文字就夠了。李淑芳從來沒有讀他的詩，她回家後都累癱了。

阿輝看見小陳，劈頭問說怎麼巡得這麼久？

他苦笑一下，沒有回答，逕自走進管理室的小房間，他把制服換掉後，穿回T恤、牛仔褲，一下子年輕了好幾歲。他轉頭看了吊在牆上的制服一眼，像是告別。

小陳覺得這三個月怎麼漫長得像做了三年。

彷彿後巷依然傳來包租婆叼著菸，氣呼呼地罵著那個私生子，罵兔崽子的畫面。大樓後巷子裡有一些酒吧，夜夜笙歌，到了半夜，必然有喝醉的青年男女，哭哭鬧鬧著，一路穿過夜的街心。

他不適合寫詩，他突然明白了。

他想起自己去巡邏時的寂寞暗影。

他是個膽小的人，很快就離開了這棟樓，他不知道自己能守衛什麼？他覺得自己無法管理任何事物，這棟樓有自己的生存法則啊。據說後來的守衛是個酒鬼，酒鬼似乎比寫爛詩的詩人好。

他在自己的租處陽台外面抽著菸，台北師大商圈外的五樓老舊公寓也是擠滿了異鄉人。有學生在玩心臟病或是打麻將，或是玩電腦遊戲。他忽然悠悠想起李淑芳，想起大樓旁的都更公寓裡有一樓的住戶種的七里香，仲夏夜之夢似的飄著香，那個後巷的每日早晨總像是歡場女子卸妝之後，一到入夜又轉成了歡場女子的容顏，雜處的人生擠在一棟老去的樓。

而那七里香竟是方圓幾里之地唯一的清香。

就像李淑芳。

他想自己也許不該寫詩了，他想去有著李淑芳的畫室學畫畫，他想像著李淑芳的美麗裸體，只有去畫畫才可以一睹芳魂。他想自己不也可以學學李淑芳當個賣身人嗎？既然寫詩的靈魂沒有人要閱讀，那麼年輕的身體或許可以贏得注目？他又想自己當守衛不也是一種賣身，以身體守衛著住戶的身家財產，只是誰要讀他的詩，誰需要詩呢？如果他去學畫畫，當然他最想畫的人是李淑芳，他希望可以看見她的裸體，她的靈魂，如貓的靈魂，穿梭大樓神祕無聲。

但李淑芳的畫室在哪裡呢？他搖搖頭，把菸丟在地上時，心想總問得到吧，不知何時菸癮又犯了。

人行道上的仲夏夜七里香氣又飄進鼻息，他抬頭望月色一眼，回到屋內，倏地把桌上寫滿詩句的白紙都揉成了團，忽地往窗外一丟。

誰亂丟紙團啊，真沒公德心！下面傳來路人的聲音。

小陳聽著，笑著。陽台吹來涼風，牆上的日曆翻飛，他想起了曾砸他頭的啤酒罐，想起了李淑芳。想起了成真，想起了包租婆……大樓熙攘的聲音瞬間灌入他的耳膜，但聲音聽起來卻彷彿很遙遠了。

小陳很快就會變老陳，他可不希望自己一直當個不保不全的保全，每天被這些奇奇怪怪的五色人轟炸耳朵。

誰讀了他的詩？自己的詩比公告文都還沒有人讀啊。

寫詩都是賣夢，夢無法賣錢，我早覺悟了，我看你還不如去賣棺材，高齡人生都排隊等著你為我們送行啊。

耳邊響著包租婆的聲音。

他第一次覺得這個很討厭的老女人可愛。

——本文原以篇名〈賣身人〉發表於二〇一五年幼獅文藝雜誌

髮絲流年

按了一下遙控器，世界陡然靜了下來。

窗外陽光湛亮，沒有澆水的盆栽枯葉映照得更稀疏，母親把盛夏過得有如冬日之景，她望著，突然感覺空氣有一股她很熟悉的憂愁。

妳最好挑選比妳的色度低三度的染劑。在屈臣氏滿滿染髮劑的貨品區前她說，她揚著葡萄酒色的染髮劑給母親瞧。

啥是低三度?母親問。

就是挑淺一些的顏色染了比較好看，妳挑的這個太紅了。

看圖不準啦，因為妳的髮是黑的，不容易吸色。

黑的太黑，白的又太白，這就是老了的無奈。她在鏡中看著曾經黑髮的母親，如今有的黑仍很頑強，有的黑早已舉白旗，意圖全面占領頂端。母親說人美頭髮占三分，髮型影響美醜很大。

她幫母親染完白髮後，說要早點走，下午想去燙頭髮。

母親說我帶妳去巷口那個阿麗燙，或是去美麗亭也可以，比台北便宜太多了。

她記得阿麗，年紀比她還小，老頂著一頭獅子般的蓬鬆金髮，像是古早年代流行的霹靂嬌娃法拉頭，但又比法拉頭層次多一些打薄一些。她喜歡赫本頭，但自己的頭太大，剪成赫本頭就變成一顆西瓜。她最近才跟母親比較好些，因為父親過世了。一直很奇怪的好像在跟自己競爭父愛的母親終於靠近了她，情敵也會和解，因為成為彼此敵人的要素已經消失。

她說美麗亭我也記得，從很久以前就存在的美髮店。她從美麗亭老闆娘三十幾歲給燙到老闆娘現在都五十好幾了。

她媽媽卻又說不去了，因為彼此的政黨理念不同。

為了母親從未有過的親切提議，她本想去台北燙髮的想法便改去給母親推薦的阿麗燙。但忽然母親又說，還是老師傅美麗亭厲害，且便宜，算了，還是去那裡吧，免得燙醜了且還可以省點錢。

母親願意把政黨放兩邊，換她搖頭說不要，因為她總覺得其實這些年美麗亭並不求進步，長年替歐巴桑剪燙，她想應該早已跟不上時代了。

還是去給妳說的阿麗燙。

母親突然改口說，也好，阿麗店裡掛滿了得獎的獎狀，以前聽說也是什麼鑾堵的老師傳出來自己做的，一千多元可以燙好。

母親把曼都髮廊發音成鑾堵。

母親出門前還抓了迷你手提的小收音機，說著等等要聽廣播苦英節目，姓許都苦得不得了，許的台語發音是苦，一出生就苦。就像她姓劉，台語發音成老，一出生就老了，直到死亡都老。老氏墓，她邊走邊想著若寫自己的墓誌銘會寫什麼？

母親說老了不好過，一切壞了了。母親說話都是國台語夾雜，長年和外省父親生活最能暴露她過去的痕跡。

她記得洗腎的父親曾說一切都在眼前，卻一切都遠去。

她回應父親說，是不是老了日子慢得像鐵樹開花，一日如等百年。

父親說老了還好，就是不能病了。

父親洗腎甚早，陪同他洗腎是母親最初的工作。後來看體力不行，才讓她也輪陪。曾請過一個外籍看護，有天她回去看到看護在收拾包包，仲介就在外頭的車上等著，她問要走了？看護淚汪汪地點頭說太太不要我了，她聽了知道原因，忙打開皮夾抓了兩千元給那個看護，彼此擁抱一下告別。

母親和照顧父親的看護處不好，不是看護不好，雖然來過幾個未必盡如人意，但最根本原因是母親不習慣家裡有個外人，而且還是那麼貼近父親的人。那只好累自己了，她跟母親說。母親沒回話，母親小父親很多歲，還禁得起。父親過世後，她才明白自己一直誤以為母親捨不得花錢與捨不得分享父親，但最究竟是母親珍惜最後和丈夫相處的光陰，不想這段光陰被打擾。

因為這樣她對母親終於有了愛，覺得這路漫長又顛簸，母親為愛竟承受下來了。無聊時母親就玩自拍，上年紀的女人藉著美肌上傳照騙，感覺良好，也等著被按讚。以前有時也要父親跟她一起上鏡，起先父親搖頭擺手狂拒絕，後來無力拒絕也就任妻子所為。她收到母親寄給她的照片起先也覺得真是無聊，父親過世後心裡卻慶幸還好有母親的無聊，才能留下父親的最後光影。美肌效果下的父母親合影，在她的巧手下改成復古黑白照，彷彿他們才剛剛在冰果店認識，語言不通，母親一直笑，父親也一直笑，尖如雪山的冰讓染了色素的梅汁與煉乳奶白妝點得十分島嶼華麗，一碗冰一世緣，然後有了她。寧可被當豬剁掉的母親，為愛走天涯，和傳說中被迫的女孩嫁給外省郎完全不同。母親勤學國語，送她去上學，母親就在窗外聽一些，久了也都能說不少。父親也學台語，但講來講去都是些罵人的話。聽得母親大笑，恁祖母是誰？

父親最後時光因併發症住院，且腿還被截肢，曾說及在軍中吃狗肉，很懊喪很後悔。末期，父親老是被狗吠驚醒，但病房靜悄悄的，只有他那起伏如浪的呼吸。

母親最懊惱的事就是不該讓父親截肢，因為截肢之後一個月，父親依然走了，且痛苦地走了。沒有腳趾的腳套不進皮鞋，黑如雞爪，母親堅持每一根腳趾都要補好完整，遺體化妝師花了很長時間，才讓父親完好入殮。

為此母親開始茹素，還去流浪動物之家當義工，或者經常捐款給照顧流浪狗的單位。希望狗王率眾原諒父親，母親還去石門的十八王公，祈求原諒。十八王公在母親偷偷簽大家樂年代曾紅極一時，她要考大學時，母親也跑去拜，順便北海岸一遊，重點是要吃劉家肉粽。母親都說是我劉家開的肉粽店，當然要買。

以前瘋大家樂到十八王公拜拜的人都老了，媽媽也老了，自己也要往老路奔去。她去北海岸，也都會買肉粽吃，還是吃肉粽實在，她想著肉粽，肚子突然有點餓，但明明剛剛才吃飽，是思念讓愛飢餓吧。

彎進窄巷，鄰家式的家庭美髮，恆是擺著兩三張椅子，總是黃色的毛巾掛滿騎樓，不知為何幾乎都是黃色毛巾，還有鏡檯邊總有個小花瓶，上頭插了枝康乃馨之類的塑膠花。總有一個小妹在幫忙洗頭，那樣的小妹模樣從她童年的印象裡，一路走來都沒有太多的變化，看起來就像是國中中輟生，通常都是鄰居太太的女兒央來學美髮的，這類小妹沒有去台北遊蕩通常不是因為乖巧，而是真的對美髮有興趣。

母親才進門就喚著阿麗，阿麗坐在沙發看中午電視的股票行情，小妹在幫另一個婦人洗頭，小妹顯然比阿麗熱情，叫喚她的母親一聲阿桑。

我女兒啦，阿麗放下遙控器走來扯牙笑著，她說想燙無重力燙，阿麗笑說沒燙這種，要到大間的才有。

她們都把時髦進步的稱作「大間」的。她看著阿麗美髮的牆上貼的獎狀，那不是什麼美髮比賽大獎，而是小學生的獎狀，應該是阿麗孩子的獎狀，卻被母親以為是阿麗出國比賽得冠軍。她想可能母親看電視經常看到什麼美髮大賽麵包大賽舞蹈大賽，就誤以為那是阿麗的頂上桂冠。她想母親的眼花是更嚴重了，或者那只是母親的說詞，好讓她來。

兒時她看過母親燙髮，髮上夾著古老年代的熱熱鋁片，於今想來那種發出熱煙的鐵夾造型頗具科幻般的未來感，幾個女人邊聊鄰人八卦邊競比著美麗，頭上罩著像外星人的半圓形機器，四處在冒煙，散著阿摩尼亞的氣味。綠綠的髮卷散滿塑膠盤，梳子爬滿糾結的髮，美髮師總是動不動就噴著髮膠和人工香水，一屋子裡是又熱又燥，像是愛情盛宴前的裝扮氣味。

沒有她要的那種燙髮，於是她就洗個頭，母親修指甲，結束午後自父親過世後，母女少有的親密時光。

然後她一個人回台北住處。

她的對街有一間頗昂貴的髮廊，在晚上十點的時光依然捻亮得如白晝的亮黃，嵌進牆內的白鎢絲燈泡散著一天的高溫，吹風機也滅了又響，仕女們來來去去，披頭散髮地來，整潔有型地去；又或是沮喪絕望地來，新染新剪新燙地去。

台北髮廊一如台北時尚店，通常具有改頭換面式的療傷意味。換個髮型，失戀女人最常做的事；換個髮型，戀愛女人最愛做的事。從極冷的厭倦而改變髮型到步上紅地毯好整以暇的髮型裝扮，都說明了頭髮在女人的生命裡伴隨的是愛情的起伏。長變短，短留長，換個髮型，重新開始。

出家人斷髮斷慾，髮的根本不只是煩惱，髮的根本還和美麗有關，而美麗關乎感官視覺的挑動，沒有視覺似乎情慾無根滋生。

南傳佛教斷髮茹素，在西藏瑜伽士卻是終身不剪髮，據說頭髮也和氣有關。在印度尼泊爾女人花在頭髮的時間與費用也幾乎是零，因為她們都留長髮，一直留一直留，太長就綁辮子或是盤起來。她在加德滿都旅行時，很少看見美容院，小孩就是母親剪，甚至男人也都是在家讓女人動手修剪多。

只有城市裡的人才需要美容院，美容院現在都稱為美髮沙龍，有色情的稱理容院。以往辨別總是看騎樓有無擦鞋匠，現在擦鞋匠轉成泊車小弟。

走上二樓，左邊是瑜伽教室，右方聽見吹風機聲即是髮廊。「洗頭？」入口小妹問，永遠經典模樣的洗髮小妹，染了一頭獅子黃或者象牙白，不怕老的人。和阿麗家庭美髮店小妹長得都一個樣子，只是連鎖店裡多了制服，但也多了一種疏冷，不若阿麗店裡的小妹看起來有點傻。「我要燙髮。」她說。「指定設計師？」小妹抓起毛巾便帶引她到座位上問。搖頭，「妳介紹一個不忙的給我。」不忙似乎意味著生意不好，手藝不好，所以少人找她弄頭髮。果然來了個看起來應該才脫離小妹、助理不久的設計師，她聞不到眼前的人有任何設計師的特質，但她想總要給對方機會，何況她的髮毋須設計，她只求藥水好。

八卦雜誌幾乎是美髮店必備調劑品。有一回有個男性友人的家上了八卦雜誌，他笑說，那我的家一定都是在美髮店的女人看到居多，多了一堆「髮友」。從這一點她愈發相信，每個事物都有它存在的理由，都有它存在的必要，因為所需的人不同。在等待美髮完工的階段看這些八卦雜誌，確實是剛好的，因為通常染燙髮時心裡懸念的是等一下出品的髮型模樣，隱隱有一種焦急感，是無法細讀書本的，而雜誌多是翻翻，讀讀停停，並看著明星的美麗髮型，邊和美髮師溝通可能的造型。當然通常女人指著某個女星或模特兒的髮型要美髮師依樣染燙或造型時通常都是失敗的，除了臉龐美醜大小差異和髮質的基本不同外，女人都忘了這些人自己是不整理頭髮造型的，她們隨時都有人在幫她們吹整，當然是很有型的，一旦那樣的髮型落入每個充滿幻想的女人後，通常都有一種懷疑美髮師是不是搞錯了或燙壞了。

她指定的無重力燙，設計師說那只是燙的過程不同罷了，結果都是一樣的，反正都是直的。像是離子燙、陶瓷燙都是差不多的。這樣，那就燙吧。抹上燙劑後，小妹推來一個轉動的機器，轉動如星球，繞著她的圓頂自轉，發出一道光，熱能。銀色的鋼管表面，冷冷發光，這機器造型像是活動的建築。

「妳的身上好香。」小妹說著放了個熱毛巾墊在她的脖子下方，一股舒活的熱能溫貼。若不是她太懶得在美容院被服伺與等待，其實讓人洗頭是舒服，當然先決條件是要遇到溫柔的小妹。粗魯的小妹會把頭皮抓得血熱且時常會被噴得一臉的水滴子。

見小妹沒有繼續推銷她遂有一種放心感。眼睛閉著，聽著水聲，想小妹說自己的身上很香，突然覺得很親。小妹的那句話若是由洗頭小弟吐出來，而她又是躺著的姿態，她想那應該很具調情效果。

以前她還年輕且青澀時，最怕遇見洗頭的是小男生，可她看小男生和母親之類的歐巴桑卻都處得很好，好像洗頭小男生完全讀得懂婦人幫腹語術似的，但見洗頭過程有說有笑，不若她總是把頭埋在八卦雜誌裡，完全不想盯著鏡中的自己和洗頭的男生。至於一入座小男生問是否要按摩時，她都是大力搖頭，唯恐他們在公眾場合裡按摩著她的肩膀和手臂。

然而母親卻喜歡給小男生洗頭，說是小男生懂得討好可以當他們媽媽的女人，按摩肩膀的手勁大，洗頭的指力也夠。

花了兩個多小時完成頂上工夫，胖胖的年輕女設計師逕行動手幫她把之前自己剪的像是狗啃的劉海打了薄，剪短又打薄後，劉海一時蓋在天靈蓋上，狀似小呆瓜狀，劉海是一剪壞就無可挽回了。

「妳幾百年都留這個樣子啊，也不變一變。」想起母親經常這樣說。

再上上回，她去美髮院的記憶是在約旦。

約旦，蒙面女，平常黑衣黑影看不見中東女人的髮，只能往美髮店裡去張望。去除面紗後的中東女人，一頭黑髮濃濃地掛在頂上，女人細心地捲著大波浪髮雲般的髮，可整燙完畢，又是面紗一罩，全遮掩了。路人皆無福看，只有女人家裡的男人堪可把賞。長長的睫毛宛似駱駝眼的美女緩步踱去，留下人工髮膠香的餘味。

她燙好了髮，一路返回窩。窩空空然，無人欣賞新髮。倒是母親打了電話來，不問她燙得好不好看，就是問花了多少錢。她東扣西扣說燙一千三百元。「騙我，妳怕我知嘍，妳燙兩千五吧？」

她想這事事計較的母親，也知道城市裡的精明。她總是買高報低，此性格已經內化了。

很不幸的，她的歲月已愈發像母親般，竟是已然露出節儉的惶惶光景來，她本來最厭的節省，如今也已然走到不得不省的地步了。

時間讓她自動加入大省團。

大嬸愛大省。

開始省錢是否也是高齡的象徵？

開始剪成蔡英文頭或短髮是否也是要步入高齡女？

有人問過她，長髮可以留到幾歲？

留長髮有分年紀？

對啊，總不能後面看起來是長髮少女背，前面是阿嬤臉吧。

她還是一直留著。可能若真是活到雞皮鶴髮時，就得盤起來了，或是也剪個蔡英文頭？

妳管別人幹啥啊，恁祖母歡喜叨好。

她想起父親說過的話，突然邊持話筒邊聽母親在另一端問她何時回家時，感到寂寞感傷。

悶黑一日的天色，終於劈開雷聲，夜雨轟然而下，她想像著母親窗台那枯枝敗葉，應該笑了吧。

寵物解憂店

女獸醫師的店門口協尋告示牌又多了張新張貼的照片，晚上一個男子一臉哭喪地帶著貼有照片的一張尋愛貓啟事來到她的店裡。女獸醫師認得他，之前來看過好幾次剛出生三個月的藍波斯貓，那波斯貓阿威要在她的寵物店寄賣的。

孤獨者不能沒有寵物。

尋愛貓啟事上寫著他的愛貓名叫菲菲，特徵是有口臭，陪伴主人多年，沒有牠難入眠等等感人話語。

女獸醫師看著尋貓啟事的內容後，她對這名哭喪著一張臉的年輕男子笑說，有口臭的特徵一般人如何辨識得出來，還有感人話語寫太多會被不肖分子利用，利用主人心急如焚的心情，打啟事上面的電話騷擾勒索喔。

這男人聽了竟眼淚差點奪眶而出，啊暖男一枚，該是雙魚男吧。女獸醫師想著，也趕緊閉了嘴，算了，何必多管閒事，走失寵物者的心情可能比父母走失還緊張呢，就這樣張貼了吧，反正她想這店的玻璃告示牌是一種服務精神，細節並不干她的事了。

這女獸醫師最恨繁殖動物來販賣的人，她認為繁殖生命來販售是違反自然基因，那些品種優良的貓犬都因為近親繁殖而愈來愈嬌弱了。但她偶爾也會想自己是否只是矯情罷了，會不會骨子裡是因為她自己無法生育而痛恨繁殖？但她仔細揣想自己的心態，生怕自己也是鍵盤俠之類的人，正義都只是跟著敲敲字，於是她經常去幫流浪動物結紮。

寵物店的電視機頻道她大多開在CNN新聞，聽英文播報有一種距離，可以邊聽邊做事而不受影響，何況她非常畏懼聽國內新聞播報，那種腔調與不斷重返的相同事件，會讓她不舒服。她突然停下手中的剪刀，仔細聽著英文新聞，她嘴巴張得大大的。聽著新聞說將來可能出現半人半獸現代凱美拉。

凱美拉，字幕打出Chimera，希臘神話裡獅首羊身蛇尾且能噴出火焰的怪物。新聞說這種混合各種動物型態為一體的動物稱為凱美拉，也就是部分組織細胞基因混入了其他外源生物體基因的一種動物，畫面模擬著豬的血管流著人類的血液，小老鼠的腦袋也有人類的腦細胞在悄悄運作，一個人類裡面的肝臟與心臟來自於羊。半人半獸，她喃喃自語地念著，凱美拉，凱美拉，聽起來像是拍照的相機，喀嚓喀嚓喀嚓，拍出一張張人頭獅身、人頭魚尾、鼠頭雙腳、狗頭男身、貓頭女身。她突然大叫一聲，才發現自己不知何時竟累到趴在桌上睡著了，感覺百獸百鬼壓身。

女獸醫師的診所其實是一家寵物店，除了幫寵物看病外，最主要收入是賣食物和其他用品，最重要的是這裡還是感情中介站，特別是失蹤動物協尋，還有幫流浪動物之家找主人等。

像那個常抱著博美狗的貴婦，對女獸醫師而言就是個標準的溺愛寵物者，貴婦總是穿著雙C和凱蒂貓混搭的衣服出現在她的面前，連貴婦的寵物穿得也一樣怪。有一回貴婦出現在她面前裹著一條狐狸皮草圍巾，卻愛不釋手地寶貝著手中的犬兒，這畫面讓她很不適。狐狸不能當寵物，最多修煉千年住狐仙廟誘惑赴京考試的才子或不懷好心的員外。

她開門做生意，誰有寵物就是鈔票。貴婦的女兒不久來找貴婦，貴婦女兒竟是看起來像中年女人了，這母女對調把女獸醫師嚇了一跳。女獸醫師說，妳怎麼和女兒一樣年輕啊？怎麼保養的？貴婦向女獸醫師說，唉呀，醫生，妳看不出來我是拉皮的啊，妳真是和貓狗處太久了。只有拉皮才是永久效果。女獸醫師端詳著貴婦的臉說妳不痛啊？痛啊，怎麼不痛，痛了好一陣子，還兩個月不敢出門，額頭頂上的頭髮都剃掉了，耳朵兩邊也有傷口，花了我好多個萬呢。

對了，我這隻老博美可以拉皮嗎？

女獸醫師笑到肚子發疼，差點不支倒地，她搖頭說，狗就是有皺紋也不容易發現啊，誰看得到貓狗臉上的皺紋啊？

這一帶是有很多怪怪貴婦，老來日子閒得發慌，只剩鈔票可以買歲月或和小三競爭。自己的人生沒故事，但很會為別人掰故事。老了不斷抗拒老，整條街都因她們才活絡經濟。也有故意打扮不起眼的貴婦，怕被搶。

她們常出現在女獸醫師的診所，邊買物品或是帶寵物看診時邊聊八卦。有一天，總是穿得像是菜市場女人的貴婦來了，她手裡還抓著兩把蔥，邊把手中的臘腸狗放下後就滔滔不絕說剛剛去買蔥卻花了五十萬。五十萬元的蔥，嚇死人啊，旁邊有其他婦人接口說。女獸醫師在診台上替寵物打預防針也跟著豎起耳朵聽著。

買蔥花了五十萬的婦人說，就是買了把蔥後經過了一家賣鋼琴的，我看那賣鋼琴的男人把那台鋼琴說得像是神琴一般就買了。妳會彈鋼琴啊？有人問。買蔥婦人說她不會，她會看譜，學過小提琴。反正鋼琴和小提琴差不多，有人笑說。

這些把一萬元當一百元花的婦人就在她的診所像開里民大會似的定期報到，她覺得獸醫這個行業最大的缺點就是成天和動物為伍外，還得和這些三姑六婆或是和敏感纖細的男生女生處在一塊，要不就是酷愛寵物的童言童語。

來的人不是婦人就是只愛寵物的男人，適合我的男人都跑哪裡去了？女獸醫師打烊時對著被關在籠子的小貓小狗，最常浮起心頭的感慨。

有時她自嘲自己根本不是什麼女獸醫師，該說是女獸美容師吧，上門最多的是要求為貓狗美容的，修剪毛，修剪趾甲，洗身體，洗牙齒……有的貴婦還要求幫寵物美白牙齒及塗趾甲油。賣最好的產品是貓犬裝飾衣，ＬＶ貓狗外套竟是賣得最好的高檔產品，進口這類商品的當然不是她，而是她的出資人老媽。老媽是過氣貴婦，老媽在她念大學時曾不斷嘮叨要她用功念書轉系，轉到整型科或是美容皮膚科，原本也曾想這樣的她反而不想依從了，老媽愈是這樣想她愈發是讀獸醫系讀定了。

不過現在換她老媽很樂，這時代貓孩子狗寵兒可比小孩要多，貓的出生率快超過小嬰兒，寵物安親班寵物旅館早有了，再過幾年，寵物安養院也有了吧。她老媽覺得寵物診所店打著貴婦和高檔路線是不錯的發展，台北已經進步到動物寵愛樂園的地步了，她老媽感到欣慰，唯獨對女兒成天和動物窩在一起有意見。

她則自嘲不獨是美容師，還是接生婆和祭司，寵物產檢寵物美容外還包辦寵物送終，她在網路架設網路動物墓園生意還不差，有的中老年人不習慣網路墓園，覺得空蕩蕩的對著電腦螢幕悼念很不實在，所以她還是常帶著往生寵物火葬，火葬前還得依主人意願，幫寵物撒金剛砂或禱告。

幫主人找寵物，幫動物找主人，這就是女獸醫師在看診的額外服務，額外通常比正事還多。只要臉書貼上貓咪照片，贏得的讚總是比貼自己的照片要多出好幾倍。

那男子帶著尋貓啟事來到她的店裡時，她正要打烊，那一整天正好沒有人帶寵物來看診，一天也只賣出三罐寶路和兩包澳洲進口的大包餅乾貓食狗糧。她以前的男朋友也跑去當狗仔，隨著八卦雜誌到處追逐撒狗糧的名人。

不少路人經過會盯著玻璃張望一陣，看著玻璃上貼的一張張協尋照片和聯絡訊息。

屬於貓狗的鄉愁，妳是知道的，那種痛楚比失去人還黏性堅強，貓狗遭到遺棄的心靈創傷也不亞於愛情。屬於貓狗的記憶，妳應該更知道的，牠們一旦認定了，就是遭到遺棄也會跋涉千山萬水，只為了找到原來的主子與巢穴。我非常需要妳的協尋。這位看起來約莫三十出頭的男子說。聽男子說話的語氣好像是一種愛得深切飢渴所發出的訊息，宛如他走失的是他的情人，又是鄉愁又是記憶，又是遺棄又是創傷。

我知道很多人勸我隨時要有失去人事物的心理準備，無常，放下，多少諄諄教誨，可我對失去就是感到無比地痛，我就是討厭有人沒事就靠腰放下。男子語氣突然從文青轉為暴語。這回說詞真切，女獸醫師一愣一愣地聽著，圓睜睜直盯盯地被眼前男子的奇特感給釘牢了，眼皮片刻不眨一下地看著男子。

男子親眼看著她把尋貓啟事張貼在玻璃上才肯離開，女獸醫師看著男子的背影，嘆了口氣想自己的魅力竟然絲毫不起作用，都說她的眼睛會說話，會吸引人往她的黑洞掉去，都怪男子一心在愛貓身上吧。

她百般無聊地開始整理著桌面用具，然後踱步到後面附設的寵物旅館一一巡視，接著熄燈，拉上鐵門。晚上十點，她慣例地在打烊後徒步到附近的咖啡館，這一帶的部分咖啡館營業到晚上十二點，成為她下班後的精神收留處。她會翻看各種雜誌和喝杯氣泡飲料，若是有點飢餓就吃個蛋糕或簡餐。

到咖啡館是她作為自己一天在外的某種活動儀式，她想要是不這樣在外晃一晃，她會有一種自己也和那些寄養的寵物一起被關在籠子裡的錯覺，她整天在寵物診所動彈不得，只有打烊後覺得自己可以忘掉那些貓啊狗啊的，回歸到生活的基本面，吃吃喝喝，看城市夜不眠的帥哥或美女在咖啡館聊是非和走動。她絕不養寵物，她不要二十四小時都有獸味。

她想她身上應該帶著狗味貓氣吧，沒有男人來搭訕的，但咖啡館養的小狗卻必定來腳邊磨蹭，甚至快要跳上她的懷裡，在月經期更是直撲她的私處，讓她錯覺一場人獸戀正在上演。

這咖啡館的熱情小狗她佯裝示好地摸牠兩下，很快地她就知道小狗吃了太多蛋白質過高的廉價罐頭與咖啡館來客偷偷餵食的過鹹肉品，小狗過鬆的肌肉表示缺乏運動，還有小狗已經長到發情期的階段了，她沾惹其他獸類的氣味讓自己成為小狗的幻想對象。

她辨別寵物的能力勝優其知曉男人的能力，寵物只消扳開牙齒摸兩三下骨頭即可知優越，男人卻不是這樣啊，女獸醫師覺得自己的優越感只能存在於動物身上，或許她想自己應該有一個愛寵物的男人就好了，可是愛寵物的男人不是小孩就是同性戀，要不就是喪偶男人或退休老人居多，在她的診所與寵物店裡，開店至今她還沒遇過一個，配對於她的適婚男人多是不得已陪老媽老爸或是女友來的。她渾身充滿了藥水味與貓犬獸味。所幸人類嗅覺多已退化遲鈍，已無法聞出她的體味，否則她想搞不好一個獸醫還得被講究氣氛的咖啡館或餐館禁止進入呢，她自我揶揄，以作為自己成天到晚和貓狗相聚的某種嘲弄。

這天，當她仍然像往日喝完飲料吃完簡餐，也看完了所有各大報和一些旅遊與時尚雜誌後，她推開咖啡館的大門，在咖啡館玻璃門外的長椅上坐下，打開菸盒正要點火時，瞥眼見到一隻貓躲在停了一排機車的咖啡館角落，孤燈下，牠踏出小步伐又倒退小步伐，牠試圖走出牠的世界，牠的世界只是一個角落。女獸醫師冷冷地先是抽著菸，她觀察著牠，她對待動物和人差不多，她覺得絕不能抱著人為萬物尺度的想法行事，她討厭那樣的人類尺度，所以她絕不干預動物的生活，她再度提醒自己是絕不養寵物。夜的孤燈下，她看著，看著小貓如何掙脫無助。最後她放棄她的不干預心態，她想牠需要她的雞婆干預。

牠那麼瘦小，像是隨時會斷氣。入夜，夜的氣味恬靜，街的感官魅滋滋，她吐著一圈圈煙絲在暈燈上方，她褪下獸醫的白制服後卻像個流浪在外的動物般神態。她想牠似乎在等她伸出她的手。

走了一個男人，來了一隻貓。分手後，曾經一度貓是她生命僅有的唯一活物，餘皆如心死。

是夜，女獸醫師謹慎地拿出手機按了電話給他，手機電話群組字幕顯示曾經有過親密的男性朋友。她問可以救援一隻貓否？他說妳神經啊，看到貓咪就想到自己才會這樣。親密意味著某種曖昧消失，曖昧消失不是因為兩人已經走到床上的上壘戲，就是因為某一方試過已被拒絕而使得曖昧情愫變得清明起來。她和男人屬於前者，上過幾次床都感覺不對，是她覺得不對，不對就是感覺不好，不好是因為她無法深入，無法愛他的身體。她覺得這種感覺無法言說，男人起先有點受傷，他覺得自己可是其他女性的愛慕者呢，竟在她這裡跌跤。電話彼端的這男人是女獸醫師唯一在性關係感覺不好之後還能做朋友的，她想是因為他們之間早有很深的友誼打底，所以信任度並未瓦解。男人於是接受她的感覺，感受就是感受，男人不可能改變女人對他身體的感覺。有許多女人愛他的身體不意味著她也得愛他的身體。於是他們再度還原成為原先的朋友狀態，然而無論如何還是有什麼東西就此流失了。好比現在，她打電話給他，若是還在曖昧關係或興頭上，男人哪裡會不來見她呢？別說是救援一隻貓，就是光聽她電話就可以奔來的，戀人為了愛的覺受從來就毋須理由，只有當愛在其他事物面前失色時才會不斷地退後，終於愛已無法奔赴。

曖昧消失，男女語言就會直接。

男人果然是開門見山，竟是毫不遲疑地說晚了，且還質疑她的動機。

她沉思著，他為什麼說她救貓其實是為了救她自己的象徵，為什麼救援一隻貓就是一種自憐，就是只想到自己？她並不生氣，但她對這樣的說詞感到困惑，她想她對人類的言語愈發陌生了。

她突發奇想，自己如果有一天突然昏倒再醒來，會不會忘了人類的語言而吐出動物的語言呢？她的學校有某個教授不就是如此嗎？精通六七國語言的教授某日被車撞倒，被人們送到醫院，醒來後說的話沒人聽得懂。找來懂各種語言的醫生和教授才聽出這個昏倒的教授說的是俄語，昏倒教授忘了所有的語言，包括母語在內，他只記得俄語。

她被撞擊昏倒醒來後，會記得什麼？

她從讀獸醫開始就被同學戲說她長得很像一隻小黑貓。她還在想男人在電話中說的話：她在棄貓身上看見的是自己，為什麼？是因為她被感情棄養？還是因為她如今形單影隻？還是只因為夜深了，夜晚總和孤寂掛鉤？

菸抽完了，菸成了一具短短死屍。

小貓仍然是亦步亦趨地前進後退，終是因為無助而在繞圈子。

噹一聲！手機報時，她的腦海也噹一聲：他最討厭動物了，我竟然忘記，哦，不，他根本討厭任何生物，包括植物，因為植物會掉葉子，動物會掉毛，而女人感情會變。

女獸醫師曾是他可以忍受的生物極限。

女獸醫師在天人交戰，她想起之前她有過一個在媒體當主管事業有成的友人，夫婦長久不孕，養貓養成了育兒經。還有獸醫同業，當然許多都是愛貓咪勝過愛人。

她的腦海跑出一長串可以領養小貓的人選，於是她打給愛貓的媒體男人。

不行，他說現在他還在報社等突發事件的結果如何，不過他善意地說明天可以送貓砂給她。

她想她有沒有聽錯？送貓砂過來給她，她什麼沒有就是貓砂最多，多得像是建設工程裡成堆的水泥一般多啊。她需要的是可以把貓帶走的人，她的寵物店已經客滿，何況出資人老媽最討厭沒有品種來源的阿貓阿狗了，這些流浪阿貓阿狗在出資人眼裡當然都是賠錢貨，賠錢貨是投資人絕對不幹的事。好心是屬於像她這類的伙計，因為一無所有者最容易施捨，反正也沒什麼好損失的。

送貓砂，不用了。她像是那隻貓般，也開始盤算著究竟要不要接受廉價的餽贈。算了，接受就意味著得和這男人多靠近一點，這愛貓的雙魚男人和那個厭惡任何會掉毛的獅子座男人完全是兩個極端。

她抽完菸，又推開玻璃門進入咖啡館，準備結帳走人。

冰沙，我的冰沙呢？穿著碎花洋裝的女人在咖啡館朝著櫃檯高聲喊著。女獸醫師感到頭痛，在深夜咖啡館高聲喧譁的女人就像挨了針打的小獸亂叫，然而小獸的聲音可又比城市到了深夜也絕不卸妝的女人來得美妙甚多。

男人都去有美眉的店，女人就來咖啡館？咖啡館玻璃門突然被推開，走進一批女人，提著大包小袋的購物紙袋，長得像店員的臉倒是未必，但那一開口的口氣，就是某種業務店員，美容瘦身業、服裝店，不是純粹的店員，是有抽成的業務店員。她聽得出來，她見過太多寵物主人，看寵物前要先看主人。

女獸醫師想自己這輩子看來是只能愛貓狗等獸類了，除非人類這個動物願意進步，否則她好像愈來愈不愛人了。只是她才三十歲，身體費洛蒙賀爾蒙在她體內仍然興風作浪，讓她不愛人卻想要做愛，她嘆口氣離開結帳櫃檯。櫃檯機器聲大作，深夜的咖啡館不該賣冰沙。攪動冰沙的機器震動的分貝很讓人心煩。

她的這一年，在忙些什麼？她站在小貓的角落旁突然在心裡問著自己。這一年，忙著和那個不喜歡任何會掉毛動物的潔癖獅子座男人搞曖昧，還有幫貴婦們照顧貓狗。時間就這樣過去了。

三十歲大關突然來到眼前，白色醫生制服成天穿著，代替了新娘的白紗禮服。

雙魚座愛貓男人在他們倆還處於試探期時曾經說要送她一隻貓，她問他長什麼樣子？他說是賤貓。

啊，賤貓？

對啊，妳不是很有愛心？男人說。

什麼是賤貓啊？她搞不懂，男人笑說就是眼睛多了個黑眼圈的怪怪貓。後來男人沒送貓來，有天哽咽地說，貓在某日跳躍時不慎竟摔死，他是眼見牠摔死在他面前的，後來他就不再養寵物了。女獸醫師想起這事心情才好過些，想雙魚男人不是因為報社有事的藉口而推辭，搞不好他才氣呢，氣她這個糊塗女獸醫師竟然忘了他養貓的傷心往事。

女獸醫師踱步到角落，小貓喵喵叫。不知身世的小貓是被誰家棄養？小貓有著虎紋，左眼還沾著屎。女獸醫師把手往小貓身上靠近，小貓竟張口咬人。女獸醫師心想這廝太不知好歹，也不知眼前的人是誰，她只是不願意使出獸醫職業手腕罷了，但她也知道貓狗比人敏感，牠們輕易就可以看出來者的心意，小貓根本就是聞到了眼前這個人充滿一點也不想帶走牠的氣味。

女獸醫師最後決定騎她的小綿羊機車去兜兜風，她想如果在咖啡館打烊前牠還在，如果牠願意跟她回家，那牠就是她的了。

騎機車過程，女獸醫師不斷地浮起算了，我不是好主人，我常外出，我不想牽掛的種種念頭。我決定把我和牠的緣分拉長，如果明天晚上牠還在，那我再養牠。聽咖啡館小妹說，牠已經在那裡兩天了。竟是沒人帶牠走？兩天對貓咪都是人的兩年了。兩年裡，我有過什麼樣的男人？這是什麼鬼跳躍思考啊，沒錯，思緒的真實就是這樣，對，突然就從一隻棄貓跳到了男人身上，毫無理由。因為她離開一段感情，就會遇見一隻棄貓。棄貓是她一個女獸醫師的男人歷史。

她今晚的思緒被一隻棄貓完全打亂。除了寵物店的貓狗外，她自己個人養貓的歷史都太倉卒，她知道這樣很不好，違反醫德。那麼她的男人呢？她的男人都是習慣離群索居者，但他們卻比她對寵物更有熱情。她想，沒有能力承擔者是不應該貿然發出熱情的。

因為熱情暴露了濫情，而濫情會破壞感情的純度。像是她短暫交往的一個畫家男人，他就是對那種人事物來去不會深受影響的人。她聽他說之前有小貓跑進他靠山邊的畫室，他餵養了一陣，覺得那隻貓咪常弄亂了畫具，就把牠給拎出去丟了。

他在訴說那隻弄亂他畫具的小貓時，女獸醫師覺得像是在說她自己。

胡思亂想一陣，心情擺盪在養不養小貓的某種煎熬，更煎熬的是連帶在徘徊的浪潮裡，也把過往男人沖上了往事的岸邊，讓她想一陣哀嘆一陣。

這女獸醫師就這樣在咖啡館附近兜過來又兜過去，一條無人的街就光是她騎來騎去，像是在呼喚什麼似的不斷迴旋。忽然她在咖啡館對街見到一個穿著白麻布衣料的極簡風格女子出現，白洋裝女子盯看著小貓一陣。

女獸醫師突然像是出現競爭對手地也跟著目不轉睛地直盯著白洋裝女子的行徑。她把小綿羊熄火，雙腿跨在機車上，拿著手機，狀似在等人模樣地她偷偷觀察著對岸女人，對岸女人餵著咖啡館的食物給小貓，女獸醫師想，小貓若被餵飽了，要抓牠就更難了。要靠近一隻被棄養的飽貓，簡直是登天之難。

她見到白洋裝女人轉身離去，她不知怎的忽然覺得放心地也要發動機車離去時，未久卻見到女子又折回，手裡且多了貓籠，她看見貓籠裡面有美味貓罐頭。

動物可以看出人的個性，是棄貓的小小身影勾動了她早已不敢面對的寂寞深處，她知道她不是那麼想養貓。

她見到女人將要帶走貓時，突然又嫉妒又鬆口氣。她嫉妒小貓就這樣跟人走了，鬆口氣是她想可不是我沒情沒義喔，是你吃了罐頭就要跟人走喔。

女獸醫師看著陌生女人帶著陌生小貓轉身離去。這時她聽見了自己的內在泣音，她發現她比貓還容易被馴養，她表面是女獸醫師，底層其實是貓。一個罐頭送上來，就貼上去了。

離去是對的。她不知道是在對自己說還是在說那隻貓。

離去者，會讓人想念。

女獸醫師已經開始懷念那隻小貓。

騎摩托車回和老媽一起住的窩時，女獸醫師脫掉安全帽，讓夜的霧與風兜攏在她的周身，她哼起歌來。她知道那些男人也都會懷念她的，也許不是最近的懷念，但在不遠的將來一定會發生的一種深情與失去的懷念。

人真的有好多種？動物呢？啊，她所能了解的也不過是小貓和小狗。

秋天快來了，秋天才適合和情人蕩步在夜的城市街道。

她覺得那白洋裝女子很像以前的自己，不僅買個罐頭施恩，還帶流浪者回家豢養。於今，她想還是離去者會讓人懷念，也罷也罷，不要想太多，不要在孤獨的夜晚想男人想往事，不要讓自己不好過是對自己的一種道德。

她行經一塊仍在閃亮的招牌，霓虹燈閃著道德檳榔，小小空間燈火通明，裡面的西施美眉清涼魅媚，風光無限。取名為道德的檳榔店，她笑了，以後她的寵物店要取名什麼？蘇格拉底、薛丁格、柏拉圖、曹雪芹……沒聽過他們愛狗暱貓的。她又笑了，想著自己永遠都不要像貴婦，但要像貴婦懷裡的貓犬，永不老啊。

燈光閃爍在一個不豢養流浪小貓的女獸醫師身上，她那孤獨與堅持的雙肩，騎著機車的背影，端然地劃過整座城市的孤寂氣味。

贗品愛情

她起來的時候，颱風已經在外海形成，昨晚被雨聲吵了一夜，腦中一直盤旋著出發前要把一些東西清倉，好換取旅行現金。

房子裡大型的家具都是房東的，有的書本已經寄回老家，有的給了二手書店，只剩下一些衣物和鞋子包包。起床後，她走到電腦旁寫下的電話，首先她要賣自己買的名牌包，萬不得已才賣前男友送的名牌包。

當初她會買那兩個名牌包是因為想要終結自己的包包控，她以為只要狠心買下昂貴之物就會因為心疼而終結買包，結果她忽視了女人對包都是善變的，難怪她有些有錢太太朋友不買真正的名牌包，說因為揹幾次就不揹了，且因為她們有錢任何人也不會覺得她們拿A貨包呢。她有個朋友看準這生意，專門做代購，來源真真假假，對象就是這些有錢但沒時間的太太們，因為這些太太們通常都有自己的事業，忙得很，對包沒有忠誠度，只是一時拿出去應酬罷了。

像她這種不是窮也不是多有錢的小資女反而會買幾個真包安慰自己。不是很大牌的設計師的名牌包最難轉手，偏偏她就喜歡這種設計師的物品。雖不是大牌，但也不便宜，一個小包五六萬元，她這種小資女分期付款也得分上一年，等到付完了款，心卻又跑到其他包了。但她的慾望還沒結束，直到她拿了包去給二手店估價之後，她後悔沒聽母親的話，買如金賣如土。五萬元包只剩五千元。對方說如果是大牌的ＬＶ或香奈兒才有增值空間，妳這種小牌或怪咖設計師的都瞬間貶值。店家連檢驗她手上的包是真是假都省略，原因是仿冒的包不會仿冒這種包，買的人很少，仿冒不划算。

兩個帥哥設計師的包PROENZA SCHOULER，以回收價五千元寄賣，瞬間跟帥哥說再見，她捏著自己的手掌，忍住想打自己的揮拳動作，一路在烈陽下慢慢走到捷運，她有種心痛，痛自己永遠分不清需要與想要。

在無歡之年，她告訴自己要大掃除，外在與內在。首先這種激勵來自於她看了許多關於極簡生活的影片。當然最重要是她看見幾年後將面臨空巢期來臨的自己，她不想重蹈覆轍度日。既然感情空巢，那麼物品也該進入空巢。本來覺得物品是有紀念意義的，但送的人都離心了，物品也該離人了。她這次挑的是貴婦朋友介紹的一家專門收二手名牌皮包的店，在東區大廈的七樓。

她盤算過，前男友這些包包可以讓她多些現金。就這樣，她帶著前情人送她的三個包包上路，還因為重，攔了輛計程車。上車後，忽隱忽現的陽光就頓時成為暗影，她覺得這種天氣像極了她的心情。

才走上這棟樓，就有個女生剛好在電梯口，看她提著物品便問：「要賣包包嗎？」嗯，女生就直接帶她進去最靠近電梯口的一家店。她其實還沒準備好，女生就把她帶進來了。玻璃門內，一個長得乾淨穿著灰色T恤深色牛仔褲的平頭男生迎向她，很客氣地帶她到有沙發的貴賓區，把物品攤開在玻璃櫃上。男生也是東翻西翻，內裡的布不斷地拎到燈光下看著，在尋找什麼遺漏的細節似的，男生邊問著。

這包妳在哪裡買的？

她心裡想是別人送的，但她卻把它們拿出來賣這實在很丟臉，所以就說是自己買的。在哪裡買的？

啊，要問這麼細？她想我哪裡知道啊？就隨口說一個在一〇一，一個在中山北路，一個在新光三越的專櫃。她想著，其實都是當時交往的情人送的，她也不在現場，反正生日禮物，都是搞神祕。三個，剛好三年，香奈兒、ＬＶ、普拉達。

男生就點頭稱是。

妳原價買多少？她又繼續想著情人有意無意曾說給她聽的話，「香奈兒十一萬，ＬＶ十三萬，普拉達七萬。」她覺得自己像是在說一個天方夜譚的數字，離她的真實生活是如此夢幻的數字，這種金錢數字就跟她轉眼要四十地夢幻。

男生看她的樣子也不像說謊的人，於是就說三個我只能出價九萬。

一個三萬，一個四萬，一個兩萬。

三十一萬變成九萬？

沒辦法，我們賣的時候也是只能賣個四五萬的。

她想不無小補，旅行這些東西又帶不走，且要搬家了，就只好忍痛說好吧。

這時候，男生就推開另一個屋內小門，走出另一個也是長得很帥的男生。

你去提九萬元。

不用再看看？

不用，你就去提吧。

另一個男生帶著狐疑的神色看著她，她覺得奇怪，男生下樓之後，櫃檯的那個男生對她說：「我們剛剛才給了十幾萬元出去，所以現在沒現金。」她笑著說好啊，沒關係不急。男生還拿雜誌給她看，邊說妳家裡如果還有很多包，我們可以去收。

我住石牌。

還好，我們可以專門開車去收。男生又說。她想她哪裡還有包啊，就是這些了，三年三個，三個紀念物。

男生拿收購單請她簽，她也沒看上面的字，以為是一般的簽收單，就順著該填的位置，依序寫下了名字、身分證字號、手機號碼。

就在等男生提錢時，隔壁跑來一個貴婦。貴婦和男生說了幾句話，轉來玻璃櫃上看她的包包，東翻西翻著，然後又和男生咕噥幾句。

男生忽然臉上一沉，走向她說：「小姐，這三個包包都是假的。妳知道賣假名牌包要負法律責任，這樣我們是要報警的。」說著男生就準備要打電話。

玻璃門外去樓下提錢的男生也正好進來，「你白跑了，都是假的。」

她臉色瞬間蒼白，一直冒汗，還沒弄清這是怎麼回事，她自己怎麼突然從「貴賓」變成「假的」還要「報警」？男生正要撥電話時，她以過往搬家的力道瞬間抓起包包小跑步衝了出去，狂奔電梯，直奔而下。

反正沒收到現金，她知道後面不會有追兵，只是心臟快要跳出來。

回到家後，她前情人送的這些假包全打包，她真後悔之前丟了不貴但至少是真的包，卻留了以為昂貴卻是假的包。隔日她想將包包全部寄還給前情人，一到晚上她又冷靜一想，拆開來又一一放回原位。她想情真意切時光已過，前情人也許也是誤買到假的，畢竟男生沒有那麼清楚的概念，且可能為了省錢有時會找代購買，如此也未必真能買到正品。她知道那些男人只為討好她可能是不懂什麼名牌的，糊裡糊塗也是有可能的。麻煩的是，她不知該怎麼處理，於是隔天她改成全捐給某些慈善基金會的回收單位。

但這次事件之後她對於長得跟名牌幾乎是原版的包包就開始很有戒心，讓她沒有防備的所謂原版原單贗品才可怕，還不如直白告訴妳我就是假的還讓她舒服些，至少不會當真拿去賣還差點吃牢飯。

比如後來她去韓國東大門看到大包外掛著一隻馬的ＰＵ托特包，她看見寫著狗牙包，賣的人也說中文，都是東北姑娘。狗牙包，太可愛了，但明明掛的是一匹小馬。管他，喜歡就好。於是買了，揹了幾次甚覺好用，朋友張著眼睛說妳用名牌包？她想四百元台幣哪來的名牌。朋友再仔細一看說這包除了少了GOYARD的字之外，就幾乎一樣了，但卻又不一樣。GOYARD變狗牙，太有創意了。等等，這匹小馬若是正品少說也要兩萬元。啊，嚇人啊。這是愛馬仕的小馬啊。將兩個牌子混搭，各取元素，也太厲害。她喜歡這種假，假得很不假掰，她就是要這樣的感覺。不用揹得遮遮掩掩，不用當朋友問時還要怯怯懦懦。

有一天她去蘭嶼旅行，騎著租來的機車到處晃繞，忽然看見一個畫面時她笑了，她看見在門口聊天做著珠串的三個老婆婆，身上揹著看起來好眼熟的名牌包，她用過的東西樣子她都會記得，因為有特別的摺痕。

轉眼包包裡面裝著檳榔，她第一次覺得名牌包竟這樣可愛，就像塑膠袋一般真實，沒了真或假，回到只是裝東西的樣子。

眼前的大海即將吞沒最後一縷陽光，黃昏降下，晚景涼風吹拂她的臉，她將機車熄火，往海面走去，看海這樣遼闊。

原來海才是她的包，永遠可以環繞島嶼的情人。

老年的地獄圖

高齡求生

每天都把睡覺當作死亡……

不K歌的歌坊

上了年紀的女人經常在皮夾裡放一張她年輕時最美的照片，如此可以證明自己也曾是一枚正妹。

妳看我這像誰？

眼前真正的年輕正妹看著相片，一臉迷惘，不知是誰，不知時間殘酷。

林鳳嬌啊，成龍的太太。年輕正妹哦了一聲，沒反應，也沒感覺，正妹知道成龍，但誰管他太太啊。拿出照片的女人繼續瞇眼看著自己的年輕照片，彷彿沉浸在往日美好時光，又唏噓又緬懷。

喝酒不唱歌的老男人也爭相看著照片，說著風韻猶存喔。彷彿不甘示弱，其他女人也紛紛拿出皮夾，讓大家瞧瞧誰才是資深美女。

年輕正妹才是正牌，年紀大了的老正妹只能拿照片ＰＫ。年輕正妹來到這裡是因為找媽媽拿錢。不好意思只是來拿錢，於是也跟著坐了一下，無聊地看著老歌搭配的MV，一代女皇、哭砂與哀歌哭調，跟著吃幾口熱炒，喝幾口啤酒或可樂。但聽大人說話真是一陣又一陣地沒趣，也就催著老媽子給錢，開始約人，出門自己去找樂子了。

門開，飄進夜晚的風，送進地毯酒精氣味；門關，女孩留下一些像春天的香精。

也有不拿出照片來證明自己年輕時也是正妹的女人，那個人是歌坊老闆娘，她刻意藏鋒，因為女人都是這裡吸男人金的磁鐵，每個女人到她這裡都覺得自己是最美的。她的眼神有著風霜，曾經歷過四個男人，她的三個小孩各有不同的父親。

人老珠黃之前，她憑最後一抹姿色賭進所有人生的籌碼，將錢投資在這家KTV，老女人陪老男人，唱唱歌，吃吃小菜，摸摸老手，走過晚景。

這間K歌坊，過了晚上九點才真正熱鬧。

不是來唱歌，彷彿是來聽話，聽人說話。

不然咧，聽鬼說話啊。

咧，尾音必須加這個字，大媽大嬸大叔大伯已經夠台，上了年紀更台，台妹變老成了更老的台妹，因為再也不重視形象，所有的話都是脫口而出，大咧咧，隨時譙幾句，射中語言要害，如此才能在七嘴八舌中，話語被聽見。講了一輩子的嗓子，摩擦著聲響，沙啞粗礪，煙燻的聲音四起。

來店裡的中老年女人幾乎都做過直銷，經常冒出直銷人話術，長得也都一個樣子，很奇怪，就是再漂亮也是一個樣子。但比她們的上一代母親要好些，畢竟都是有讀書的，五專三專大學不等，最多是以前念五專的，一聽就是有歲月。

老闆娘的職場年代幾乎是台灣直銷歷史的縮影，她大學剛畢業就碰到安麗，那個安麗直銷女子後來在某大寺院出家，過幾年突然在某個場合重逢，她嚇了好大一跳，安麗女子依然美豔，卻剃了個光頭，穿著灰色袈裟。那股美豔很難卸除，因為紋過眉動過臉，沾染在臉上太久的氣質。安麗之後，開始出現的直銷物品多到她自己都記不得，連來跟她推銷的女人她都記不得，因為直銷人的話術都一樣，見到人就是美女美女地叫著，但才坐穩就看著妳的臉色說妳的毛細孔太粗，告訴妳致富祕訣，選對團隊輕鬆賺錢，妳有想過不用上班且休息睡覺都能賺錢嗎？然後從名牌包拿出紙筆，開始寫不管想聽或可能聽不懂的上線下線，如何多層次排列，什麼級數可以達標，然後告訴妳這產品多爆紅，要妳趕緊加入去上課。接著開始秀出之前之後的照片，佐證成功，讓妳心動，然後一堆夢想語言快速吐出，直到心靈雞湯喝到打嗝。

妳有家人吧？妳的下線很快就有了，妳有朋友吧，很快就能從一個生十個，十個生百個。

年輕時她想家人只有母親一個，朋友不來往，來往的也都是要把產品推給妳的，大家推來推去，就像她剛畢業做出版，文化人都不買書，要出版社送，而出版業彼此也互買，搞半天都自銷。還有她覺得這些人臉都長得很像，搞得她開始臉盲，打扮更是相近。她把這些臉歸為直銷臉，直銷臉可能因為太忙於身體產品的銷售，因而往往忘了心靈的部分吧。總之，她家裡堆了很多人情產品後，久了沒動靜，別人也只好放棄她。她對於無法對話的人感到索然無味，即使這些人日進斗金。她的年代從約在麥當勞再約到星巴克，他們是見面狂說，卻不點餐的人。

他們的話術太接近，想要賺錢的心相似，她這一輩的初老之人，幾乎都遇過直銷人。彷彿直銷蟑螂，到處都可以繁殖的百萬千萬夢想。他們對她說，妳想要變美麗健康有錢，難道靠許願嗎？妳來人世不遊樂不享受，難道妳來地球臥底？他們手機裡永遠存有許多見證的圖檔與影片，隨時都可以秀出奇蹟讓人臣服。

他們糾正她，他們就是她加入的賴群組。群組每天叮叮咚咚，就是誰原來快死了，用了之後痊癒了，或者誰的疤痕服用之後全變白了，或者誰的臉部原來下垂的都拉提了，誰老到快不想見人了，現在每天是美魔女。但她看著美魔女怎麼個個都像塑膠女，臉都是假到看久會無感的那種美。但她自己照著鏡子，認輸了，法令紋木偶紋，心想還是塑膠好，永遠不腐朽。

在歌坊不唱歌，像一千零一夜，談八卦保持求生，搭配曖昧氛圍求年輕。

另外他們暗地經常說起其中一個女人的八卦是女人的老公是被她操死的。來這裡K歌的鰥夫寡婦很多，他們就愛說她，一個有點年紀卻依然性感的女人，代號奶大。接著許多人就開玩笑說，她讀奶大，我讀淡（蛋）大，另一個說他讀交（腳）大，也有亂接什麼南教大諧音之類的老笑話，老男女在一起分成兩種極端人，一種老愛開點黃腔，一種老愛談修行。來K歌坊當然黃水四溢。

奶大沒空來的夜晚，就成了主角。

大家就說因為奶大她就長得一副慾求不滿的樣子。還有就是她生三個兒子竟也被拿來說嘴，不知是從誰的嘴巴先傳出來的，說什麼根據女生的生育學統計，只要猛出男丁的女人，都有頗為強壯的慾望。

老闆娘聽了笑，心想還好自己生女兒。那個奶大的女人，其實她很佩服呢，她有時需要五金用品會去奶大的店裡，看著奶大總是將手上忙的活弄得像是在敲打擊樂器，金銀銅鐵，五金，送貨。奶大打開貨車門，鮮豔的紅色彩繪指甲忙搬著五金，還穿薄紗型的衣服。她為了不要每回都演出不小心倒奶的搬貨狀，頸子上永遠掛一條絲巾，於是有人又說她的絲巾底下的頸子有掐痕，揣測被情夫掐的。

K歌坊的人笑說中年過後還有姿色與奶大這類的寡婦流言最多。這些男女彼此自拍上傳臉書，科技讓他們歲月消失，每個人都美得很塑膠，美肌相機是他們自欺欺人的快樂產物，自拍的樂趣讓他們想起年輕時有過的抽鑰匙機車夜遊，還沒看清楚就跳上了陌生人的機車，黑暗中一切都美，奶大就是這樣嫁給她老公的。

歌坊的電視大螢幕沒有人點歌時，自動播放著奇怪動物頻道節目，二十四小時交配後死去，公蜉蝣展開舞蹈般的求愛，母蜉蝣產下三千個卵，四十五個小時孵化幾百萬顆卵，幾百萬年的物種，但成年時光卻只有二十四小時，要延續物種必須和時間賽跑。還是糞金龜比較務實，母金龜看到哪個金球喜歡就會跳上去讓牠推。母猴的不忠竟維持了遺傳多樣性的強韌度。

中老年人有一搭沒一搭地聊著，沒人看電視。

他們也經常把義結金蘭的結拜呷會或同學會聚餐改辦在這裡，從下午聚到晚上，每個人的喉嚨因嘈雜都磨說得粗糙沙啞，好像要把一年的日子全壓縮榨乾。

有的同學會，開到最後，只剩班長一個人。

有個十三姐妹會，最後只剩一兩個姐妹。義結金蘭收錄十三金釵花名冊似的小冊子，橘紅色的小冊子上燙著金字：「義結金蘭」，內頁依年齡排序的名字、地址與電話，背面印著字句，寫著「民國七十五年中秋節吾等十三名女子，以守望相助，以友為親，義結金蘭姐妹相稱，每年正月十二日與八月十二日為聚會之日，聚會處以順序輪流，會金以上肉三斤市價為基，本情感之溝通會必以夫婦相攜為準。」會金以上肉三斤市價為基，這樣的計量單位非常有趣，讓年輕正妹聽了笑翻了。許多不買菜的女生根本不知道這肉三斤到底是多少錢。又以夫婦相攜為準，現代女子往往不婚，沒伴可攜。

現在的閨密說翻臉就翻臉，哪有義結金蘭的可能。大家感嘆著這種非血緣的結伴可以走到老，相互扶持，實在已成當代傳奇。這些姐妹聚餐會或同學會，也因此讓這家K歌坊可以走過這麼多年，還養了K歌坊周邊的許多商店。比如周邊的越南妹美甲店、街角咖啡館。

黃昏一起，三家店都很熱鬧，許多當年的再見阿郎或者洗衣歐巴桑，或各式各樣的老闆與老闆娘，走到歲末，都想要犒賞自己。他們的童年都辛苦，父母更辛苦，於今父母都八十好幾了，甚至有的父母都九十幾了。聊起集體記憶，讓大家談起過去都很有感，生活的清苦彷彿是記憶的調味料。

有人聊起以前母親在外省家庭幫傭當洗衣婦的過往，說母親臥床時總要求要指甲美美的，以前成天把手洗得都腫了的記憶到老都椎心。

另一個來K歌的秀慧聊起以前自己是家股票新聞社的業務助理，平常就是幫老闆管管文書，接接電話，剪剪貼貼。在民國五十年代，台灣剛設立證券交易所，當時的股民得知股市消息只有兩個來源，收音機與報紙，秀慧的工作就是一家股市新聞社的員工，那時沒有電腦，所有的交易靠的都是人腦，交易員在現場喊價、撮合，交易所裡滿地的紙屑，到處充滿飛沫。交易時間結束後，秀慧必須到交易所將當日股市交易情況抄回報社讓分析人員寫評論，並在第二天出報，每天都是這樣的日子，看著股民瘋狂下單，賺錢的高興表情，賠錢的哭喪著臉，讓秀慧以前的人生經常是每天情緒起伏很大。

秀慧死去的先生是曾經跟過蔣家的高級將領，她有七個姐妹，兩個兄弟，她是最小的一個，也是唯一嫁給外省人的，當時被臭罵到不敢回自己台南老家的小村落。彷彿她身上羞恥地烙印著紅字。

秀慧說她在四十三歲那一年突然每天都感到煩躁，甚至不想活了。她看了很多醫生，卻都沒有看好。有個醫生還不開藥給她，只是一副欲言又止地對她說妳這個病要好，要多出去走走，多參加活動。她沒聽懂，繼續像午後大雨要來卻不來地悶著。直到有一天她工作的新聞社因為政治因素突然要收攤了，頓時少了工作，在一個朋友的介紹下，只得也去加入拉保險的工作，那是保險業正蓬勃的年代，每個人都多少做過保險或買過保險。

於是必須學著拋頭露面，認識的人也逐漸變多，直到有一天認識一個男人對她產生好感而走得近。怪的是和男人在一起之後，病竟就痊癒。原來提早進入空巢的秀慧得的病是難以啟齒的欠缺抱抱症。

說到這裡，大家都笑了。

後來秀慧的保險客戶幾乎都是男人，男人經常希望保險佣金可以降低些，每一回見到她就餵她語言的糖霜。

看妳現在這個樣子，可以看出以前一定一拖拉庫的男人追著妳。

你怎麼知道？

如果將時光倒回去看，我看了也都會流口涎的。

男人老了嘴巴還是甜。

她聽了笑開懷，老少女也會臉紅，丟了餐巾紙朝他嬌嗔著。老男人心裡偷笑著，心想不管什麼年紀的女人，嘴巴甜這一招都管用。不像年輕男生不分青紅皂白喊女生姐啊姨的，簡直是白目討女人厭。

秀慧說她有男人之後，開始愛惜生命，卻總是害怕一睡不醒，倒是來這裡K歌K安心，大家唱唱歌時間就過去了。

每天都把睡覺當作死亡，睡前就在桌上放一些重要遺物，免得來不及交代。

大家聽了開始感嘆，也紛紛說要開始寫遺囑，分配遺物了。

年輕時她曾著迷過的心靈大師竟在睡眠中離世，這讓她感到驚嚇。

她想大師心裡有準備嗎?如果有準備,那麼為何微博在晨間還會發文?是大陸的祕書助理發的嗎?因不知大師已然駕鶴西歸。

也許沒有駕鶴西歸這件事,眾人紛紛說著。

大師還沒因為離棄老婆而出事前,都是大師陪她入眠,菩提系列如搖籃曲,她後來因此失眠好久,不再相信的文字禪,再也難催她入眠。不再相信之後,她又失眠了。他們的世界師父突然變成seafood,蓮花座變海鮮,窮追不捨的狗仔揭開新聞鍋蓋,卻傷害了走入中晚年的脆弱心靈,這把年紀去哪裡找師父?沒有時間了啊,千里求名師,她連一里都走不動了,這使她好感傷。

秀慧一口氣說著往事與近事,這使得一向吵鬧的K歌坊突然安靜下來。

直到老闆娘端出一盤客家小炒與拿手煙燻雞,香味又趕走了寂靜。

還好有K歌坊。

適合不K歌的他們,相約黃昏後,相望於熱炒的江湖,他們相濡以沫,以八卦的口水親近彼此,這永遠讓時間過得很快,且不覺晚風習習。

冰上築屋

他的住家在市場附近，每天行經觀音素食批發與彌勒素食雜貨，觀音與彌勒之間隔著一家肉鋪，到了晚上十點就有卡車送來解體的豬仔，懸吊著豬體如大屠殺，卸貨時分，觀音與彌勒都還燈火通明，放送的佛號彷彿在為每夜的亡靈超度。

修行前要先解行，了解為何要修行，他想著這句話時，朝市場漁獲水族箱念咒，他戴著口罩念誦，攤販不知他在念，這樣比較不會被翻白眼。為何要念咒，就這麼幾句話就可以超度魚族？必須相信，他告訴自己，相信是信仰唯一的道路，不相信不就白做了，所有的行為不就變得可笑。那可太不划算，相信相信，相信就有力量，他信心滿滿，但偶爾會產生一點裂縫，必須提起正念，反覆告訴自己相信相信再相信。

一邊走一邊念咒，一邊又夾雜著許多念頭。念頭一閃而逝，下一個念頭又起，不知想到哪了，這時他已經穿過了魚肉市場。

他很佩服那個每天騎腳踏車一路大喊著佛號的婦人，不像他臉皮超薄，有一回被考驗去對陌生人傳教說法，分配到的路口是忠孝復興捷運站一帶，出入百貨公司的人潮滿眼都是物欲，哪裡有人要聽佛法。他站了很久，另一個揹著廣告牌的人比他猛，廣告牌上面寫著老天爺就是耶和華。還走來跟他說話，要他改信天主。

他靦腆地笑著，什麼話都說不出口，只好走到別的地方，環顧有無慈眉善目者聽他說說學佛的好。但那是難以辨識的，比如他覺得自己就長得一副山寨強盜臉，濃眉怒眼，稜角分明，不說話像顆石頭，一開口卻是棉花糖。

同修師兄說，你算幸運的，我被分配到跟檳榔西施傳教說法。我一走進去，檳榔西施就要我買檳榔，我得裝作和她同路人，才有辦法開口說話。

他搔搔頭，不知怎麼接話，同路人？

就是裝得很在地，很大哥模樣，還得丟幾顆檳榔吃，她一開始就會接受你，不被拒絕才有機會談上話啊，不然你的佛你的菩薩還是走不出你的心你的嘴。你就是太有自我，所以放不下身段。把自己當作一具死屍，別人罵你打你，你想死屍還能還口還手嗎？

但死屍沒當過，不知怎麼當？死屍不呼吸，那豈不是要暫時停止呼吸？

他又搔頭搔臉地回著話。死屍其實是看過很多的，他送走了父母，送走不少老同修，經常去亡者處助念。

還虧你當過演員，這師兄阿清是他的大學同學，就是帶他入門的，中年過後，找你的朋友有一半要你加入直銷，有一半要你參加他的宗教團體，都說他的主他的佛有多好，天堂淨土各有門路。他們原是獅子會會友，從獅兄變師兄。

兩人熟識所以講話直接，不若其他師兄師姐總是非常客套，講話拘謹，但老是意有所指，或者含沙影射，拐彎抹角就怕言語失當。

他當演員的重點就是逼真，他常演殺手，演久了臉上的線條更分明，連手都長出肌肉。這靈修班的帶領人有天跟他說，小伍，當演員要小心。

小心？他一緊張就會用手搔耳搔臉的，或者不知如何回話。

要背台詞要真動手，演久了，你的阿賴耶識也就會種下這種念頭與植入這種畫面，平時還分得清楚實與虛，等到你在中陰，意識難以掌控時就會假戲真做，很危險，把假當真，因為演習慣了。

阿賴爺？他當時沒聽懂，還以為是一個爺們。中英？中英戰爭啊？後來阿清寫給他中陰字怎麼寫，然後慢慢靠阿清說明與自查佛學辭典，之後自己也被佛上身，慢慢地開口閉口也是佛言佛語了。

他走到捷運路口時碰到阿清，說了一陣子話後，各自分手再去尋找目標。

那天每個學員都得進行兩三個小時的戶外學習，然後在晚上九點半前回到靈修中心。他拎了一堆紙袋，裡面有兩件襯衫，一條領帶，四包零食，花錢買聽他說話的櫃姐。在等待陸續回返的學員時，他丟了一包零食給阿清，阿清笑回你這和我買檳榔的意思是一樣的。度人度久了也會變胖，陪吃陪聊天，進食時間不定，壓力升高，容易亂吃。

但胖算什麼，如果能度到人，他丟了幾顆花生到嘴裡時這樣說。阿清聽了拍拍他的肩，你總算明白了箇中的一點滋味了。

每週去上佛學課，趁老將至之前，心靈有所皈依。

聽過要小心中陰之旅之後，他開始小心自己的念頭。阿清說人死前如果意識不清，斷氣之後就更沒有把握如何走到淨土了，一旦意念亂就會受引誘，就會走錯路，一醒來就變成貓狗雞鴨豺狼虎豹啊，那豈不太可怕？所以要對輪迴過患保持警醒。

靜坐團體的指導老師還要會亂拋媚眼的學員女生在課堂上戴墨鏡，免得漏電，說是一眼對上，五百劫也糾纏。他轉頭看著女生，大概全部都戴起墨鏡，他不記得她們有何媚眼？甚至他覺得她們的眼睛都疲憊得快張不開。

但保險一點還是戴墨鏡，難免眼睛會飄來飄去東張西望，萬一妹無意郎有意，也是百劫千劫。

累劫究竟要累到什麼時候？隔壁同學說著，累三聲聽起來像四聲累。

別以為不過就是那麼看一眼會怎樣，那對望的一眼可能一時之間乾柴烈火，天雷勾動地火，也可能是洪水猛獸的慾望焚燒。以前就有一位只是在路邊看到狗正在交配的出家人，就因此突然動了春心淫念而破戒啊，各位，所以小心視覺，視覺殘留往往是慾望之始，別看黃色書刊，除非你能不起分別，但太難了。又比如看鬼片，很多女生都會心生害怕，看見車禍現場會頓生無常，看到丈夫和小三在一起會怒火攻心，任再優雅的人都變成瘋婆子。

大家哄然大笑。

他聽了心裡卻十分苦澀，翻湧著記憶的苦水。

他怕嬰兒的哭聲。

嬰兒的哭聲還是不斷地干擾著他，而且好像當他在心裡對自己說著這是寂靜這是寂靜時，嬰兒的哭聲就愈大聲，狡詐的嬰兒，他對著旁座婦人懷中的嬰兒心裡說上這麼一句，嬰兒像是邊哭邊偷笑的模樣，他愈看愈有點氣浮上來。

說起在機場櫃檯劃位時，櫃檯小姐看他一身僧服，想要禮遇他，於是給他經濟艙最寬敞的位置，但是哪裡知道那位置也是嬰兒必然霸占的位置，牆上有換尿布的摺疊式架台，他不巧就坐到今天有嬰兒的班機。

他想似乎走到哪裡嬰兒的哭聲就跟到哪裡，他自己不敢給自己考驗，嬰兒可沒有這種顧忌，嬰兒想哭就哭，想撒尿就撒尿，嬰兒才是他心中的魔。

「好可愛！阿彌陀佛！」他入座合十，並微笑地向著婦人打聲招呼，禮貌性地說著嬰孩十分可愛之類的話。

「謝謝，說謝謝師父，師——父，來，說謝——謝——師——父……」婦人逗弄著根本還不會說話的嬰兒卻又要教他說話，師父在婦人嘴裡不斷被吐出，不標準的國語聽起來像是濕父，或者流行語seafood，唉，怎變成一道食物。

他其實沒出家，一般人不懂，以為光頭穿道袍就是師父。他頭上沒戒疤，光頭是頭髮早變地中海，乾脆剃光。身上也不是出家服，是設計師的極簡黑灰，加上他茹素，倒開始相轉出家人。

嬰兒嘟嘟噥噥著，滿嘴的泡沫，發出像鴿子般的咕咕咕聲音。

他想起山中廟宇屋簷上那群老是屙出屎尿的鴿子，他怎麼清也清不淨的灰黃色屎尿痕跡，他在心裡對著嬰兒做鬼臉，心想等你長大些，把你剃光頭。

空中小姐總是先上素食者的餐，就在他拿起塑膠叉子準備要用餐時，婦人抱起嬰兒，嬰兒跳動的肥短腿正好一個飛踢，踢出了他餐盒裡的水果汁，潑了他一身灰袍像黑袍。對不起對不起，婦人頻頻道歉，但手中嬰兒卻手舞足蹈。嫩綽小鬼，紅潤著臉，無法無天，張牙舞爪，抓起來打屁股。他在心裡不斷有這樣的回音，愈想愈不安。

少婦把嬰兒綁在嬰兒躺椅上，開始用她的餐，嬰兒躺在那裡，哭聲愈發聲嘶力竭，被拋棄感的哭聲傳來如魔音陣陣淒涼。

他把散亂的氣息歸整一番，重新再度之前被打斷的觀想，這是寂靜，這是寂靜。他不斷地在心頭這樣對自己說著，必須用力提點自己，才能平息念頭紛飛。

他在位子上打起默照禪來，試著把嬰兒哭聲想成是美妙的寂靜之音，流水潺潺，松音裊裊……嬰兒繼續哭，和他的觀想比賽著，他末了哀嘆一聲，睜開眼睛。卻見到少婦把餐盤交給空中小姐後，她鬆開嬰兒綁在躺椅的安全帶，把嬰兒抱在懷裡，少婦解開衣衿，嬰兒吸食乳頭的快感明顯地顯現在少婦白皙的臉上，少婦瞇闔著眼睛嘴唇微張，臉色緋紅，和嬰兒紅絳絳的膚色母子輝映，看得他突然心神晃了晃，少婦的氣息與奶味撲鼻，他屏息聞著，先前數息的定力全又散開了。

他闔上眼，想要將思緒歸零卻不可得，他終於繳械放棄，心想意念會來也就會走，意念待久了煩了就會主動離開。他這時才覺得自己舒服些，意念開始鑽著他的心，他想自己連境界都未達，卻一心想要無上。就像他的許多學生，一點也不想修正行為，卻先妄想覺悟。

修行，不修也不行，他有一種困頓之感。所以他想見他的上師，而他的海外學生也想見他這個上師，上師上頭有上師，天上有三十三天，天外有天，他所覺受的泰半還是來自外在附加給予的知識累積，關於自身原創的體悟很有限，他只是一隻鸚鵡，學人吐佛語，關於這一點他內心非常清楚，也因為清楚這一點使他一直無法融入某些團體。

在山林的盡頭，雲霧縹緲間看見幾棟建築。那是一所極為奇特的大學，從進入校門口就彷彿闖入西遊記，巨大的假石上刻著紅漆字「離垢天」，離垢天與歡喜地是他喜歡的名字，如果虧欠父親的旅行可以去這兩個地方，父親應該會很開心。臥床父親最難的是離垢，情執兒女最難的是歡喜。

他來到這裡的佛學社團上課，卻恍然以為自己是提早來這裡實習日後對父母至親至愛的告別。三十三天，不是時間，是空間。平行時空，時間旅行，夢中之夢。

三十三座天人的居所，是否是三十三顆星球？這麼大的宇宙銀河，難道容不得臥床者的苦痛進入？臥床者就像住在菩薩十地中的不動地，不用修行就已然不動了。當然他知道這是自己的胡想，心念總是奔騰不已。但為何要修到不動呢？如此石頭豈不是修得比我們更好？或者十法界的無熱天、無煩天、無想天很適合父親，或者速行天，臥床者應該很渴望再次回到速行的感覺吧。他腦中轉著各式各樣的天界，一邊望著山下的雲起來處，等著鐘響上課。他曾在社團公版的日誌寫著這些感言。

阿清在下面留言：別忘了這仍沒有究竟，不會永恆存在於任何一道的，即使是天人，壽命雖然很長卻也有盡頭，天人死後仍要進入再次的輪迴，天人知道自己將死亡，因為呈現五衰現象，衣裳垢膩、頭上花萎、身體臭穢、腋下汗出、不樂本座。

天人也要死亡再輪迴，那天人也會臥床嗎？他問。

阿清回天人沒有形體，何來臥床？

天人如果輪迴到人界也許有一天也會成為臥床的人，有某學弟呵呵笑回。

有的比臥床更慘，阿清繼續留言。

其他社友學生留言紛飛，覺得阿清開玩笑。

我媽媽倒下前知道自己會變這樣嗎？有人寫著。

在線上的有人寫，應該不知道，知道豈不先嚇死了。

對，這就是我們的難處，因為人不知未來，所以既不知生也不知死，既不知怕也不知無常。（有人開始放吐舌或昏睡圖片）天人知道，看得見未來投生之處，所以很害怕。於是有個天人去求佛，因為天人聽到唯有佛字，可解斯苦。天人有法可解脫，我們也一樣有法可解脫。有人留言。

所以我們要怎麼樣才能抵達究竟？某師姐留言，大家紛紛按讚。

究竟，到底什麼樣才是究竟？他也留言。

真有老天爺嗎？聽他講過長照人生的苦樂時，有人問他。

這是一個要讓抽象變成具象的表達方法，真不真存在，要問你自己，就像佛像，一種表法，讓我們至少見過佛見過菩薩見過天堂見過地獄……他把地獄兩個字吞回去。他自己其實也是心虛的。十八歲剛脫離高中生活的孩子問他，書寫可以追得過現實的瞬息變化？他搖頭，當然追不過時刻幻化的無常，所以你必須比無常更無常。來聽他上課的大學生內心很虛幻，青春現場離臥床人生會以為很遠，但棺材裝的是死人不是老人。

他忽然被搖醒，嘴角還流涎，黑灰衣還扭曲縐褶，這種純麻的衣料最容易看起來發舊。他惺忪著眼，看著眼前的一張年輕臉，年輕的臉說，「請你繫上安全帶，飛機要降落了。」剛剛他就這樣沉沉睡去，哭泣嬰孩也沉沉睡去，做了個美麗春夢，在高空的無限裡準備再次降落人間。

少婦換好嬰孩尿布，為嬰孩仔細繫上安全帶，忽然回頭對他嫣然一笑說：「對不起，西父，一路吵著您啊。」

他只能微笑以對，感到自己飄天蕩蕩的神魂開始降落著地。

下飛機後，他在此地的幾位學生在機場已經拉起歡迎的紅布條來迎接他，他在疲累中欣喜著，見到他們他就有了一種自我極其重要性的幻覺，他知那是覺受，來得快去得也快，既然快樂會來，痛苦也會來。但他還是享受了那片刻的自我重要感，並又像每一回一樣地發願，期盼可以自度度人，他還是東想西想，深受意念干擾。然而由於他自幼習水墨畫和寫書法，長久以來的學習使得他的慾望表面不太明顯，他醒的時候與在人前又極為克制，所以這上師的位置也是半被推就的，也就是說當突然有幾個人跟著他習經打坐後，那幾個人就會開始滾雪球，一個大雪球把他像地球核心般地滾成了一個上師位階。除非他有解散的能力，否則只能等著別人看他出狀況然後瓦解。但誰能夠如此？他自己捫心自問，自己也做不到呀。

一路他被護送到古都的凱悅飯店下榻。

因他也是功德主，因此受到禮遇，但他特別交代一切不必為他張羅，他此行只是來四處看看走走，離開打坐房間雲遊大千，僧鞋揚起的塵土是唯一的所有。

「有時也得給自己一些考試。」他對海外學生們說著，「人生的考試很多啊，例如去看電影看自己會不會起心動念，或是去酒吧晃晃，看自己會不會受誘惑，所以我如果出入一些地方，你們不必感到驚奇，那只是我給自己的考試。」

他一個人在加德滿都閒逛，他身上帶著一枝橫笛，他想起父親說橫笛的台語「品仔」，吹奏起品仔就讓他思念起父親，他知道這也是一種動情，但情這功課最難做，說是色空不二能所雙泯，人佛俱亡心意全無，但這樣的超然，說總比行動易，他深知自己正進入一種大惑，先前的安穩瞬間被打破，從大穩進入大惑，大惑之後才有可能大安。

加德滿都凱悅飯店築起的層層高牆外是乞丐的天下，他在此像是被圍在宮殿裡的皇太子不知路有餓殍死屍。

他開始在這座豪華旅館宮殿朝拜喜馬拉雅來的師父，師父一年來此一次，弟子白天晚上總是絡繹不絕，鮮花金銀串起供養的美感與物質，香塵繚繞，把跏趺而坐的他圈成一個寶塔似的莊嚴。師父誦經以孔雀羽毛灑水加持弟子，回贈弟子們甘寶露如意金剛結。

三天後，法會結束，又剩下他一個人，學生也各自回到工作崗位。熱鬧又回歸清寂。

他一個人時，又開始打坐，念頭仍如流水。念頭念頭……強迫自己隱惡揚善。念頭念頭……念頭念頭，他的頭皮開始發脹發熱發麻發冷。

念頭念頭，參話頭，參話語的頭，念頭未升起之前。

但念頭比參還快……他離開蒲團，起身去放錄音帶，以聲音代替念頭。

任外境萬千，唯胸懷一片。我若無心於萬物，何妨萬物常圍繞。修死亡觀，讓我們對於無常變得很敏銳。守戒律，是為了終極自由。你已經跑這麼遠，就再堅持一下吧。藉假修真。藉假修真。藉有修無，藉無修有。去享受那個痛，也去享受那個好。過於完美也是一種殘缺（因為過於完美的人不知殘缺）。表象即事實，事實也是表象。生命是一種波動。好穿好看的鞋通常磨腳。好看的女人通常磨心。以前寫的別人說的金玉良言，化為一縷煙塵，鷗禪消失在虛空。虛空是實，實也是虛空。假戲真做，真戲假做。

突然他離開蒲團，決定離開豪華飯店，他換下設計師的灰黑白衣服，那一身像鈴木大拙的禪服，那些中年過後的修行友伴的樣子跑到眼前，突然讓他覺得自己這個樣子很假仙很刻意。他穿上街市地攤買來的便宜T恤，戴上帽子，他深邃的臉龐日久也神似古都山城的子民般。

加德滿都鬧區入夜，西方金髮美女以自己的身體在引誘著古都未經西化的當地年輕男子上鉤，而當地女人包裹髒漬頭巾懷抱小嬰孩地瑟縮在街角，腳下是乞缽，某個冒失鬼行經女乞丐時不慎撞翻了缽，缽隨著幾個銅板滾滾滾，滾到了他的腳邊才停住，他放在口袋的手摸了摸，掏了張盧比紙鈔放在缽內，把缽遞給女乞丐。女乞丐嘴巴一直嚅動著，感激眼神流露。

他感到這樣的自己還算滿意，他在熱鬧街心走了走，許多無所事事的古都年輕人蹲坐在騎樓門口或階梯，不斷有人靠近他向他遊說廉價的民宿。他訂了其中一個看起來非常誠懇的年輕人民宿，年輕人領他到民宿，賺了手續費後離去。

晚上，這名年輕人卻又出現在他的門口，年輕人問他要不要出去玩？他想正好看看什麼叫夜生活。年輕人先是帶他去一家名叫佛陀的酒吧喝點飲料，佛陀酒吧，他覺得這店名可真反諷，像是他的一生寫照，又想頓悟又想頹廢，如何才能出世入世渾然一體？

佛陀酒吧裡的年輕男女很國際，一個金髮小胖妞不斷在他的身旁磨蹭，手指繞身，幾乎要探他的寶地了，他感到下體有點脹，開始尷尬地起身走動。正好有人看他站起來時召喚了他，他隨著召喚晃到酒吧後頭的暗巷，有人在吸麻，喚他同吸吸。他擠在後頭的階梯角落，抽著大麻，起先嗆著，大夥們笑，後來愈吸愈順，加上先前酒精的發酵作祟，他感覺整個胸腔像著了火，火光煽出一道道門，有光的門，劃開劃開。火光乍然如星空消隕。接著是聲音上場，他體內感到被擱放著一只大鼓，敲擊著他的核心念頭。後來這鼓聲退去，如海水般的汪洋一波波上岸，他開始覺得時光在倒退，退退退，把他退成了一個空無。

不知何時，他醒了過來，發現在一個陌生之地，他摸摸四周，發現在一座廟裡，頭上的帽子不知何時不見了，露出冰涼的頭皮，衣服內裡暗藏的金銀寶飾想當然耳也不見了，他似乎知道早會有這個後果似的，平靜地坐了起來，一輪明月從古都遠方的雪山雲層裡穿出，他從未目睹過如此的月色，雪山為背景，月光金黃，他望著望著，陡然熱火襲胸涼淚滴顏。

情緒仍是那樣地潮來潮往，但他突然看見了源頭。他決定繼續穿這樣一身的在地衣服，他想也不必遁入空門了，也不必再削髮了。

「剃光頭也不會頓悟，你就是毀容也不會頓悟。」靠山小城的月光微笑地說著話。

據說後來沒有人再看見他，阿清等不到他歸國還特地去報了警，有的同修不相信他會去酒吧鬼混還抽麻，因此就都口徑一致地說，他和他們沒有關係。後來時光又過了許久，久到傳聞被擴大染汙，連阿清都否認認識他。

他放棄成為神話，生活在古都的小城，餘生和記憶切斷，求生謀生都變得簡單。

突然感謝出軌的妻給他新的生活機會，復仇原來也可以是重生的力量。他加入某間畫佛像的畫室，勞動比靜坐更能驅散念頭。

佛像販售給觀光客和佛教團體，有一回他在門後還看見以前的所謂同修們來到這裡買畫像，但他們不知是沒看見他還是真沒認出他。

他暗自會心一笑，感到現在的自己很自由。

藉假修真，他果然聞到一點關於這句話的況味了。活下去變得單純，老路有望。他看見往昔在市場一路朝著魚肉攤販狂喊阿彌陀佛的婦人，他頓時覺得這真是直心得可愛啊。

不再掙扎。

嬰兒止啼。

無憂才能死

菩薩，張眼。

被子猶在，度過睡眠中陰，她習慣醒轉仍躺著半晌，靜靜地撫摸著被上的金絲勾線，上面織就著梵字與藏文、諸佛菩薩真言密咒和功德。這被子她覆蓋多少人？她已經忘了。在壽終之際覆蓋往生被，亡者一觸即解脫，罪滅福生，免除冤家魔障之難，而得身心安樂。

於今不必像清朝必須貴人以上才可覆披陀羅尼經被，現在任何葬儀社或宗教文具用品店都可以買到圖騰各異的往生被了。這往生被妙用極大，說是即使被帶到陰間，一路大小鬼王見了紛紛得退讓，閻羅王見了也得肅穆恭敬三分地站起來迎接。但信者用威力才大，不信者也許就跟一般棉被差不多吧，沒有人從陰間報信回來，所以最保險就是選擇相信大信。以前她上生死學課程，和生死打交道，更和信仰網絡連結。

冥想一陣，奏鳴曲轉成奏冥曲，她推開被子，摺好被子，比飯店摺得還要像豆腐般的工整。老路說遠不遠，說近不近，中途之人，卻頗有兵臨城下之感，她的客戶總是不斷地提醒她高齡就在不遠，十年二十年都是轉眼半瞬之事。

她想著自己吐出最後一口氣時要如何靠自己走完這最後一程，她怕沒人幫自己蓋這往生被，於是她想到每天入睡前都用陀羅尼經被蓋著入睡。睡前念中有解脫經，迎請文武百尊。

摺好被子，下床，洗臉，刷牙，漱口。

出生，張嘴，會開口吐音一張嘴就獻給麻麻拔拔。初老，張嘴，就唱起神佛之歌，做著屬靈的煙供。念念咒語，念或唸，口唸或心念。她很喜歡咒語，比如念一句咒語等同讀八千卷般若經功德，或念一句咒語等同讀四大部所有般若經的功德。速成班，善哉佛陀，歷經三十三劫，兩千多年前就看到人心的功利主義，計數器與功德芳名錄比心重要。

她起身，看著時光逐漸擊毀的色身海岸，她的筆墨乾涸，客戶也多只剩簽名的力氣。寫遺囑整理遺物，她總是被委託進行這些工作。她經常找些勵志書準備發文，每天醒來遞出幾個句子，像在大海裡丟出游泳圈一般。但沒套好游泳圈者比比皆是，或者把她丟的游泳圈丟棄。希望你活下去，快樂活下去。她每天都要發送幾則鼓勵文給她的客戶。這一句是給一個老想自殺的人。在發文時，大樓警報器響起：所有人員請注意，現在已經發生火警，請盡速往安全門方向疏散！沒錯，是假的。整棟樓只有一個人跑出來，假的太多次，就會失效。狼來了，不能亂喊。再響幾次之後，都沒有人走動了。

老去可以演習嗎？

就是隨時都練習失去。

老去就是失去，卻無法練習老去。老去一來，無法退回。客戶們過了晨光就開始在群組叮叮咚咚，各種訊息飛沫四射。

老去可以練習，死亡呢？

她投入喪葬與靈骨塔業務前公司要他們先躺棺材，練習躺在裡面的感覺。不可能天天躺棺材，所以她改成蓋往生被。

生者夢見往生者，往生者老想生者。佛教儀式辦多了，她和引魂人各派法師熟。法師說，往生只是一種敬畏亡者的說法，但以法師多年的引魂來看，可不是人人可以往生有分，能夠找到往生之路。

她在即將邁入三十歲前去拍了裸體照，於今看來卻像是靈異照片。她的工作是婚喪喜慶，幫喜宴也辦追思會。一開始入行時，追思會的親友還沒哭，她卻已經哭得唏哩嘩啦。男友當時叫她兩成，因為她抽兩成。

人強不如命強，命強不如性情強。從死亡中看出生意，她開始賣保單，也賣靈骨塔，和老去交涉也和死亡交易。提早刻墓碑，提醒人簽病主法。走得太早，活得太久，想走卻走不了。她的客戶未亡人一號現在感激她感激得不得了，未亡人一號的丈夫五十出頭癌症過世，保險理賠上千萬，未亡人一號當初跟她買許多保單是基於交情（她是未亡人一號的遠親），而非真的認為自己才中年就可以因為丈夫病逝而過起無憂生活。未亡人一號只哭過幾次，現在每天都在麻將桌度日，交男朋友跟她說也不跟家人說，如不打麻將會快遞一些網購甜點給單身的她，她也不置可否，她知道接受比拒絕更讓對方有存在感，即使她不太吃這些甜點。

她的客戶寡婦最多，來領理賠金之後都變成另一個人。寡婦們把一輩子過成了三輩子，從夜夜哭泣到微笑天明。鈔票比老公活得久，寡婦們可不想覆轍這樣的結局，老公死得不甘心不是因為要離開她了，而是因為錢還沒花完。寡婦們說，人生苦短有錢就要花掉，人在天堂錢在銀行豈不吐血。寡婦一號說她的老公打拚一輩子終於累積到一定的財富，只可惜省吃儉用換到的卻是一身的病，為了生存，耗盡一生積蓄只為求生存，這樣的人生毫無樂趣，老公在世打拚賺到錢之後的樂趣是跳舞，夜晚總是把老婆丟在家裡，丟老，丟成婆了才放手，現在老婆把老公丟到天邊。寡婦二號說老公的消遣就是打牌，打牌都贏，很厲害，但最後全部梭哈，一次就輸給死神，撞車，還自撞，還好她有領到意外保險金。

寡婦三號，一開口說話嗓音粗礪而低啞，腿部靜脈曲張，一看就是在武市場忙碌一生的婦人。不過她的市場是一根柱子，一根柱子死守一輩子，昂貴的柱子。她在丈夫亡故後為了養三個孩子，來到繽紛台北西門町，她被人來人往日夜川流不息的人潮給嚇到，看到滿滿的財神往前走過。她想只要能在這裡，哪怕只是死守一根柱子一定都做到生意。結果這裡還真有只租一根柱子的，環繞一根柱子的四周都可以擺掛東西賣，就在真善美戲院旁，她請木工沿著柱子從騎樓天花板到地上訂了隔層木板，木板上儼然是小小雜貨鋪，有舶來品有帽子襪子，還有化妝品，若干年後不但孩子念到博士碩士，她還學會投資股票與炒作房地產，開創了哪怕她夫婿還活著都無法想像的人生。一根柱子成就一個事業，守著柱子就是全家生存的活路。

妳這根柱子就像我手裡的保單，小小方寸之地，只要能賣得出去都是錢，她跟寡婦三號說。

還是保單厲害，簽個名我就要給妳很多錢啊，寡婦三號說。不過現在回收了，但說著又覺得這樣好像在慶幸老公死去似的趕緊閉了嘴。

寡婦四號是外籍新娘，懂得買保險買未來。很多人嘴巴毒故意說她的丈夫應該是被她害死的，四號笑說我遠渡重洋嫁過來，嫁給殘疾人，要害老公也要趁早，我現在人老珠黃，我老公比我老那麼多，他早就該回天家了。她聽著寡婦四號說天家二字，覺得可愛，會說天家的人應該心都是好的吧。她聽過有人罵老公死了會下地獄。

也有少數鰥夫來領保險金，鰥夫一號才寫完催淚的悼妻文不久就忙著來領保險金，她瞥眼見到在外面車內等男人的一個漂亮輕熟女等著享用男妻以死亡留下的金錢。鰥夫一號跟她說妳還年輕，記得有夢想能實現就盡快去實現，有錢能花直需花，莫待沒命空嗟嘆。當初一切都按照課表操課，總是規劃著退休後要環遊世界，哪裡知道妻子會年近知天命時罹癌，妻子為了求生，到處訪名醫，即使當時要環遊世界也沒心情與時間，他拭著眼角的淚，感嘆說至少年輕時的淚水不用經過皺紋的壕溝。

果然是可以寫悼妻文的被耽誤的文青。

寡婦一號輕易度過老了最怕沒錢花的未來恐懼，有錢的女人經過打扮愈漂亮，一洗黃臉婆，準備花開幾度。

亞齡啊，這年頭要當寡婦也不容易，妳看妳們聰明，都不昏不婚了。寡婦一號在保單上簽名，她又為自己買了一些醫療險還有癌症險。

亞齡，很多人一看就猜她是排行老二，沒錯，她上頭有個姐姐伯芬。父母期待生出的弟弟叫季康，卻在結婚未久車禍，弟媳婦當時還有個遺腹子，這也使她後來投入保險業與死亡業務員的靈骨塔等工作。

她的客戶即使沒有喪妻也經常約她喝咖啡的是老男人二號，她和六十歲的男人出去，頓時有年齡還非常小的錯覺，因此一開始並沒拒絕，且老男人二號之前因為她的推銷又買了失能扶助險，最近老男人二號因為和老婆漸行漸遠，他還加買長期照顧險，儼然成了她那個月最重要的業績來源。

這天她又接到老男人二號的電話，說對買靈骨塔有興趣。

這個老男人最初是被女力自覺崛起的老婆的強勢給趕出門，後來是經常被鄰居在裝潢或者鄰近在施工的噪音趕出門，那是一個到處在裝潢或者施工的景氣榮景年代，他還記得南昌街一帶海鮮之類的許多小吃攤位到了晚上還找不到空位坐呢，對面的家具行也是生意極好，他和業務經理坐在街上吃熱炒，看對岸人流，貨車來去，一套沙發一套沙發的被搬走。

那是多少年前啊，他都想不起來，就是幾年前為了同學會聚餐去憑弔過一次，聚餐地點在過去是孫立人府邸的別墅餐廳，他在用餐前特意到附近走走，看看以前常吃的蔡萬興寧波炒年糕，他還有牙齒前愛吃的食物。他的胃五湖四海，可惜牙齒無法咬住。

現在什麼聲音都沒了，他是被自己的寂寞趕出門。

老男人二號總會提早到咖啡館，叫上一杯冰的加糖咖啡，說是這樣看起來比較年輕，拿著手搖杯，戴上耳機，學著年輕人盯著手機看，只是他一打瞌睡，頂上的白髮就無法遮掩。夏日打了巨響的雷聲，他驚醒睜眼，大雨狂瀉。自動玻璃門開，進來幾個喝咖啡，但其實是為了躲雨的人。

讀詩讀到哪一首了？集中營的我們不禱告，該禱告的是上帝。老了的我也不禱告，該禱告的是死神。他在筆記本寫下了這樣一句，多年來他讀詩一句，若喜歡的就抄在筆記本，且強迫自己對應一句相似的句子，即使明知自己寫得很蹩腳。

偶爾若太早來咖啡館會遇到一個他覺得應該比自己老的老人，他搭計程車時老愛跟司機打賭誰年紀大，輸贏車資。

自我感覺良好，總以為自己看起來年輕，殊不知那都是安慰自己的。

最初都被猜錯，以為他年紀比較輕。但近來司機接連幾次都猜對後，他想自己應該已經出現老樣了。

老不請自來，就像死亡。

那老人也盯著手機看，大螢幕的手機出現紅紅綠綠，看盤的老人。開賓士車進場的人，他懷疑會變成腳踏車出場。

燈火亮起，對面一家叫魚多多的自助餐廳多年來是他的廚房，魚多多，魚其實不算多，比較多雞鴨豬，他也怕吃魚，上回一根魚刺卡在喉嚨害他住院兩天才取出來，自此不吃魚，但仍到魚多多自助餐買便當。舀菜的外勞妹經常給他多一點，皮膚黑如炸焦的魚排卻是餐廳裡面最可親的。

他在自助餐點來點去也是那幾樣，他很少改變口味，只信任去過多年的老餐廳。

他喜歡端到騎樓吃，再喝點啤酒，蹺腳吃，這時候才從咖啡館裝模作樣變回自己，騎樓對面是家當鋪，招牌閃著霓虹，把騎樓吃飯的人閃得一會兒綠一下紅的。鑽石珠寶名錶黃金玉珮愈老愈值錢，只有一把老骨頭的人沒人要。回收場還嫌麻煩。吃完自助餐，舀了碗像白開水的湯喝，夏天有冰鎮綠豆，漂浮著幾顆綠豆殼的綠豆湯，聊勝於無。

再晃去隔壁買顆嘉義肉粽，懷念童少。

咖啡館到了吃晚飯時間人最少，有時實在沒地方去，他會再進去，改點一杯無糖咖啡。

老男人二號說完自己的日常生活之後，突然說記憶中的自己是幾歲，那就是你念念不忘的年紀與自己所眷戀的樣貌。

還沒簽單，故事等著翻頁，她總是有耐性聽客戶的故事，因為聽故事才能找出他們人生的缺陷。

比如客戶C對於中秋節有恐懼症。

每一年中秋節都要安居在家，中秋節走了許多他的朋友。說自己有一世是修行人的廣長舌相。連他這樣的老實人都有六年的外遇。三年同公司會計，三年網友，不過那都是以前的風流，他有一張老實臉，這讓他容易約女生見面。

包括她這個保險業務員。但她本來就樂於聽他人故事，且愈悲慘愈有機會。

C跟她說至今都不敢走進台北某一條街，不敢看向某個公寓。那個公寓至今還是沒人，因為那間公寓的主人一家人全死於空難，而C是他們最好的朋友，他的許多東西都還在那間公寓裡，他寧願自此讓物體淪陷也不敢靠近那間公寓，就像到了認屍場卻沒有勇氣掀開遮蔽屍體的布一般，他想保留他們的樣貌。他知道高空飛行所綁的安全帶在高速力道下把他們全切成了兩半。

我們有多少東西淪陷在他地？C感嘆道。C因為朋友全家的意外而幫自己買了保險，他買保險不為自己，就怕連喪葬費都沒有而買，死要得其所，但先要有尊嚴。

她聽著，她習慣聽未亡人說起亡人，亡人曾經都是她的好客戶。

比如那個想要早點創造死亡傳奇的畫家，年輕時離經叛道，畫廊跟他說若是你的畫作能夠讓大家注意到你的存在，且不會令人厭惡，恭喜你，你將愈老愈有價值。未亡人跟她吐苦水是自己竟然一張丈夫的畫都沒有，只有一點點的保險理賠金。

為何沒留畫給妳？

都怪我，一直嫌他的畫黑黑醜醜怪怪的，有一張還把我的內褲拿去畫在畫布上。哪裡知道那麼值錢？

她聽了笑，原來未亡人想起亡人是因為錢。她這個死亡業務員，將列印出來的理賠單子遞給未亡人簽名時心裡想著，有些人死去比活著還有價值啊。

無憂才能死，她把保單推到老男人三號前想起這句話。

不繁殖的人

夏日到來，家裡空蕩蕩，即使在家也關在房間，小的不是不回家就是在家打電動，老的按電視遙控器，彼此都像大型家具，久了還沾滿灰塵。

窗型冷氣和他一樣老，聲音大卻不冷，巨大的獸起舞，川流的聲音靜下來。

他開窗看見月亮，無聲的寂靜才有片刻襲來。

在年輕時曾想過如果生的兒子成天只是游手好閒打電動他真的寧可把孩子推回子宮成腹中胎都好。但後來社會新聞聽多，發覺打電動的樂趣和他年輕時著迷音響音樂也沒多大不同，孩子打電動總比吸毒酗酒飆車好。人生就是這樣，逐漸降低標準，最後連標準都沒有了。低於水面下，呼吸一口長氣過活。他走到大門前聽到看到門縫發出的電動聲音與光影時，這麼地想著，把門輕輕帶上。吃完午餐他習慣帶本書去有冷氣的咖啡館喝杯咖啡閱讀堆滿書架的未讀之書，好一點的咖啡館也就是比較文青比較安靜一點的咖啡館都被文青們在做功課給占滿了，經常是沒位子的。而且文青咖啡館較遠，夏日還沒走到就已經熱汗淋漓。他又不喜歡更近的連鎖速食店，吃飽怕那些炸雞薯條味，且重點是怕小孩在周邊嬉戲。只好將就一家看裝潢似是咖啡館的店，推開玻璃，一邊是很年輕的人在打手機電動，一邊是不動的老人，但不知為何去的人不是游手好閒的人就是老盯著人呆看的老人。他和老人劃清界線，認為自己不過是中年，最多是後中年。

這種咖啡館讓他想起年輕時去混的漫畫王之類的，只是換湯不換藥，外面用黑色裝潢誤以為是咖啡館，去的人與賣的食物卻大大不同。牛肉麵泡麵之類的都有，好處是咖啡真的不賴，沒有漫畫王那種三合一的咖啡。

但來的人幾乎都喝冰水，打遊戲的男孩都有體重過胖的危機，老人卻都很乾瘦，像是被時間烤乾了。

他想起公館角落那個賣紅豆餅的人，他從他年輕看到他整個人在火爐旁變乾。

訓練自己的方法就是把周邊想成惠能的獵人隊。禪宗惠能大師這樣的人身處血腥殺生之地，如何風動旗動心不動？十八年的獵人隊，他在這間咖啡館不過一年。剛被優退，一時之間不知要去哪裡。

他一生都少和人相處，人只有早已在天上的父母亡妻與逆子。

花太多時間在昆蟲身上，卻又超怕昆蟲，他當初念昆蟲系時一直想轉系，卻沒轉成，一來是因為成績沒有別系要收之外，也一直以為自己可以克服這種恐懼，但後來不僅沒轉，還一直留在實驗室。

新生報到第一天，就是上課第一天，好幾百代的昆蟲祖先標本像老祖祠裡的老照片盯著他看。發冰塊小盒子，準備凍死昆蟲用。到底盒裝裡面是什麼昆蟲？有人尖叫。他退到隊伍的最後。蟑螂。那時還沒有小強這個代號出現。

教授說別怕，繁殖的，很乾淨。他不是怕髒，是怕小強的樣子。一個學姐幫他抓了一隻丟進小冰盒，迅速蓋起盒子，小強很快就被冰暈了。昆蟲人工繁衍，讓他們解剖實驗。打不死的小強最容易繁衍，所以實驗就拿小強開刀，不怕死軍。四個釘子往牠們的翅膀一釘，插翅難飛。他拿著刀不敢劃下去。學姐說別怕，昆蟲沒有痛覺神經，只有觸覺神經。他說但牠們還是有痛感細胞啊，其實他不是怕小強痛，是怕自己的眼睛看了害怕而痛。他的直屬學姐在旁安慰他說但你不知道牠們會不會痛吧。萬一牠們知道呢？子非魚，焉知非魚之樂？教授也在旁邊說，之後就懶得理他了，心裡可能想沒看過這麼怕昆蟲卻又跑來讀昆蟲系的，簡直就像不愛中文的人跑去讀中文系。教授上台，揚開嗓門說剪開牠們。只見牠們手腳掙扎，他好想尖叫。教授說那只是一種反應，因為不習慣被剪開而已，別怕，放手剪下去。

他聽著教授說的所謂不習慣，覺得人類好自大，幹麼糊裡糊塗填昆蟲系在人類學系之前呢？讀人類學系至少不用解剖人類吧。他的同學有選蒼蠅的，有選蚱蜢的，有選蚊子的，有選蝴蝶的。他問這麼美的蝴蝶也可以人工繁殖？其他熱愛昆蟲的同學們猛點頭說當然可以繁殖出很多的毛毛蟲，然後再等待牠們變成蝴蝶。

後來他只好選昆蟲胚胎研究，研究變種胚胎，這樣就不用直接面對昆蟲。但胚胎也頗像是異形，經常變形出兩對翅膀兩隻手兩隻腳的蒼蠅，或是三個眼睛四對翅膀五隻腳的蟑螂，有四對眼睛四對翅膀的蝴蝶，即使像這樣的物種在突變基因下都難以存活。蒼蠅只有四對染色體，很好控制變化。

那時他的工作就是等待胚胎轉世（就像晚年的狀態般，只能等待死神欽點）。等待存活的突變種，他才理解原來不能人工繁衍的昆蟲都是有遷徙個性的物種。移動者是無法用人工繁殖的，因為來去的時間不容易被控制。所以他一直沒有移動，繁衍出一個兒子之後想移動也移動不了。

想著往事時，突然有個年輕人的母親跑來咖啡館找他的孩子。他看著這個母親，想她的孩子變成胖子不是沒有原因。他自己的母親也胖胖的，對於吃很熱中，但不吃外面，每天在廚房忙進忙出。他常想起童年時母親不准他和鄰居小孩玩，於是他只好搬了張矮凳在門前看著每天馬路發生的風景。看別的小孩朝著他叫嚷著外省豬仔。

那時候他沒有想過有一天他會在便利商店門外抽著菸和流浪犬一起躲雨。

父母剛來台灣時，什麼都沒有，母親也早失去年輕時的美色，一個異鄉女人如何求生？去菜市場一定揩油，多要蔥蒜薑，沒給的，自己摘了幾根幾段就走人，大剌剌地放進塑膠袋。一直冀望著老公離開這個地方，老公獲得台糖公司駐日代表卻不去就任，當時風聞她老公要高就而來送禮的人差點擠破了日本房子的木門，哪裡知道老公竟把這些禮物都給退了，說是不能收。日本代表，多大的職位，當時台灣的出口都靠蔗糖的出口生意，這讀復旦大學的死先生竟裝清高不去就任，把她給氣到想離婚。

你這樣子我們家永遠也不會有錢的。

這是他的父母彼此之間的最後一句對話，父親突然心肌梗塞走了。

母親改嫁，又嫁了台糖公司的人，父親以前的長官。

後來母親學乖了，嚴格控管先生的口袋。加上從大陸帶來的錢與離婚的一些贍養費，母親買了房子，從此也不再想上海了。唯一的幸福是牢牢緊握老公的錢，其餘時間打麻將打發時間，幾個外省太太跟會，倒也活了下來，又死在這裡，真正將他鄉變成故里。

母親那張和飛虎隊的美麗合影在幾次搬家後不知丟到哪裡了，三搬當一燒，他大概十幾搬了。

每天他把香插上去之後，就會聽見母親的肖像發出上海話，照片上的母親肖像依然美麗，停留在五十三歲，算是還年輕的年紀。他現在自己已超過母親過世的年紀了。

每年老過一年，母親還認得出是她的兒子嗎？

於今要在外面聽到鄉音是那樣不容易了。

外省豬仔，他是最後一代的外省豬仔。

母親早已往生，清明時節，他去看母親，他跟母親說自己也老了，且還失業了。

想想以前多瘋狂，在退伍之日從高雄兵營騎機車回到台北景美的家。於今想來，都覺得那是人生唯一的壯舉長征，因為現在他從家裡巷口騎到隔幾條街的路都覺得害怕。

就在這時候，手機響起來。竟是警察打來，說兒子車禍。他忙趕去，一路又擔心又氣急敗壞，之前才因為他誤信詐騙集團抓住兒子而被勒索，偏偏那麼巧，他剛好有個兒子，剛好兒子容易使壞被抓走，剛好那個在電話中哀號的聲音在他忙亂的心中聽起來那麼像。但他沒什麼錢，周旋一番就匯了五萬元。才剛匯完，兒子竟打來，沒事，被騙了。

不過這個騙局，讓兒子感動，對他這個老爸因為擔心他才被騙感到窩心，兒子開始偶爾示好，偶爾會關心他，偶爾還買他愛吃的肉包子回來孝敬他。

他搭計程車到車禍現場，因兒子得去醫院驗傷，只好讓他把機車騎回家。

一路上，他騎得膽戰心驚，這哪裡是年輕時從台北騎到高雄把兒子他老媽娶回家的人。

啊，時光。

偷走了膽。

接著，準備偷什麼呢？

兒子至少回家了，他想。準備要去旅行的兒子，要當移動者，不準備繁殖的人。

父子不交談，但奇怪的是，看見下一代他竟就有安心之感。

這種安心，突然讓他很不安。

高齡求生

她是我見過最優雅的上了年紀的小販，她仔細地從報紙裡掏出銀壺銀飾玉鐲和幾個碗和銅飾品。

我發現兩個美麗的鑲銀邊的瓷瓶，如此深邃地展現手工情調，從路口灑進來的陽光正在減弱狀態，光陰陰幽地池池晃動在她擺的物件上。我蹲下身拿起，把看，老婦抬起頭微笑說我手上拿的很美，我點頭並問著她這些物件從哪裡來的？她怎麼會在這裡擺攤？

她說都是以前她自己買的，有在台灣也有在大陸買的，二十年前買的物品，當時就想若是老了沒錢時再拿出來賣，未料一下子光陰就走到了預言未來的此時此刻。沒錢時再拿出來賣，我似乎看到我老了的可能生活，但覺心驚。

我注意到她頭髮盤得光潔，臉色白淨，要不是白髮與皺紋橫生其間，她是可以藉著身上遺址以還原至年輕的型態。我花了五百元買了個銀飾瓶，她一直說值得值得的。

回程走同樣一條路見她仍在騎樓的角落裡，旁邊多了個擺舊雜誌的男老者，雜誌堆在腳踏車兩側的綠色麻袋上，男老者可能白天是送報的，我想。再次行經時老婦低頭在寫著字，筆記本看起來是舊了，不知道她在寫什麼，前面擺的物件和我先前離去時沒兩樣。我想我應該是她今天唯一達成交易的人。

她看著我，忽然叫著我的小名。

台北小販形形色色，我卻在街頭遇到母親以前的老鄰居阿桑，阿桑慢慢拼湊出我來，認出來之後就一直說我從小到大都長一個樣子，細粒仔（小個子）不顯老。

接著，她卻開始收拾攤子，我問她要收攤了？要去哪裡？

她收拾起大包小包，說等一下要去探望兒子。

兒子？我心想不是應該兒子來探望她老人家嗎？我問她兒子怎麼了？印象中她的兒子挺帥氣的。

她的眼神告訴了我這是一個冗長的故事，於是沒等她回話，我就說正好要去開車，想難得見到面，可以載她一程。

在車程中，隨著她的大致口述，我逐漸拼貼出阿桑人生的哀愁。

這阿桑年輕時也經常提食物去探望老公，年輕時跑監獄，年老時跑安養，只是食物從香菸罐頭變成看護墊尿片。

以前嫁錯郎，現在生錯兒，但千錯萬錯阿桑都說是自己的錯。年輕為愛盲，家人警告她匪類男勿嫁，她偏偏以為那是帥氣。臨老了兒子喝酒自撞，她自責教導無方。但夜晚到來，她又想自己確實教過兒子寧可傷己也不傷別人，這下可好，傷了自己也傷了她的人生晚景。

以前貧窮，沒錢買魚鬆，她都去黃昏市場買剩下的魚屍，魚頭魚尾魚骨外加一點肉，用力熱炒，炒到連骨頭都酥了，就是魚鬆了。現在她熬煮粥來看兒子，兒子因脊椎受傷，癱在輪椅上，從此只能隔窗看著他心愛的重機，日漸隨著時光黯淡的重機。

阿桑要賣掉重機，但發生過事故的汽機車彷彿凶宅，乏人問津。兒子看著重機，以為兒子會觸景傷情，沒想這重機卻成了兒子想要好起來的動力，重機成了眺望遠方的風景。

她以為自己也應該找個動力，一度以為將賺錢當動力，到處打工，還去賣玉蘭花，因疫情沒人敢開窗買花。發傳單也沒用，社交距離人人自危。以前就沒什麼人想拿了，疫情來襲，打工機會也沒了，於是她又開始走動黃昏市場，買便宜蔬果，甚至菜販不要的，說仔細挑揀也是一餐。

過老日子，成了艱難。

她身體不錯，年輕時勞動一直看起來精瘦，送走得癌的老公之後，更特別注意自己的身體，哪裡知道獨子出事，命運躲在暗處，給她重重一擊。往好處想是自己還可照顧自己，往壞處想是如果一直長生卻沒錢也無樂，這長生的意義何在？

我因媽媽中風，也曾為了安養問題，去看了許多安養院。我完全可以體會阿桑的心情，因為安養院表面是安養，但內裡有時卻不安，停滯的空氣不斷地爬上每個病體，那無助的眼神彷彿是一艘時間海洋裡的廢船，布滿了創傷的弧菌。

每一回來到安養院面對所愛的痛苦而暗自流淚，離開時身後的安養院則瞬間把心炸成無數的坑洞。每一回要轉身都成了艱難，每一回離開都是折騰。我不免憶起探望住家附近老人安養院的畫面。

記憶浮現出斑駁的歲月之臉，那些老人最後的人生只剩下一張床、一只櫃子，有的甚至只剩下一個拔不掉的鼻管與尿袋。

我一直記得一個九十歲的老奶奶，她雖然臥病在床，但蓋的棉被卻是少女時她親自編織的花被，這花被見證過老奶奶美麗的青春與往昔的時光，而現在她的臨終之眼也將望向這件曾經蓋著青春愛人肉體的棉被。她緊握著我的手，就像我失語失明的母親一般，我發現老人最有感覺的是觸覺，觸覺讓他們感到不孤獨，有溫度。

安養院有許多外國修女，她們像天使般地服務著老人。她們對我說老人最痛苦的其實不是病痛，而是孤獨。我一直點頭，眼底泛出淚光。我太明白了，陪伴母親晚年就是為了讓她免於這種孤獨。希望妳常來看他們，他們可以感受得到的，某個修女對我溫和輕說著。我聽了一時無語地汗顏起來。陌生人的慈悲飄蕩在這荒涼西濱小鎮，上帝的覆轍與封印是否就是如此？

我跟阿桑說有時間到處走走，靜下心來也好。

新的求生動力很自然讓阿桑走到了信仰，阿桑煩憂煩惱時就去跟佛菩薩說說，也去伙房打打雜炒炒菜，佛堂老參聽了她的故事勸她日行善事迴向給兒子，她靦腆地說自己沒錢可以捐。老參笑說，不是只有捐錢，妳捐時間就是善，妳還可以念經迴向，這都是不用花錢的。佛堂有了阿桑之後，彷彿多了一本勸世文，她逢人就提起自己的警世錄，遇到女生就說小心結婚，如果嫁錯郎結婚熱鬧一天，經常苦了一世。遇到男生她就說小心開車小心騎車，不要喝酒，不要耍性子，不要以為自己很行。街上警世錄，隨口都從阿桑的嘴巴吐出。

有閒暇時阿桑以前還去賣玉蘭花，有時也會在路口遇到另一個也賣玉蘭花不斷朝著駕駛人發放正義傳單的婦人，傳單述說的是自己的人生悲歌，一種街頭控訴。阿桑就只是安安靜靜地賣，經常被趕來趕去，新的街頭流浪者，唱著臨老流浪的悲歌，和一些推著輪椅的外籍看護錯身。有時掛在輪椅上的小收音機播放著流浪到淡水的歌，彼此彷彿心照不宣似地走過，平行時空各有哀歡。

我突然明白因果雖言簡意賅，卻容易安慰一些人。阿桑在聽了一些因果故事後，心情逐漸平靜下來。因果論對她痛苦無解的心很受用，在某種程度上救贖了她。接受有因有果之後，她的求生意志就開始長了根，不再怨懟，畢竟接受比反抗容易。

又是一年過去了，時光飛逝，不知往昔那些安養院的老人是否依舊在？

阿桑下車，我跟她揮揮手。

看著阿桑的身影融進一種晚景的哀戚，但她仍是一把硬骨頭，她的身形被夏日金光勾勒如漆般的燦麗，颱風前颳起的大風吹得她的防曬外套噼啪響。

我繼續驅動著車子，回到母親的房間，一切死寂，母親有如睡美人，或者不會蛻變的蟬。蟬背部那道讓蟬逃脫的出口，彷彿已經煙雲四合。

這世間的一切無時無刻不在說法。我在安養院看見真正的「法」，無言的法語卻道盡人間事，受苦的十字架所插的土地也在這裡，高唱肉體無常情愛無常親情無常時間無常，臨老是首歌，悲歌哀歌輓歌，老人的記憶是纏縛得更緊，或者遺忘得更多。車子離開靜默的安養院半山腰，逐漸滑進繁華市區，融進遲暮時光。街上的人流穿梭，空隙卻被孤獨飄滿。

我握著方向盤，看著自己這雙手。這雙手洗過自己的身體，也洗過母親的身體。我曾在死神徘徊的流刑地在黑暗中握了幾雙陌生者的手，在腥臭中看見他們一閃即逝的稀有微笑，我想他們恍然以為是往昔的某個老友來探望他們了也說不定。

我願意當老人的朋友，直到我自己也變成老人。

四輪人生

週一的醫院像菜市場，拿到前面還有四十九人的號碼單，才上午光景，已是八百多號。他拿著從機器吐出的單子，想著兩三個小時之前有八百多個人和他一樣早起，搭車，換車，來到位在河岸邊不遠的竹圍馬偕醫院。

他瞇著眼看窗外的河水，想等等離開醫院後去淡水走走，好久沒去看一條河流，他念書時淡江還只是管理學院。

等待時光，他不想枯坐在塑膠椅上，於是他穿過牆上掛著滿滿聖徒油畫的廊道，停在一台很像試賣面紙那種機器的福音機前，但機器卻被封膜，上面寫因為疫情關係，為了減少接觸面而暫停使用。於是他走回門診部附設的一間祈禱室。推開祈禱室，迎來一種奇異的聖潔，除了牆上釘了一個白色的大十字架之外，沒有多餘之物。空蕩蕩，人只好回到眼前的十字架與自己的心。

但要祈禱什麼呢？

祈禱主不要讓母親受苦太久？祈禱主讓自己的膝蓋不要老鬧疼。他不是教徒，只因多出來的時間與不喜歡等待的時間。但他真心喜歡主，只是主確定這個時代的樣貌還是祂創造的嗎？連拿藥都要排隊，回天家的路也要排隊。

生活有泰半的時間需要排隊，從以前排到現在，他這個戰後嬰兒潮世代，習慣人多，習慣人生往榮景攀爬。讀書時競爭激烈，工作時也競爭激烈，到處都是人潮。在年輕時的榮景年代，買車要排隊，想花錢要排隊，連結婚也要排隊。初老了，來醫院也要排隊。之前在停車場就排了大半天，他一直不解如果都醫好了，醫院為何都愈蓋愈大，怎麼大也好像不夠用的樣子？媽媽就是這樣，慢性籤拿了快二十年，從自己走路來，到兒子幫她來。

疫情關係，地下停車場轉成醫院自用，戶外停車場給外來客用。他的前方，汽車頂光燦，如光河般。每一台車子都在等待一個位置，原來停止才是難度。就像人生最後的靜止時光才是難處。

他從母親緊握他的手的跡象判斷母親還想活下去，如果放棄應該會對他生氣，對他照顧得無微不至而生氣。失語的母親失去表達，但沒有失去活下去或離開的權利。因為缺陷而難過痛苦，母親的痛苦就是人子要緩解的功課，研究過各式各樣解除痛苦的方法，中藥痱子粉可以免於臥床太久的癢，濃縮蔓越莓可以減緩私道密穴躲藏的念珠菌，二氧化氯可以殺大腸桿菌，還原細胞滅息肉。

母親纏綿臥榻，像是蝴蝶被釘在玻璃箱。

他一直做業務，從賣汽車到賣輪椅賣便盆椅，從百萬到千元，從時速兩百五到時速如龜。他的人生慢了下來，就像台北停車位，難的不只是動能還有如何停止。

他的四輪人生，從微笑到淚水，承辦的都是數字，卻是完全不同的滋味。輪椅人生不會太耗費時間，客戶關心的是購買款有無長照補助，確定款式後，他只需到醫院量病患的腿部長度與臀圍寬度即可。每回他靠近失語病人，由於無法溝通，經常被病人推開，他失笑想，應該是有的病人以為他是來量棺材大小的。

還是賣汽車的年代，他每天耍帥耍婊，就是要得到業績，現在每天想要有業績又想不要業績，有時還陪病人一起欲哭無淚，電話響就是代表有一個人不能走路了。

賣汽車就是業務掛帥，沒有業績時，一切都按公司規定；業績好時，一切都可以自便。當時最暢銷的汽車是福特、千里馬、跑天下，買車付訂金後需要等二至三個月才能交車，有的車子來不及做防鏽，竟迫不及待地被開走了。業務員累積客戶是最重要的基礎功，學習行銷模式與人性行為，只要願意努力都可以實現賺到第一桶金的夢想。那個年代的富貴列車每天都會開過眼前，只是看自己有沒有能力搭上列車而已。臉上要記得寫著「我不會騙你」。有人說業務員一張嘴滑溜溜，但業務更重要的是博得信任。業務同組人彼此互罩。但罩歸罩，現實很殘酷，業績掛零就得走人。

剛做業務，每個人初始都很茫然，不知客戶在哪裡，所以公司會分配負責轄區，讓菜鳥做陌生拜訪，也可讓菜鳥訓練膽子用。但一天走下來，除了店面因開門營業可以見到店東外，住家就算按電鈴也沒用，多半沒人敢給陌生人開門。一雙皮鞋走到爛，有時連個人都沒拜訪到，但當時公司規定一天至少要拜訪三十個以上的客戶，沒業績時，每天課長見到他就冷冷地用難聽言語指著他的鼻尖說著難聽的話：三個月，賣無幾摳沒！

八〇年代汽車因高速公路建設的完成而興盛，道路因車輛的增加逐漸變得壅塞，學機械的他剛退伍，打開報紙到處誠徵業務員、作業員。好不容易看報紙找到一份工作，應徵文上明明寫著保障底薪加獎金、上下班制、對行銷有興趣、無經驗可、公司負責栽培、福利佳。騎著機車去應徵，他去了才知道是某大保險公司應徵業務人員，他的朋友有一半都在拉保險。

帶著被欺騙的遺憾恨意，只好乖乖在他二叔的安排下去了他朋友開的車床廠上班，車床的工作很死板又無聊，每天就是不停地切割、打磨，就這樣渾渾噩噩地做了三個月，他想黑手真的不是人幹的。每天回家他母親總是吆喝他先洗手再吃飯，不久他又再換到一家唱片工廠當送貨員，但是必須要有汽車駕照，既然是學機械，對於汽車當然有一定的夢想，終於在公司需要時，由老闆出資學習汽車駕駛的協助下，順利地考到了汽車駕照，還記得第一次開公司福斯廂型車上路的窘境，才剛上路，眼見四周都是車子，夾雜著行人、機車，開不到十公尺他就心慌得無法繼續下去，只好請身邊的同事幫忙開回公司，第一次上路他就在嚇到不敢開的情況下結束了。後來他在公司廠區練習開車，練膽子，在廠區轉圈圈逐漸敢到附近大馬路上開，接著開始練習穿梭小巷弄，終於在兩個半月後他才敢開上當時還是一條簇新的高速公路。

男人的神經就是有這麼一條跟汽車是連在一起的，就是會愛上車子。後來他也都這麼教客戶開車，尤其女生，當時會開車的女生非常少，女生的神經不連車子，學半天還是不敢上路。他想擁有一部車，開始從二手車尋覓，也有模有樣地學人家掀引擎蓋查看引擎，開車門看內裝，看儀表板里程數，還要求賣方發動引擎聽聲音，假裝很專業。買了生平第一部車，裕隆萬利1500c.c.轎車，當時流行的車子。

就在要開回家準備炫耀一下的路上，他彎過去隔壁的巷子想找一家汽車修理行來問問關於汽車保養的事情，修理店的老闆卻幫他上了一堂震撼教育的課。說他剛買的車是豆菜底，豆菜底就是當過計程車的意思，所以里程表是被動過手腳的，再來是前方左右葉子板都換過，表示被撞過，否則不會換掉整片葉子板。接著是這車底盤的防鏽做得差，已經出現鏽蝕情況。一般買車都不會將車子整個撐起來看，所以不會發現底盤的狀況，最後是這車的引擎有點抖動，可能沒有調整好，或化油器有點堵塞。

上了一次當之後，他就勤學汽車辨識學，順利轉到汽車行當業務員，他的業務也因此比別人專業。那時最夯的汽車是福特，被稱作福特三兄弟千里馬、跑天下、雅士，要買還得要排隊，等上三個月是常有的事，尤其是跑天下，外型方正大方，車價四十餘萬，很受當時中產階級的歡迎，幾乎是每個上班族的夢想。

那個年代業務滿街跑，錢潮湧動，每天他都忙得忘了有家，母親每天煮的飯都沒有人吃，他經常續攤不完。

在老鳥業務的指導下，他除了檳榔學不會外，舉凡抽菸（抽假的）、喝酒（喝假的，喝完吐在毛巾上），和同事去玩脫衣陪酒，不管見到任何人第一步就是遞名片，咖啡館、釣蝦場、理髮廳、酒廊、夜店都成了常去的地方，他逐漸變成另一個人。直到母親倒下，他才整個人清醒過來，不再用健康換金錢。

蘇林寶花的家屬！

他瞬間從走廊的塑膠椅上站了起來，四輪回憶人生按下暫停鍵。

今天母親要驗血，因為要驗血，從昨晚就開始禁食，母親哀哀叫著，肚子餓，他從這個跡象知道母親想活，但不想活不好，不想被折騰。他跟醫生說別折騰我媽了，但醫生說不是我們想折騰你媽，是如果不驗血，不看報告，我無法繼續給慢性箋。

他只好繼續推著母親來到醫院，偶爾回想四輪人生，那個閃亮的八、九〇年代，一去不復返的年輕將他整個人削得很薄很薄。

手機乍響，有人要幫父親買輪椅，又一個傷心人。

他記下醫院與病人名字與病床。

緩慢緩慢地推著母親，整個人癱在輪椅的母親縮在圍巾裡面，他感覺整個世界好像都靜了下來。

難的是如何好好地停止。

CP值精算達人

所有在農忙的農夫農婦一聽到可以去領一萬元，全部都放下耙子、鐮刀。一時之間，所有的小路都像在打雷，老舊機車飆出的聲響撼動了枝頭，彷彿天空飄著鈔票，稍微一慢就會被搶光似的。

田裡只有一個人無動於衷，他是阿吉，老年喪偶，慘慘慘，頓失依靠，但不是因為思念老伴而是因為沒有機會開創第二春第三春。日久喪失了動力，唯一還有點勞動的就是抽根菸，到田裡挖點菜回去煮，其他的他都不太上心，心空蕩蕩的，且持續在漏光狀態。

以前每到月初一號他就會被帶到銀行提款機前，領出這個月賺的錢交給妻子，妻子總怕被他玩掉，得把錢看管好。那時覺得好煩，現在沒人催迫他，他突然失去了重量。前幾天他站在銀行提款機前，站了好久卻不知道要做什麼，後面排隊的人忍不住催著他，他一轉頭才發現竟然排了幾個人。他退出提款卡，走過排隊的人群時，聽見有個人嘀咕說是不是失智啊，看起來好像不太記得要來做什麼。他空洞的眼神飽含著失去智能的樣子，但他知道自己不是失智，比較像是失神。失去他的神主牌，他的提款聖母。

原來被需要是幸福的，但為時已晚，現在沒有人需要他了。

只有那一小塊田還需要他去整地灌溉，但上面也沒長什麼東西了，就是一些地瓜番茄辣椒之類的。

還有來福。來福的聲音把他拉回現實，來福，連名字都古典老派。

他想到狗糧沒了，來福現在是他唯一的親人。他打算去鎮上買，之前有看到打折活動，發動機車時，別人以為他也要去搶一萬元津貼。還提醒他要快，隊伍排得很長，很快就會額滿，或者下班了。

他怕人擠人。但為了錢，他騎機車時又想，別擺姿態了，需要錢就去排吧。

何況這些年自己早成了最會算ＣＰ值的生活精算師，過日子錢是問題，但不是主要問題。高齡沒錢時，凡事都要算ＣＰ值。

隔壁種香瓜的老蔡問他到底啥係ＣＰ值？

不管英文啦，意思就是很划算啦。

他簡單笑說，回到老榕樹下，兩人喝茶，他總是傳授也獨身貧窮的老蔡一些生活技能。

沒錢裝假牙的老人照樣可以吃好吃的東西，他買一把學生式的安全剪刀代替裝假牙，一把剪刀三十五元，算算假牙缺那麼多顆，幾十萬是跑不掉。他三十五元就搞定，怕掉了或忘了帶，他買好幾把，就像老花眼鏡似的，車上放餐桌放西裝褲放，沒帶剪刀就等於沒帶齒。他剩兩齒倒不完全是因沒錢去做牙齒，中年時開始掉牙，但那時也還有些餘錢，只是他只要有異物進入口腔就會嘔吐，搞得鑲牙師沒辦法訂製，而他又害怕就放棄了，這一放棄，逐漸就成了無牙男。

必須不計一切代價求生，如何以微小的錢度好日？於是如果一個月打牙祭找外食餐廳，他一定挑吃到飽的餐廳，幾乎都不會失誤，他深知食材價格，挑的自是吃幾盤就可以回本的。有時看別人盤裡放的什麼王子麵丸子之類的東西，他想難怪這種餐廳不怕人吃，肚子再怎麼吃都有限。唯一的一次失誤就是為了回味記憶裡的石頭火鍋，沒想到昔日的老味道變成復古潮味，隊伍竟是排得老長。好不容易輪到他，聞著香，尤其是工作人員在面前爆炒石頭火鍋的料時，但他吃了幾口肉，心裡失望，因為年輕時還沒養成刁鑽的舌頭，這麼多年下來，什麼大江南北好吃的沒吃過，再回頭吃，竟是悵然，結帳時更是很想打自己一記，竟是八百多元。只好安慰自己是來吃回憶的，三十幾歲以前每回公司辦聚會或辦同學會都會來這裡，後來台北進入各式各樣餐廳的風華時代，這石頭火鍋就成了記憶之地。

兒時上牙丟床底，下排牙齒丟屋頂，現在想丟也沒得丟，早已無牙，也無屋頂。

他把看起來還沾著點血跡彷彿是豬公牙的牙齒收在小鐵盒，那小鐵盒收集了他的一生，微小的物件，就是他的生命史。

小孩子缺牙還滿可愛的，但是大人缺牙就是一副可憐沒人愛，他喝口普洱對老蔡笑說。他喜歡普洱茶，這也是愛喝茶卻沒錢者的求生術，普洱可以一泡再泡，泡好幾回都還味道很濃，不像烏龍，幾泡就沒味道，且生熟刮胃，好茶還傷荷包。

牙齒能自己動手做?老蔡聽了笑，一口缺牙的河床像冬日枯景。

他笑著指著自己的幾顆牙齒，就是自己做的啊，不過這不是永久牙，但撐一兩個月總是可以，沒多少錢，再做就好了，有時候不出門不見人也懶得做呢。

老蔡看著，說厲害厲害，也教教我吧。

這要慢慢說給你聽。

首先是老人牙床因骨質密度不夠，並不一定可以植牙，況且植牙必須有很多條件，例如沒有心腦血管疾病及身體處於發炎現象等等限制，於是就上網查詢是否有其他替代方案，一開始毫無頭緒，在網路的世界裡用各式各樣的關鍵字去搜尋，像假牙、替代性假牙、牙套、假牙套、仿真牙齒等等，五花八門的產品，不一而足，起先買了一堆像是可以套上去的整排塑膠牙套，但是牙套無論如何和牙齒是絕對不合的，更何況是整排牙套，還記得在牙醫處要做一個假牙都需要套模，怎麼可能有現成的牙套可以套上去，且還可以剛剛好吻合的呢？在網站可以看到很多類似的產品，因為價格便宜買得下手，不像在牙醫處，做一顆牙齒動輒七、八千甚至五、六萬起跳，對於一個幾乎缺了全口牙齒的老人來說簡直是除了要大錢外，可能連老命都要賠上去，況且做一顆牙齒要花上好幾個月時間，怎麼算時間與金錢都不划算。

說渴了，他又喝了口茶才開講，聽他說自己做牙齒的老人愈來聚愈多，每個人一張口都是老河床。

剛開始買了一堆假牙產品，回來不但不會用，也不敢用，因為真的搞不清楚為什麼看牙醫要花上萬的錢，但是買回來的假牙相關材料卻僅僅數百元。

隨著時間一天一天的流逝，假牙材料已經放在家中待用達兩年之久，要不是疫情當前，大家都戴口罩，還可以掩蓋一下，否則，除了家人，還真見不了別人。有一天，眼看自己要出門見人，醜媳婦總要見公婆，只好將材料拿出來仔細端詳，但是看著包裝上的外文，寫了一大堆專有名詞，再加上因為是包裝印刷，也無法將裡面的文字複製到古狗裡面去翻譯，所以，還是無字天書，直到有一天，看到一則古狗的新功能發表，叫做Google智慧鏡頭，也就是說，你只要將手機古狗智慧鏡頭對準產品包裝上圖片或文字，無論是何種形狀，古狗智慧鏡頭就能將鏡頭所照的範圍內的文字或圖片即時翻譯出來，並且還可以為你在茫茫網海中搜出相關的資料，讓你在超連結中繼續尋求相關的資訊，透過自己的資訊背景腦袋，發現這樣一個好用的機制，於是趕緊將已經買了兩年卻沒使用的假牙相關材料包裝，對準Google智慧鏡頭尋求解答，才赫然發現，原來買的假牙材料名字叫做硅膠，是一種特殊的塑形材料。

龜膠？那不是很貴的中藥材？老蔡打岔。

不是啦，是硅膠，他拿出手機寫在手機上給老蔡看。

這是一種高活性吸附材料，屬非晶態物質，不會溶於水和任何溶劑，無毒無味，化學性質穩定，除強鹼、氫氟酸外不與任何物質發生反應。各種型號的硅膠因其製造方法不同而形成不同的微孔結構，且吸附性能高、熱穩定性好、化學性質穩定。

聽得老蔡和其他好奇的人一愣一愣的。

他念上一段維基百科，硅膠在人體上的用途有硅膠人造血管：具有特殊的生理機能，能做到與人體親密無間，人的機體也不排斥它，經過一定時間，就會與人體組織完全融合起來穩定性極為良好。

之後他多了一項打工費，很多老人預約他幫忙做硅膠臨時假牙，至少去吃兒孫喜酒或者看望老友時，老人都可以稍微張開嘴有自信地微笑了。

他的小小房間，有如鍊金術房間，在燈光下他雕琢著老人的牙齒，不被恥笑無牙缺牙老人了。

牙齒，蟬蛻的殼，母親的一撮髮，父親入棺的棺釘，自己的嬰兒照、畢業照、當兵照、每個時期的大頭照，剛出生時女兒的手印，結婚時放在櫃檯供來賓取去紀念的小張照片，離婚證書，變壁紙的股票，失效法院通知與過了追溯期的經濟犯通緝令。就是這張通緝令害他當不成良民，無法當大樓保全或者去開多元計程車度日，只好生活精算，以度高齡晚年。

回憶無價，每天跟老蔡說求生術，他好希望有人可以買他的回憶。當然沒有，當鋪沒有典當這種無形的東西。沒錢且高齡，致命的缺點，足以要了人的所有。

老蔡記性不好，於是他寫下了高齡求生祕訣，如何精算CP值教戰守冊，說來是老生常談，但他就是老生，老過生活的人：

當老人牙齒不好，或咬不動食物時，買把兒童勞作的安全鈍頭小剪刀，隨身攜帶，用來剪食物後再吞嚥，不要不好意思，一顆牙齒要價至少五萬元，怎麼算都不如一把三十五元的剪刀好用，何況也不知餘生多久，對老人來說太值了。

大熱天，別忍受不開冷氣，只爲了省電費。卻搞得汗流浹背，做什麼事都不順利，不如還是花點錢把冷氣開了，讓自己處於適溫的環境，將事情做好，得到的效益才是最大的收穫，人生苦短，跟自己過不去就是活得沒有意思。精算不是不花錢，是花對錢。

每種動物都有自己的語言，並不是人類才懂得溝通與傳達訊息，一個髒亂的地方，會有動物昆蟲爭相走告呼朋引伴前來的，只要將地方弄乾淨，動物昆蟲自然會卻步。例如，夏天蚊蟲肆虐，家中睡覺常被蚊子叮咬，只要掛上蚊帳，房間整理乾淨，蚊子就會自動消失。把因防堵，果就不會來，還可防殺生。

舊手機別輕易扔掉，可以拿來做遠端監視與開車導航之用。

中油的去漬油很好用，一瓶五十元有找，不用花錢買很多除汙劑。去漬油可以擦很多種髒汙，除了味道不太好聞外，但瞬間氣味就揮發了。很多東西可以自己清洗，皮包皮鞋地板家具都可，盡量不勞他人就是省錢，把自己弄得乾淨看起來也就不會像下流老人。

買快樂與買回憶的錢不要省，還有買工具的錢也不要省，動手做可以療癒自己，還可以打發漫長時光，又可動動腦，省錢又健腦。

路經攤販，只要是本來就想買的，或是本來就需要的，價格合適，就可立馬買下，否則改天再想到要買，會花上更多的錢或更多的時間，且也未必有機會再找到同樣的攤子或者有相同的幸運可遇。

看到很多人在進進出出的店面，無論是賣什麼，跟著去看看，嘗試嘗試就知道了，世界上不會只有你最聰明，大家也不傻，跟著看看、學學，保持靈敏與好奇，老心不死。

那天榕樹下，他的求生術分享就像鄰里大會發放紀念品，每個人都收到他的金玉良言，好像競選宣言。有人開玩笑要他出來參選，造福大家。他笑說人生警訊之一就是不要落得晚節不保，永遠不要碰情色與政治。

榕樹下的老人們又笑開了，眼尖地發現，他們的缺牙都大致補起來了，陽光下一片象牙白的亮，一片光燦，映得他們黝黑的皮膚更黑金了。有老人吃著雞排，用著花三十五元買來的剪刀剪著，吃著，笑著。

榕樹下的老境，從來沒有這麼明亮過。

夢中說夢

把父親挖起來，有天母親對他說。

觀落陰，母親看見被打開的結界。

當年他才剛讀大學，從學校趕回家，一進屋，看見父親躺的樣子，就知道父親是親手安排了自己的死局。

父親即將死去的死訊卻是那個能幹卻不好看的大陸妹打電話給他的，大陸妹很憂心地說著你趕緊去看你的父親，你的父親跟我說他要死了。

他想父親最後決定要死之前竟然打電話的對象不是他也不是母親，而是一個晚年父親愛上的人，還好母親不知道這件事。

母親經常去找的通靈素娥也沒說穿，雖然通靈素娥已經知道一切。

通靈與通財僅一線之隔，素娥從小就與眾不同，她懂得跟靈魂溝通，念小學時就是班上的大膽姑娘，同學們都愛聽素娥講鬼故事，而素娥講的鬼故事就像她親身的經歷一樣，精采得活靈活現。國中畢業後，有一次，素娥從屏東到彰化阿姨家玩，阿姨帶她去附近一間廟宇拜拜，該間廟有乩童跳乩問事，附身該乩童的神靈主要是濟公，沒想到在經過一陣祭拜之後，廟公念念有詞地念著天語，在阿姨身旁的素娥竟然身體出現異狀，就好像喝醉了一般，顛顛倒倒地搖晃且不斷打嗝，廟公見狀趕緊將她扶至神桌前，經過一番折騰才退乩，從此，素娥被斷定擁有乩身的體質，容易被神靈附身。

小時候他和其他玩伴總戲稱素娥三姐妹是素雞素鴨。素娥扮演與神靈溝通的人，擁有半人半神的地位。但素娥的先生在村子裡卻是個失信的落跑者，村子的人因為相信素娥所以幾乎每個人都借過錢給素娥先生，但借的錢都一去不回。

素娥先生被村子的人叫總裁，因為以前開過一家公司，又有塊地，不知哪個奉承者先叫，就這樣總裁成了代號，即使後來總裁什麼都沒有，連清潔工都不如，也被叫總裁。總裁變成名字，戲謔之名而非地位了。

最初每個人都知道去哪裡找總裁要錢，只要利用初二初十六去素娥所屬的小廟堵他就行了。總裁初二初十六會去拜拜，而且總裁碰到任何事情都會去問素娥拜拜的地母娘娘。甚至連營養品能不能吃他都會問娘娘。

但總裁問的事情，素娥卻無法起乩，必須靠另一個桌頭才能通靈。素娥說因為他們太靠近，傳話怕別人認為她有私心，素娥也因此總避嫌。

桌頭通靈，地母娘娘說是好東西，可以救人，他就吃，彷彿地母娘娘是他的醫療團隊。靠著地母娘娘，總裁逐漸忘了他該做的事是人間事，根本不需要問地母娘娘。比如他欠別人錢，因為對方信任所以沒有要他寫借據，但跟他要借款時，他卻說他忘了，還說不然我問地母娘娘。

桌頭通靈，地母娘娘說你有欠錢，趕快還，他這才認了。

對方心想，萬一地母娘娘說你沒欠錢，我不就白借了。自此這話傳遍全村。

總裁的話術總是等我地賣了，我有錢了，一定投資你，最少一千萬。他確實有錢過，但有錢時當然沒有去想過有一天會風雲變色，轉眼成空。他的回收垃圾事業瞬間被政府擺了一道，不能開了。最後工廠還被斷水斷電。他沒錢，這句話更成了取信於別人的口頭禪。當然別人也不是傻子，因為他有一塊地，那塊地成為他的保人。

總裁成了老總裁，地也還是地，但已經被多人瓜分，變成多胎。

借他錢賺利息的被卡住了，認為反正他有塊地總有一天他會還錢而借他錢的人再也收不到錢了。或者相信總是能去地母娘娘那裡堵到他的人，全都落空。總裁最後連地母娘娘也背叛了。他想買通桌頭說沒欠錢，桌頭不幹，說傷天害理的事死也不做。連夜，將地母娘娘遷走，不讓這廝與他的朋友每個月都跑來擾。

他留下一間空的鐵皮屋，工廠連電都沒有，準備被法拍。

他少了地母娘娘，真正成了回收垃圾場。無法回收的垃圾。

大家都說把責任讓神去擔也是一種精神病。

素娥受到影響，只有母親還信。

素娥起乩，跟母親說母親要再嫁，這樣可以保你兒子平安。

母親竟因此改嫁，他也一直平安無事。他想這是他自己的命，還是被素娥改運改來的？

素娥有天又對他母親說，妳兒子的父親要入塔，他長年在地底不好。

父親開棺，一棵樹穿過父親的骷髏頭。

母親說難怪夢中天天有人朝她喊頭痛，醒來她頭也跟著痛。

夢準。

入塔。

母親頭不痛，夢中人退場。

父親的葬禮，那場悲傷來得快也去得快的葬禮。

直到下一場告別的來臨。他想死神可能是女的，因此反覆無常，很難預料。幾年後的某一天當他接到警察打來的電話時，他突然這麼地想著。

第二個父親過世，也就是母親改嫁的繼父有天成了車下魂。

那天他的繼父從中壢車站北上，一個人來到忠孝東路上的一家大飯店去看望一個大陸來台老友，之後繼父在人行道等車時，竟被一輛失控的公車撞飛慘死。

繼父的告別式不用他太操心，母親改嫁後和這個繼父生了一個女兒。和妹妹關係冷淡，他不以為意。繼父的葬禮，局外人本來就是他最合適的位置。

繼父過世之後，怪的是母親一如素娥過去所言，少了丈夫的母親容易凋零，但母親不可能再改嫁，有天吃湯圓噎到，竟至呼吸不過來而走了。

此後那個原生家庭就散了。

全都住到了塔內。

全面進入速食年代，但有的死亡卻很怠速，龜速前進，他的妻子，中風多年才離開人世。

沉重的長照生活過後，他開始喜歡簡單的東西。不用澆水不用餵養的東西，一隻略帶花斑點的貓，假的比真的像，不用養，一顆電池，貓就溫暖。都說老後養動物健康，但他老後不養動物，養不動。電子寵物，塑膠植物，冬天睡綠豆枕，失眠還可以數綠豆。一顆顆，大小不同，經打磨，扁平光滑，打孔，用魚線穿連，枕在臉下，又熱又涼，睡不熟，翻來覆去，醒了睡，睡了醒，來回摩挲，有些石粒暖熱了，有些還沁涼。以前還有個石頭席子，許多年，用不壞，磨得晶亮，人油人汗，慢慢浸潤了石皮，石頭長了殼，有了精魂，附了悲喜。只是擋不住，舊物隨老夢，湮滅失散，零落他鄉。

一下子想不起來，做著淺淺的夢，彷彿隔著紙，一撕破，就醒了。

素娥，竟潛入他的夢。素娥揚起一把灰，朝他拋來。畫了傀儡，鬼畫符，胡言亂語。

夢中說夢，陽焰四射，浮塵被日光照射後所起的幻象。

你曾死過，別害怕，素娥又轉成了母親。

醒轉，他想起曾有過的死亡，兩次的瀕死經驗。

當兵時有回他剛好排輪值，輪值的時間是最恐怖的夜晚兩點到四點的催眠時段。持卡賓槍，後方的阿兵哥持五七式步槍。安全士官坐著值班，他愈坐愈睏。閉上眼睛想趴一下就好，他把槍放在胸口，然後頭就整個放到桌上。不知過了多久，他突然看到他值班的桌上趴著一個人在睡覺，他想那不是自己嗎？但他怎麼看得見自己？他在天花板上看著這空間，往後看到那兩個原本在站崗的衛兵也依然站著，突然他不曉得自己是誰了，他看到的是他自己嗎？如果不是自己呢？那他是誰？我是誰？他試圖想要叫醒桌上趴的這個人，那個人卻依然趴著，沒有反應。他往後叫那兩衛兵，他們卻充耳不聞，毫不理會他的狂叫嘶吼。

趴在桌上的這個人到底是誰？如果是自己卻叫不醒自己呢？冷靜冷靜，他告訴自己別慌。開始想，一直回想，努力倒帶想著趴在桌上之前他在幹什麼？究竟出什麼事是他不知道的？冷靜下來後，他一直努力回想剛剛到底在幹什麼？剛剛在寢室睡時有人來叫醒他，然後他穿好鞋子就去拿槍值班。他發現只要一回想到某個空間某個事物那個地方就會瞬間像打開聚光燈地亮起來。

他轉頭看見掛了軍旗的地方，那個地方啪的一聲亮起來，他轉向國父遺像，國父遺像瞬間像巨星開演唱會般地亮了起來，他看見那邊掛的防毒面具，啪的一聲防毒面具像恐怖分子在值勤般地亮起來，他的回想力射向今天出操的用具，射向士兵……啪啪啪啪啪，他的回想就像他手上的槍被射中般，想到哪裡，哪裡就亮了起來。

他開始想自己什麼時候穿上這身衣服的，什麼時候套上這雙軍靴的，什麼時候去拿卡賓槍的。

那他為何不叫那個趴著的人的手指動一下，他開始想不然先叫他的手指動一動，突然手指一動就有一個地方亮起來。

慢慢地好像開始動了，接著開始發亮，接著雙手，雙肩，頸肩，頭部……這時桌上的人開始像機器人被裝上電池般地動了起來。

中山室愈來愈亮。最後整個中山室隨著回想就像足球場般地逐一亮起來，火力全開的亮度時，他整個人可以動了。然後他感覺肩膀被大力搖晃，耳朵也開始聽見有人在叫著他的名字。

睡死啦。剛剛都叫不醒你。

他抬頭看著要接班的人，好疲倦，像是在森林裡長途跋涉多時。

你是看到鬼喔。交接的士官兵說。

他笑著說不是看到鬼，而是我差點成為鬼。

交班的人沒聽懂，打了一副很深很沉很無奈的哈欠，坐了下來。等待四點之後的天光亮起來。

是靈魂出竅還是瀕死？我剛剛到底在哪裡？

死亡籠罩的深夜時分，隨著活下來而遺忘，死亡的劊子手也遺忘了。彷彿那次之後的餘生都是偷來的，確認快樂的方式就是不清醒時間的流逝。

還有一次的瀕死經驗是發生在半夜，他肚子突然不舒服，蹲在馬桶時全身感覺冒冷汗，他想要設法控制自己，卻開始不聽使喚。

再醒來時，不知過了多久，他竟跌在馬桶旁邊，到處都是自己的排泄物，眼鏡也摔斷了鏡框。身體不舒服，但他討厭醫院，也沒去檢查。乖乖地吃了一個禮拜的粥。

妻子死後，通靈素娥有天起乩要他去當和尚，不禪不動即如來。

他沒去，搬離了母親的家。後來一直都沒有再看過通靈素娥。

時間過得好快，那都是多少年前的事了？

素娥，他笑著想起這個婦人，應該很老了吧，欠他錢的總裁，他早就算了。

手機群組，有村人傳了訊息，素娥回仙界去看地母娘娘。叮叮咚咚，有人陸續寫：難怪這些日子小廟安安靜靜的。素娥怎麼回去的？一睡不醒。

有人貼上歡呼的圖案，因為有人寫終於堵到了消失很多年的總裁，一身落魄，有點失智，盜墓者般的骯髒模樣。

他起來沖了杯咖啡。

也順便把往事沖淡。

他想誰會和死人或落魄老人計較呢，何況自己不也離見到他們不遠了嗎？

新豪宅老保全

從瑪麗亞、阮氏香到阿蒂、阿妮，豪宅保全與外籍傭人，彷彿惺惺相惜。

沒人來擾的時候，他偶爾會在櫃檯陷入發呆，回憶往事，讓他心酸酸。他的朋友還活著的有一半在當保全，一半在開多元。

多元，他們都開玩笑多一元，自家車當計程車開，臨老還可以選擇的自由業，不管當保全還是開計程車都要良民證。還好他們以前雖年輕氣盛，但也沒有案底。當保全第一天上班還可以忍受，豪宅或大廈沒有遇見朋友。開多元計程車的朋友說好幾天都租了車卻沒開，因為他們以前都是業務經理，底下客戶成千，心裡就怕滿街叫車的人會有他認識的人。但其實是他們自己想多了，城市那麼大，有這麼巧的事也認了。

一個明星簽賭負債五千萬已經還了四千多萬的新聞吸引了開多元的朋友，於是他才日漸走了出去。跨過那一步就不難了，難的是還沒行動前的想像會阻礙了前進。今天的金玉良言：你以為人生欠你一個道歉，其實是你欠人生一個勇氣與努力。他看一眼，彷彿吸飽勇氣，甩上門，開車去。

他在文字下，按了讚，他們玩手機很上手，臉書已成長輩文，正適合他們。

他不分享故事，但他有時會喃喃自語，或有大樓老人太無聊時總會和他開講，說起當年勇。

他聽著微笑，心想當年勇，誰沒年輕過。他曾是超有錢花的兒子，卻也是最失敗的兒子，有錢只會買跑車，後來還去追酒店小姐或者遊藝場開分小姐，錢亂撒，火山孝子亂當，最後落得當起豪宅管理保全員，而這還算幸運，他有很多混玩的朋友，早已被掛到了牆上。

轉眼就成了自己以前常掛在口中的「老一輩」。

每天想他以前的風光歲月，女兒早就看出有個匪類爸，在他的帝國還沒完全垮掉前拿了他的一些錢跑去國外讀書，從此不歸。他的弟弟前年得喉癌走了，走之前他附耳聽著弟弟想要說什麼話，但他只聽見一些音階。後來弟媳婦領了很多保險金時，他才想起弟弟說的就是保險金不給這個女人。但已經來不及了，爽領理賠金的弟媳婦從此不屬於他們家族的人了，聽說弟媳婦還去割雙眼皮，拉皮，電波，每天用著老公的保險金，快樂命運給她第二春的機會。

男人通常一春就用完了，尤其年輕時光如果過得很匪類的話。

弟弟臨終說什麼?難道弟弟會想給他保險金?他對這個弟弟還不錯,雖然自己也是匪類人。

很多人都說他是語言的變形蟲,他幾乎什麼方言話都能扯上幾句。因為他的背後有著廣闊的父土母水滋養著他這個人,重點是他年輕時亂混亂玩,五湖四海,都在他的酒杯裡,酒杯不可飼金魚,他的晚景落得要鼓起求生意志才能度日。

當匪類父親過世時,他一滴淚都沒有流。甚至在等待火葬時,腦子還不經意地閃過手機裡曾傳來的影片畫面,一隻牛被推進去,變成牛肉絞肉出來。

黑美人,酒家,他們父子竟曾上演同時搶一個酒家女的畫面。都怪台灣錢淹腳目,他和父親就是活生生的見證者。父親連葬禮都很熱鬧,好幾台電子花車與那卡西送父親上路。平時是載豬隻的卡車上,在好日子裡,轉換成牛肉場,有著截然不同的風景,一名穿著細高跟鞋胸前只穿著尖錐狀胸罩的脫衣舞孃正站立在卡車後,配合著電子音樂扭臀搔首弄姿,大跳鋼管,匪類父親的黑白照片和舞孃正對望著。

他去醫院探望匪類父親,那時家裡還沒整個敗落。

匪類兒子見到匪類父親的腦部因開刀而剃了髮,露出一個大光頭。頭型扭曲,血痕縫線乾涸。他想起這個匪類父親帶他上酒家,父親賞給酒家女的鈔票都是塞在乳房之間。父親上酒家時,愛把濃密的頭髮往後梳,很是風騷,不時總是一身油頭粉面,髮絲抹油。

錢太好賺，也容易溜走。錢長腳，留不住。

豪宅大樓連大廳都金光閃閃，土豪似的金壁輝煌。不過也很傳統，豪宅也要拜地基主與宴請鬼魂，豪宅人都怕死，拜得很澎湃。

七月祭拜的魚肉上飛滿了蒼蠅，百合花枯萎發著腐臭。

人的一生總結起來是一堆數字，就是最後到了醫院或是靈骨塔，也都有個號碼。

他聽著地理師向妻子說著岳父日後住的方位是高級住宅區，方位配合生辰八字適合住一樓東區，東面迎太陽升起，可庇佑子孫。接著眾人跟著喊了「有喔有喔」的回應詞後，一切都在燒金紙的煙塵中淡出。

殯儀館好日子人滿為患，告別廳堂搶得凶，他聽見外面有人在爭吵著遺產。

唯一壽終正寢的是妻的父親，他的岳父。岳父從出生到死的履歷表完整，晚年也沒有遺憾，好活也好死的人。

岳父是東北遼寧瀋陽人，因戰亂避禍而從軍，當過衛生兵，後隨政府遷台受醫事訓而成為海軍醫官，官至中校階，民國七十年退伍，轉業當醫師，在台灣砂眼年代，據說曾一日看診五百多人。得年九十，福壽全歸，終身未進過醫院住院、開過刀，於睡夢中辭世。

這個岳父的兩眼圓而有神，是個心軟而善良的人，身高約莫一百七十公分，掛著一張國字臉。曾因在國防醫學院結業分科後以婦產科醫師起步，卻因覺得接生嬰兒太恐怖，導致數月食不知味無法下嚥，最後從婦科改成眼科，為此還曾被學醫同學笑其無膽。

他雖和妻子已無感情，但對這醫生岳父卻頗為懷念。當年他在岳父診所看著醫療設備，曾想這個福壽老人曾於逃難中少報年齡五歲而致以九十五歲高齡為親族所記。被好友暱稱五哥的岳父，和軍醫同學相處一輩子，這些人大都高壽，他記得幾乎都是八、九十歲才歸天，是他心中不死的一群老兵。

近年來新聞常吵鬧著公務人員的薪俸，他想岳父才是好命的退伍醫官，五十五歲起就領取終身俸，領了三十五年，十八趴也是賺到飽。但好命也有遺憾，一生節儉，早餐只吃饅頭配豆腐乳，終身卻操心浪子不回頭的大兒子。台灣開放探親也曾回瀋陽老家探視少年結髮老妻，但物換星移，家人互動僅止於金錢相助，不久即以信件往來而再無歸鄉念頭。岳父和大陸家人的關係讓他想起自己和父母的關係，沒有生活的記憶就沒有感情的連結了。

老人與老人瑞只差一個字，鄉音不復再，那個年代的老人都已覆土。

老人的兒子都老了，還能不覆於土下嗎？

另一個和他夜晚交班的阿桐，純老台客，一家原本都在雲林做醬油，早年，醬油的生意還算好做，但是沒有三日的好光景，競爭愈來愈激烈，醬油的製作過程漫長，尤其是古法釀造的醬油更是沒有一年的光景是造不出來的。在台灣的經濟發展中，年輕人大部分都選擇北上就業，幾乎都無法忍耐長時間的煎熬與等待，於是，阿桐伯的四個兒子在畢業當兵後全都選擇到台北找工作，沒有一個願意留下來在家中承繼家業。八八年的秋天，阿桐伯生了一場病，幾乎要了他的命，兒子們在父親的病榻前被要求承諾接下家業，在父親的最後時光，兒子們才逐步了解到家業的傳承對父親有多麼重要，於是開啟了他們的現代醬油王國傳奇。但最後傳統行業在現代的競爭下他們沒有求進步，也被淘汰。

我身上有醬油味嗎？阿桐總是經常這樣問。

沒有啦，他笑答。還好你不是殺豬的，豬肉的氣味真的很難去除，所以屠夫走進豬圈，都會立刻引起哀鴻遍野。

說來保全人的前生，有的可比住豪宅裡的人還曾風光過呢。

包裹。

簽收。

默默和阿桐交班。

他想自己的身上應該有酒國之花的味道吧？明天來問問阿桐。

遲遲不來的葬禮

有人含一口氣，就可以活很久，活到天荒地老，周邊的人都海枯石爛了，石頭也流淚成玉了，她還像是一粒新石似的。

活到老到對愛情早已不具幻想的年齡，甚至人生都逐漸蒙上灰暗色彩了，她卻還活著，她想死神是否忘了她？彷彿她吐出的氣絲會編成如鋼鐵般的蜘蛛網，把她安全地裹住，不讓她見到死神。

她是壽店老闆中年過後才生的唯一女兒林爽桃。

父親很疼這個唯一的女兒，於是起先把店名改為爽桃壽店。但爽字聽起來像是路口的按摩店，爽朗也不對，桃樹更怪，後來想來想去就又改成小桃壽店。

村裡的人一開始見了這「小桃壽店」招牌很不舒服，覺得這小字聽起來刺耳，人生最好終老才走，怎麼可以小，何況店名聽起來像是一隻無法辨識的怪獸，不知搞什麼名堂。還有過路客將招牌看成了壽司店，有人更離譜以為是查某間，外地人曾以為是家麵包店，專門製作壽桃拜拜用的，或者小孩以為是櫻桃小丸子的也大有人在。

針對店名引起的耳語，爽桃父親唯一和村人妥協的一件事是把「小」字去掉，村民這時才稍微安然些，因為他們也不能沒有這家百年壽店，百年來這小村落的家族生死就在這店裡發生具體而微的紀錄，一具棺木，一個名字，小村落需要它。

桃壽店，桃花是開了又謝，謝了又開，也很像生生死死。桃壽，討壽。

躺棺材，當大官。

村裡許多人都躺過，尤其腳踩一半進棺木的，說要先來練膽。

小桃孩童時代生得乾癟，自是不起眼。誰知時間一翻轉就是個美少女，小桃出落得很是蜜桃可口模樣。有一天一個算命仙經過這家壽店時瞥見了她，竟至當場心肌梗塞，就掛在小桃家門口，當場一口棺木就蓋在算命仙自己怎麼算也算不到的肉身上，算命仙的老婆來到壽店時瞥了小桃少女一眼，她搖頭嘆息說，妳的命很適合開這家店，妳嘴上那顆痣啊，像是桃花裡面的蕊頭，絕對是美人痣。而我老公，一定前輩子偷摘桃吃。

美人痣現在多流行啊，妳何必搖頭嘆氣的？小桃說。老婆婆啥也不說就走了，只留下一句話，妳想想我丈夫命多硬啊，怎麼看妳一眼就連魂也沒了。

小桃住的這個村名叫天壽村，在天壽村開壽店，這豈不是受罪，一年賣得了幾口棺啊？有人不解。可偏偏天壽村常被看成夭壽村，郵差寄來的手寫信，筆畫看來也都像夭壽村。

天壽村的人活得並不長，但也不短，就和尋常其他小村落一般。小桃父親是最後一個用去自己店裡最後一口棺的人，為了迎接自己的死神到來，他要確定每口棺的舒適程度，他躺進許多棺木，聞著蘊含其中的木頭香氣，留下其中一口木質密度堅實的棺木。小桃母親見了，對丈夫抱怨著：「你自己只顧找自己的壽棺，也不幫我找一個？」小桃父親卻帶著某種奇異含意的微笑說：「妳用不到。」

小桃在旁邊聽了心想，果然死神快到了，父親腦子壞啦，怎麼可能和父親差個幾歲的母親會用不到呢？再說還沒聽人用不到的，凡有生就有死啊。

小鎮在幾度都更後，準備拆小桃這家老字號壽店。

也該關了，土地愈來愈少，誰買好棺啊？母親說。

留下父親預定的最後一口棺，將其餘棺木賣給別的小村的同行後，小桃壽店就拉下了鐵門。當年的招牌，也是厚實的一塊好木頭，父親將木頭捐給鎮上旁的小村落，小村拿去搭在田圳渠溝上，小孩日日行過這座小橋，又跳又叫的，「桃」字眼被他們踩得漆字日漸脫落，桃字看起來像是「逃」，也像是「挑」，逐漸地又像是「兆」。

自從小桃搬離了壽店，她的美色就快速凋零，像是被壽店吸光了陽氣，她又回到童年時代的又乾又癟。有村人舊識見了她心裡笑說，如果當年那個算命師見到現在的小桃，恐怕就不會暴斃了。

拉下鐵門後，小桃到鎮上的市區貸款買了新蓋的樓房，將父母親接過去。

離開壽店後，怪的不只小桃美色凋零，連父親對小桃的愛都不知為何轉了性，他的情緒反覆無常，不是呆滯就是忿怒。小桃受不了，跑去靈骨塔公司幫喪家舉辦追悼會。父親知道她去靈骨塔上班，更是生氣，父親覺得靈骨塔是暴利，也是害壽店關門的主凶。

小桃對死亡儀式敏感，她知道追思悼念會會與時俱進。她剛開始入行時，追思會的陌生人還沒哭，她卻已經哭得唏哩嘩啦。她在追思會擺了白玫瑰香水白合白緞帶襯得會場有如結婚典禮，她也是很早就運用製作影片來追思親友的人，她覺得人的一生只剩下最後播放的五分鐘，實在是不值得活太久。偶爾她會想，將來誰來幫她辦追思會呢？誰會追思她呢？

父親有母親，母親有女兒，她還有誰？

小桃父親走的那天，倒是沒有預兆。而且那天他精神很好，還去鎮上他每天固定報到的銀行看股票行情。

那一年，小桃也是老女兒了，三十九歲，美人還沒遲暮，但一直沒結婚，每一樁婚事都談不成，有村人說因為她從小在棺材店玩耍，渾身都是死亡的氣味，男人不愛。也有人說她命很硬，又說起往事，那椿離奇死在她家門口的算命師。只有村長說小桃是因為孝順，她是唯一女兒，因為陪兩老給蹉跎了幸福。

沒有結婚的小桃，就這樣和父母親住在一起，但她可不是啃老族，十幾歲她就幫忙已經老了的這家壽店。小桃父母親的晚年近乎是按表操課的人生，一天所做之事，瞎子都能知道。五點醒來，七點運動結束後，進行早餐看報，之後父親會到離村子最近的銀行看股票和匯率行情。小桃特別記得父親走的那一日，因為那一天他們父女第一次鬧得凶，結下了刺人的梁子。

那天她跟父親說要換一台熱水器，她習慣清晨洗澡，熱水器忽冷忽熱，她濕著一頭長髮對父親說：「爸，換台熱水器吧。」父親看著報紙連眼都沒抬，只淡淡說，能用就用啊，別浪費。她不悅地回說，那花我自己的錢換吧。父親忽然丟掉手上的報紙，摘下眼鏡，報紙往茶几一擺，生氣似地走到玄關套上鞋子就出門去。

小桃想想算了，晚上再說吧，她父親依然固定去號子走動。

她傍晚回到家，卻見老爸如喪家之犬地坐在沙發，這可大大違反了父親的時間表，這時候父親應該是坐在餐桌前才對。爸！她叫了一聲，父親沒反應。母親去哪裡了？她邊想著邊放下包包，走到廚房也不見母親，一桌子的湯菜倒是擺得好端端的。沒多久，聽見客廳開門聲，有工人來，母親張羅著他們進屋，接著引他們走到浴室陽台後面。小桃驚訝極了，怎麼忽然願意換熱水器了？

等到工人換好熱水器，熱水器轟然一聲被點燃時，她才漸漸從母親口中得知事件始末。父親這日依然照時間表去了銀行，卻被某人遊說說可以提錢換傻瓜手裡的黃金，小桃一聽就知道是遇到金光黨。父親多年攢下的存摺數字轉眼成零。兩百多萬成空，早上卻捨不得為女兒換一台熱水器。所以他一回來，就嚷著換熱水器，還有什麼想換的就換吧。所幸父親還有不少股票和定存與儲蓄保險。但平白因自己的愚痴與貪念而瞬間損失兩百多萬元，他一想起就嘔，一嘔氣就心悸，人虛氣短，很快就生病了。未久就斷氣走了，那一口扎實的棺木據說抬棺的人無不累垮，說是太沉太重了。

母親也禁不起打擊，母親一腳彷彿也跟著踏入為伍一生的棺木，只餘一腳在人間失魂落魄。自父親葬禮過後，母親就開始期待她自己的葬禮快點到來。母親託小桃帶她去看靈骨塔，選自己未來的陰宅。她選在比父親更高的靈骨塔山上，從靈骨塔的小窗，可以眺望父親的墓地。她說夫妻住了一輩子，死了我們就別再住一起了，我要住得比你高一層。「你得爬上來看我，而我可以監視你。」母親笑呵呵地說著，好像父親還活著似的。她買下了女兒公司的未來陰宅，小桃那間靈骨塔的同事銷售員很高興地遊說她的母親簽下生前契約，這一點倒是被小桃阻擋了，因為沒有人比她更熟悉死亡儀式了，不過她答應母親先買靈骨塔，以免日後買不到父親墓地旁的靈骨塔高樓層。

某日小桃母親醒來時，她推開了窗，聞到久違的第一道空氣，寒冬末梢那股透窗而來的陽光像是希望，和諧的光譜如神諭般，這是冬末寒流後的禮拜天，街上穿梭著即將出遊曬冬陽的人。

小桃母親很久沒去做禮拜了，母親在父親過世之後不知為何改信她童年口中常說的麵粉教。但她和上帝在嘔氣，她覺得是祂讓自己活這麼久的，這對她而言是一種懲罰，因為除了還能呼吸那幾口氣之外，她什麼也做不了了，而一個做不了事的身體，留著的意義好像比機器還不如，從青春時代就嫁給小鎮老字號壽店當媳婦，她不會怕死神，但怕的是死神拖延時間。這種懲罰感不只母親有，小桃更有這種感覺，她的養老金裡不曾計算母親那一份啊，母親生她都是中年母親了，父親走後，她就開始啟動準備母親的渡冥河儀式，她從沒想過母親會活太久，久到她也將成為一個初老的人，老人照顧一個更老的老人，她不曾想過。

何況早在某一年的某一天，她就為母親舉行過對世間的告別式了。某日小桃遇見一個通靈者，通靈者對小桃說妳母親過了這個新年歲壽將盡，妳要有所準備，妳要注意，莫要悲傷。

小桃聽了，倒是無喜無悲。回到家，門未開就聽見八點檔之類的激烈互摑耳朵或者叫囂。她的腦門出現母親坐在客廳沙發手拿遙控器的發呆模樣。開門時，畫面彷彿倒帶，母親見到小桃，如獵犬從烈日當空的昏迷裡醒轉，眼睛陡然一亮，直盯著小桃手裡拎著的超商塑膠袋，母親彷彿聞到裡面散著食物氣息，母親笑了。

妳把冰箱的食物都吃光了？小桃溫柔地問著，也回應給母親一個笑容。她突然有了哀傷感，連父親走時她也沒有過的哀傷感。一想到通靈師說的母親熬不過這新年的元宵之後，她就感到孤伶伶地孤單。

小桃倒不怕母親自殺，雖然她的心裡時間早已停擺。母親沒有自殺這個概念，雖然她其實也走在自己殺死自己的路上，但這條路，比她想像的要來得緩慢，緩慢至連小桃都不得不相信，上帝把她遺忘了。

父親葬禮過後，幾個親人也相繼離去後，她們母女坐在凹陷的陰暗裡。線條看起來像是要崩解的泥娃娃。她們彼此對望一眼苦笑，黑暗裡像兩條失去鬥志的荒野老獸。小桃知道母親想的是接下來，該輪到我了吧。

然時移日往，母親卻一活經年，小桃成了母親生活唯一的浮木，浮木想如瓶中信地漂到大海也不得，作息幾乎被綁住了。小桃想要是有其他兄弟姐妹就好了。她啃的就是自己的老本，這才是真正的啃老族，母親啃她啃得天經地義，但偶爾母親聽她抱怨這年紀難賺錢時，看女兒愁眉苦臉也會跟著哀號說活這麼久可真是罪過啊，我有罪啊，吃活人的米糧卻不做事，上帝為何還不來帶走我？

小桃拍著母親的背安撫著，牆上的十字架忽然掉了下來，正好一頭栽在一盆貓砂裡，揚起了貓的屎味，這身上沾的貓屎味任何人聞了都會有一種奇異的感覺，而她想這應該就是一個預兆了，死神的氣味大概就是貓砂味。

她決定按照通靈師說的，在這一年過年的新年時，把所有母親的親朋好友都找來家裡，以作為母親的生前聚會，另一種告別式。

然後她開始整理照片，整理被母親珍藏在相本裡的許多黑白老照片。照片裡的她還坐在嬰兒車裡，那年代嬰兒車是富有人家的象徵，看起來母親是極為疼愛她這個獨生女的。她盯著畫面瞧，母親那時候穿著訂製的開衩裙，看起來很時髦。母親坐在小鎮開的第一家西式咖啡館裡，她陪著在看書報的父親，嬰兒車就在咖啡座旁。她手裡抓著餅，吃得滿嘴都是奶油。但母親只是看著報紙，一派閒適。照片不知是誰拍的，應該是咖啡館的老闆吧。

他們年輕時竟就已經過著照表操課的生活，早上要出門走路，看報紙，去咖啡館吃早餐，聽廣播，睡午覺，再聽廣播，看電視，關電視，讀經，睡覺。

開始學烹飪，讓日子有變化，她買了很多食物，常覺得飢餓。除了去傳統市場，小桃還帶母親上超市，母親喜歡看架上一堆玻璃罐裝食品，玻璃罐上貼著嬰兒照片，肥嘟嘟的兩頰，讓母親看了笑呵呵。

母親喜歡超市，曾異想天開地說，以前要是有超市，那就不要開什麼棺材店了。死而復死，這大概是母親的情況，以為死了，又活了，母親不知何時過成了薛丁格的貓，死了又活，活了又死。救護車都認識她了，她在電話中才說出前面的路段，救護車就熟門熟路地說出號碼了。

每一回都覺得母親要走了，卻都沒有。有一天夜裡，小桃出差，母親一個人在家，不慎如廁從樓梯摔下來，撕裂了傷口，摔斷了腿。她望著血流，疼痛至極，她想就是這一次了吧，她聽說遇「九」是個門檻，她不想發出尖叫聲，以免驚醒隔壁。但清晨，卻來了一個拉業務的業務員，他在一樓窗戶看見她奄奄一息，忙叫救護車。救護車來的人看見她，望著她的睡衣滿是血，很是驚訝一個八十九歲的老人竟然可以撐過流這樣多的血而依然睜著斗大的眼睛望著他。

別救我！她哀求地說著，聲音低啞，但還是讓在旁的救護員聽到了。「林媽媽，活下去啊！」在她要被扛上擔架前救護員對她打氣地說著。她抬眼看著這個人，驚恐地說著阿材，你怎麼來了？

救護員後來才知道阿材是小桃的父親。

賣靈骨塔很好賺，多年前我母親買的那家公司竟然等不到我母親走就倒了，錢都白花了。分期付款都付完了，還沒用到。小桃調侃地對前來幫她辦理母親生前契約的業務員說著，接著閉上了嘴，因為別人不知她的苦衷，還以為她盼望母親死，她其實是畏懼而已。我母親還有我，我現在很擔心自己，看來我也有長壽基因，但我孤家寡人的，活很久不知要靠誰？小桃又續說著。

所以妳要買保險啊！不然以後妳要請瑪麗亞幫妳哭啊，我聽過有訓練小狗望著空墳哭泣的奇異事。

你說的是小說吧。狗會吃主人肉呢，小桃笑說。想我不需要死後的哭泣，但需要活著的微笑。

她很久沒笑了。她想也許自己應該去養條狗，但她可沒聽過狗會哭泣的。她見貓哭過，她養的老貓戀窩，年輕時，有回她的男人來，不准老貓睡在床上，把老貓趕出房門去，結果一早醒來，老貓已經在門外候著，一蹲下看牠的臉，竟是眼睛淚痕滿滿。她想貓哭的聲音可真難聽，但狗哭也不好聽吧。

小時候棺材店有生意上門，父親都會知道，因為家裡會聽見伴隨著風送來的「吹狗螺」，淒厲悲傷，十分刺耳。那是她聽過最悲慘的午夜叫聲，像是在和死神拉扯，遲遲不願送別。

她浮起新聞曾播報颱風，大水將低窪地區的祖墳四處沖刷，墓碑漂流風雨大水中的怵目驚心景象。

墳墓最怕鬧水災，靈骨塔怕火災，死而復活的母親看著電視說到處都有災難。當初母親堅持為自己買「高樓層」，就是怕鬧水災，畢竟水災的機率大過於火災。小桃笑著對同事業務員說我母親不怕死，卻非常害怕死後的居所。

時間總是來去無影，距離通靈師說的母親葬禮已經過了許多年。

那一年為母親悄悄準備的新年告別式聚會所拍下的照片也已褪色，照片中的許多親友老人，在新年的聚會之後，卻一個個走得比母親還早。

那場小桃為母親辦的熱鬧新年老友聚會，現在回顧起來，倒像是幫別人辦告別式似的。先是阿永伯、清水叔、月寶嬸、美枝姨、麗真表妹……連年輕輩都有，時間不挑人壽，滿山少年白頭，小時候她就聽看盡無常的父親說過，於今還真是如此啊。

但小桃想，會不會是通靈人看錯了人，還是母親的生辰本身根本就是錯的？多年來，解夢者的預言也都一一錯謬，好像母親身上藏有多寶槅，無法讓別人看到全貌，她的時間有自己逃走的崎嶇路徑？

相簿裡的親友都得靠母親來指認了，她是這個家族唯一通往時間甬道的現世活人。

小桃翻著照相簿，唯一能指認老去歲月的影中人只剩下母親了，但母親的記憶一向不可靠。

如果影中人沒人識他，那麼就和跳蚤市場買來的照片沒有兩樣。

小桃有一天決定出去透氣。

這座城市她竟快不認得了。

她想她的身上一定到處聞得到老人味，因為捷運車廂的人都紛紛站起來，表面是讓位，但其實是一種遠離的姿態。

是因為和母親生活在一起太久了，身上沾惹著她的氣味，還是真的自己也老了？

這座城市曾經也有過她年輕的身影啊，眼下她怎麼好像是化石遺跡似的。但繼而一想，她年輕時，別說聽見六十歲，就是聽見三十歲，都覺得惶惶老矣。當時老人常掛在嘴上的警醒之語：「老了妳就知！」她總是嘟著嘴想，知什麼啊？

年輕人都掛在網路上，手指非常忙碌。面對面眼睛也不對望，這讓她感到安全，沒有人會盯著她看。

眼睛會老，是她面臨初老時最深的體驗，開始後悔以前書不看多一點，沒戴眼鏡出門，連火車時刻表都看不清楚。

聲音會老，高拔的轉成砂石磨的，一聽就是老人聲，原來老人這麼好辨識。

雙腿會老，膝關節摩擦。

耳朵會老，咖啡館突然冒出一群人，嗓門特大，一聽就是老人。老人聽不到自己的聲音，說話像是隔著一座山，唱山歌似的喊來喊去。

突然一通電話來了，小桃表妹阿樺打來的，阿樺說她的大女兒小涵要結婚了，叨叨說著二十歲就要嫁人了，真的是不知在急什麼，務必請她賞光蒞臨。小桃說好，吃喜酒，好久沒有喜事了呢，但誰是小涵啊？

掛完電話，卻在電視沙發旁睡著。夢中她見到二十年前的新年那天，阿樺抱著一個剛出生滿月的女嬰來到家裡，阿樺一來就把女嬰抱到母親懷裡，喃喃說著乖！小涵乖，給姨婆抱抱喔。母親抱著新生女嬰不放，抱啊抱的，親又親的，像是整個人從病態中又活了過來。吸滿嬰兒真炁陽氣的母親，原來是母親不死的原因。

她突然從夢中驚醒，逐漸想起那個讓母親又活過來的女嬰，聽說讓老人抱新生嬰兒，又會活過來。

女嬰長大，這麼早就要結婚？這該死的小涵。她微笑著站起身，翻著牆上的大日曆，「這天是好日啊。」她的膝蓋疼痛，但她突然不確定是否要去吃喜酒，她可不想不小心抱到一個嬰兒，她不想要活得像母親那麼久，她如此無依，不想除了擁有時間之外，其餘什麼都沒有。不想除了疼痛之外，其餘什麼也感受不了。

當時間已經不再是問題時，那生命怎麼辦？她想著想著，又繼續睡著了。

當不死成了難題，卻又活不好時，那怎麼辦？

她的母親早已放棄治療，比如那個宣稱可以讓她活百歲的整脊師；比如那個自稱擁有失傳道家功夫的某道長宣稱人要活到一百多歲一點都不是問題。但問題是活那麼久只是吃喝拉撒，那活那麼久要做什麼？甚至有在山洞打坐一坐萬年的人又是所謂何來？坐成一粒石頭？

活不好，千萬不要呷百二。

人生轉眼皆岔路

只要活過中年，都曾經年輕過。他給我看他年輕的照片，長得一副聰明相，靈活得很，抽菸，但不會喝酒，沒有賭博習慣，喜歡音樂，尤其是流行音樂，喜歡自己動手修各種東西，練就了家庭水電工的基本功。

常被叫萬事通，他在當兵時被取的綽號。

他說那是一個看著別人哀愁卻自己幸災樂禍的地方。

因為在前送營的是那個年代抽到金馬獎的衰兵，營區哀鴻遍野，每天都有想死感覺萌生的可憐新兵，飯也吃不下，伙房爽樂當米蟲，將米拿去黑市換，換成了鈔票，偷天換日，長官暗地買了房。

高雄仁武營區的這個新兵訓練中心，瀰漫著年輕卻死氣沉沉之感。

因為新兵大部分心理建設都尚未完全，所以也常耳聞因為吃不了苦而心生逃兵的想法，營區戒備於是比較嚴格。由於仁武營區緊鄰大社鄉，算起來是當年比較現代化的營區，營房以水泥建築居多，除了有一個大操場外，操場中央靠邊有一個司令台，那裡是一個師的編制，有三個旅下轄九個營，每個營有五個連，駐地操場四周圍繞著營房。

營區後面有座矮牆，不知道是什麼原因，牆面不但斑駁，還坍塌了一塊，塌下來的地方卻始終不會被修好，只要是老兵都知道，這是無假外出的捷徑。

那時他買了一台光陽良伴50機車，那是一台長得像腳踏車的機車，好處是沒油的時候可以當腳踏車來騎，雖然會騎得很辛苦。提到光陽良伴50，就知道萬事通的年代了，四年級中段班，開始用悲哀的心買開心半票價的人。

他逐漸當成了聰明世故的老兵，在仁武營區已經待了將近一年半，曾經當過伙委，這是一個擁有採買部隊伙食權力的小官，在老士官長的指點下，買了兩用車作為營區外的交通工具。那時的仁武街上只有一條街有著稀疏的店面，其中一家雜貨店是他常去的地方，別看這家雜貨店，它可是號稱仁武營區的百貨公司，除了賣雜貨，還賣陽春麵，門口有高雄客運的車牌，所以也賣車票，新兵放假搭遊覽車返鄉專車，也在這裡購票上車。

吸引他們的是裡面有個叫秀娟的姑娘，也是老闆的二女兒，她有著一雙靈秀的大眼睛，喜歡穿飄逸型的洋裝，顧店時都紮著馬尾，下午三點前大部分化淡妝，晚餐後偶爾會看到她濃妝，沒有任何原因，說是白天太亮化太濃很奇怪。聽說她念到專科，沒畢業，故意將國語講得字正腔圓，但是忙起來還是會變成國台語夾雜。她招呼阿兵哥連眼睛都不需使用，一邊賣票，一邊收錢，還可以登記遊覽車班次，還知道麵煮好了要趕快起鍋，淋上專屬的油蔥酥醬汁，邊叫著阿兵哥的名字，通知誰的麵好了，誰快來拿小菜。

營區的阿兵哥只要待上一個月，沒有不認識秀娟的，大家都盯著她看，可能因為也沒有別的女人可以看。但說也奇怪，好像是宇宙的一股平衡力，大家明明都很喜歡到店裡來找她，卻都把她當成好像沒人認領過的女朋友，不知道是不是大家相互故意制衡的結果。

萬事通算是老兵了，熟門熟路的，有時也會當起雜貨店跑堂，幫忙端麵，登記遊覽車，幫忙賣票，不熟悉這裡的人，還以為他跟秀娟是兄妹，或夫妻，反正看他忙進忙出的樣子，不會有人認為他只是來營區當兵的過客。

買機車代步這事表面上看起來很正常，但是當晚上八點以後，營區大門會進入管制時間，不再接受訪客，這時萬事通就會出現在矮牆，越過後，騎著他的良伴50，出現在雜貨店的門口，停好車之後，他熟練地拿起門口的鐵柱，一片一片地柱起來，然後拉上鐵捲門，點根菸，坐在門口的機車上，悠閒地默默等著秀娟結好帳，她習慣簡單梳洗後來到他的面前，還故意用那怪腔怪調的台灣國語問萬事通，今天偶們氣哪裡？

通常萬事通會載秀娟去鳳山逛夜市，吃點小吃，鳳山是阿兵哥的大聚集地，有陸軍官校、陸軍第二士官學校、陸軍第八零二總醫院，以及其他駐地部隊，街上軍人比老百姓還多。阿兵哥喜歡在夜市打香腸，有一家香腸攤是用彈珠台來打的，五元打一次，看積分得香腸或者玩過五關，另外一家是用抽鐵籤的，一次抽兩支，也可以玩過五關。還有套圈圈，他是高手，往往會套中大的汽水瓶，換成一隻大娃娃給秀娟，秀娟很喜歡看他認真套娃娃的樣子，他們會拿著戰利品，騎著機車到離營區不遠的一個堤防邊，坐在地上邊吃香腸邊喝著汽水。

伙委管的是採買，住在伙房的小房間，一般是不用參加晚點名的，由於伙房一大早四點就會開始生火，要管一個營近千人的伙食，那可不是開玩笑的，老士官長常告誡伙房的兵員，開天窗，當兵是當不完的。

萬事通當時最喜歡老士官長（他當然還不知道日後他會最恨老士官長），老士官長隨軍來台已近三十年，菸酒不離口，刀子嘴配豆腐心，他的寢室掛滿當紅影歌星從雜誌撕下來的照片，領口上掛的兵科是步兵科，牙齒參差不齊還帶有濃濃的黃咖啡垢，不講話時感覺很嚴肅，但只要跟他熟了，就會發覺他很夠意思，講義氣，重情重義，總在必要時才會出手幫忙，連上長官都要敬他三分。

萬事通機靈，其通達也包括這一部分，他懂得討老士官長歡心，有一次，老士官長要他買些花雕酒回營區，回到部隊才知道老士官長要吃狗肉，而狗肉烹煮必須要用花雕酒才會入味。他雖差點被老士官長嚇壞了，但也耐住性子陪了老士官長吃上一回紅燒花雕狗肉，還聽了一整場八年抗戰與國共內戰，難怪他吃得開，在部隊裡，有老士官長罩著，比爸爸是將軍還要吃香，不怕官只怕管，就是這個道理。

在部隊中，老士官長在各種裝備檢查時就可以看出有多好用，例如，高裝檢時，會有師部的長官來清點部隊所有的裝備，尤其是槍、炮、彈，以及各式各樣的裝備，例如軍車、軍服、防毒面具，小到一顆螺帽，大到一部運兵卡車，只要帳上有的，一個都不能少。但是，他們都知道，東西只有少，絕對不會多的，管理的後勤兵這時候就會非常緊張，害怕當兵當不完，這時的老士官長就會發揮鎮營的作用，只要跟老士官長有交情，總能東挪挪西借借的，就這麼安渡關山，這其中的訣竅，耐人尋味。

要跨過八〇年代的夏日，終於讓他等到了退伍令，當長官發布當月退伍人事令時，他憂喜參半地騎著他的小機車載著秀娟到鳳山找機車行賣舊車換大ｃｃ數的摩托車，幾經詢問看車、喊價、殺價，最終換了一台三陽野狼125c.c.中古車，貼了近八千元。在回部隊的路上，兩人一路無語，畢竟一年多的相處面臨即將可能要分開兩地，心情複雜，很難言語。

秀娟的心情就大不同了，秀娟在營區算是知名人物，跟萬事通會走在一起當然是除了看起來順眼以外，他的聰明與幽默才是讓秀娟心動的原因。一年多來，萬事通不知道講了多少笑話給她聽，回憶起來，從來沒有笑不出來的，現在萬事通一旦退伍北返，未來誰知道呢？

在萬事通退伍辦桌請客的酒席上，他和大家敬酒，划拳，當晚，怎麼回到家的都搞不清楚，秀娟又怎麼走的，他竟也忘了。只記得之後他回到台北，怎麼樣也聯絡不上秀娟，那個年代是說失聯就失聯，誰要不理誰就可以完全背對。他去原地找，雜貨店竟然消失一空。他在牆上留言，阿娟，是我萬事通，留下電話，但都沒回音。後來再去，原本的老屋也拆了，改建新樓。

日久，他就徹底把秀娟遺忘了，但後來聽某個從隊上退下來的軍官無意中竟說起秀娟嫁給了老士官長，是被她那愛錢的老爸給賣掉的。

萬事通說人不能窮，窮到連情人都會帶不走。

萬事通的故事說到這裡就會開始重複，所以我一直沒有聽到後半部，護士說他撞到頭部，腦筋會斷電，但某些片段又記得特別清楚。

後來萬事通先生離開醫院，因為車禍腿部開刀，復健好了之後，也是我該帶著母親離開醫院之時，但我一直記得萬事通先生，還有那個我在醫院一直不曾謀面的軍中一枝花秀娟。後來聽護士們聊天說他沒有結婚，難怪兩個月以來和我母親同病房的萬事通先生一直都沒什麼人來探望他。最後一天他要離開病房時，我看著他獨自一個人收拾物品的背影，心裡感到年輕當兵時那麼得意洋洋的萬事通，剛踏入晚景就顯得淒涼起來。

心裡感謝他告訴我那個年代在南方當兵的畫面，男生喜歡說當兵事，但現在的男生都沒有當兵事可以說了。

為何萬事通終生未娶？我聽見有護士聊天說著，問我，我說我也不知道，就像有人問我，為何終生不嫁？我會無辜地說，沒有啊，我又還沒走到終生，我才走到半生，老了就不能結婚嗎？

想來，萬事通就是有一點不通，愛情不通，人生轉眼皆岔路。但他懂得反覆說故事來逃逸被故事追殺。有了故事殘念，在人生被掐滅前，也是有殘火可取暖的。

壕溝草蓆大隊

打靶女，旗桿女，她們被軍營的阿兵哥們這樣代稱著。身上揹著看起來像旗桿的東西，只有明眼人才知道背後代表的暗號。這大隊組成的分子只有四個人，她們的故事聽起像是八點檔，但人生的戲，還真是八點檔，只是有的暗藏角落，有的戲碼有機會延續到午夜，轉成心靈節目。

草蓆大隊裡，就數阿雪的眼睛像偵測器般雪亮，新舊兵看得一清二楚，有錢付帳還是要白賴的她都能嗅得出。

她們是專做「東營房」生意的，帶頭的是美鳳，美鳳濃眉大眼，皮膚略黑，顯得風情萬種，因為不喜歡讀書在外面鬼混惹到禍事，曾經被關到少女習藝所去教化，出來後所學到的手藝馬上忘光，跟著之前認識的玩咖男友一起到了這營區外面租屋居住。本以為可以有新生活，但男友卻迅速甩掉她，且搞失蹤。美鳳沒有任何求生本能，唯一有的就是年輕又有美色，地緣關係的誘惑與有人牽線使她竟就這樣開始了這獨特的打靶女生意。

這營區有兵好幾千人，美鳳名聲迅速傳開，最初因為男友不告而別，美鳳終日酗酒，因為經常醉倒在營房外面，不想再被欺負，乾脆自己做身體的主人，買賣銀貨兩訖。美鳳想起母親，可憐靠海卻無海可討生的媽媽，因父親早逝，她曾偷偷看到母親為擁有一些漁貨而和漁夫交易。母親當時暗地被叫陪釣女、陪泳女。這讓她的傷埋得很深，彷彿永遠都帶著傷痕長大。

既愧疚又感恩又憤怒，多種情愫攪拌，如攪海般，把她攪出了海，荒澀的海。傷害的循環來到了她自己，她毫無察覺，只是順水而下。

阿雪也好不到哪裡去，父母被倒會欠下巨大債務而自殺雙亡（這像酒店小姐話術，但看過阿雪的人都相信），只有一個小她十歲的弟弟相依為命（這四個字她們也經常引用）。阿雪本來在營區附近美容院當小妹，但美容院一天站好幾個小時也沒什麼錢，弟弟還小需要錢，後來被一個軍官騙說會給她錢，但卻被白睡，軍官快速申請外調，一去不返。阿雪幫美鳳洗頭時，在美鳳的慫恿下，變成了美鳳四人組的頭牌，原因無他，阿雪皮膚白皙，聲音嬌嗲。阿雪變得很忙，阿兵哥經常要偷偷預約，且願意排一兩個禮拜之久。

頓時搞得像掛號看診式的等叫號。

娟娟年紀略大，但營區的人傳聞著這娟娟服務最好，配合度最高，雖然看起來年紀大一些，但是最得營區的老士官長們點選，經常有很多老士官長送菸、送化妝品來給她，娟娟從山林來，有一種粗美的性感，酒后一枚，喝起酒來那種阿莎力的爽快就是女中豪傑，可惜她只是草蓆大隊的一員。

小美加入最晚，瘦骨嶙峋的模樣是大專新兵喜歡的型，讓人心疼此女子的落難。她很少說話，沒有人知道她太多的過去，只知道她是為了躲避繼父才逃到這裡的，帶她來的是一個賣衣服的大姐，這大姐對美鳳說，給小美一個不艱難的生存理由與空間，不然我怕她會去自殺。

美鳳開導許久，小美終於打扮起來，整個人妝扮就如同花澆了水，不再枯乾。她身上的傷痕日久也逐漸褪去。營區的客人曾對美鳳開玩笑說，如果不是妳作證，小美的傷還真會被別人以為是我有虐待狂。

營區的附近有一個單兵攻擊練習場及一個最遠三百公尺的靶場，這兩個地方就是她們女人幫的野外山寨。只要她們揹著旗桿出來，就代表生意開張。旗桿是暗號，沒有旗桿就是今天純散步，身體打烊，非禮勿視。

新兵被關太久，看到旗桿就興奮。恨不得趕快打開旗桿，第一次看見旗桿裡面是一張草蓆時，新兵都笑了，草蓆一放就是他們愛的野地行軍床。

單兵攻擊練習場裡有許多獨立家屋，而靶場則有一條一條的壕溝，是用來打靶時舉靶用的，平常遠遠望去杳無人煙，但是一旦部隊開始訓練，就會熱鬧不已，只要有訓練課，旁邊就會出現小販，賣飲料的，賣泡麵的，賣麵包，賣包子，甚至於賣菜的都會不約而同地聚集過來。這時候，女人幫會在旁邊觀伺部隊的訓練動態，阿兵哥們除了訓練與吃喝之外，眼睛也總是飄向她們，彷彿她們才是標靶。

新來的，沒看過的，好奇的，都會看向隱藏在野地裡旗桿不時竄出頭的女人。在萬綠叢中四點紅的她們就像野花綻放，就在這時候，老兵與新兵會交頭接耳說著故事與如何攀上旗桿女或打靶女，這也就算是某種營區的傳承了。

老兵愛現，總是會將聚集的小吃店位置報給新兵，如果想在壕溝之外找旗桿女聊天的話，小吃店是最佳據點。這小吃店是美鳳乾姐開的，賣陽春麵排骨飯滷肉飯魚丸湯，也提供一些黑白切與滷菜，門外一個攤子，煎煮炒炸全在上面了，門內擺了五張桌子，每張桌子都配四張椅子，特色是桌子椅子都不同款不同色，十足的雜牌軍，四處撿來的。

來這裡吃的人當然不在乎，他們稱這裡是聯合國麵館，出外人呷粗飽，沒人計較過，眼尖的人都會瞧見往化妝室走的長廊上有一個類似布告欄的木板，上面貼滿了照片，滿滿的都是她們這四個女生的照片，有的是獨照，有的是合照，還有一些不知道是跟誰合照的，裡面的男生頭髮都不多，看起來應該是和營區的人一起照的，泛黃的牆壁上還有一些字，大部分寫上去的都是外號，無非是到此一遊，青春有膽。阿兵哥們生怕被笑，不敢玩的至少也要來和打靶女拍張照片，回去可以稱勇。最特殊的是一個叫做勝雄的簽名，名字下面還畫了一隻狗熊。奇怪的是這狗熊的尾巴怎麼長在前面，美鳳開黃腔地大聲說笑，她就是爽朗，很混得開。

美鳳的乾姐人稱阿姑，早年丈夫車禍身亡後便帶著孩子來到這裡開設麵攤，房子起初是租的，後來車禍理賠金拿到後就直接買下來了。阿姑手藝不錯，蒸煮炒炸樣樣都行，吃過的人都還會再度上門，只有一次被部隊的一個長官太太來探親時嫌味精放太多。不過，十年前剛來的時候生意並不好，七年前美鳳來找乾姐，本來乾姐看她瘋瘋癲癲，一度想不希望她惹是生非而不承認她們有遠親關係，沒想到美鳳結束一段情後，錢花光了，喝酒後又跟不同的人進進出出，阿姑實在看不下去，才出手幫忙，讓她住到店裡來，沒想到花來了，蜜蜂也成群地飛來採花蜜，就這樣讓阿姑的小攤變成了小店，逐漸變成現在休息站的規模。

旗桿女力以身體直闖這男人地盤，都想先賺一票之後再漂白，畢竟眼下要先度過。因緣際會組成的壕溝世界，變成一個小隊組織。小店雖然名聲遠播，但總是無法在檯面上的生意。她們跟阿姑租二樓的房間，阿姑及兒子則住在違章加蓋三樓，透天的小屋住起來倒也遮風擋雨，且可以作為中繼聯絡站，或者來這裡吃吃麵之餘可以唱唱歌，賺些茶資。

來吃麵的客人有熟門熟路的熟客，通常來這裡都先站在外面，很快地就會出現四人幫的幫眾，從眼色就能得知他今天點誰的番，眼神交錯後就會一起走出去。還有一種是第一次來的生客，一般都會先點一些吃不飽但是足以讓他名正言順坐下來了解情勢的人，這時眼尖的美鳳就會湊上去找個題目來發揮，美鳳警覺心也很高，畢竟是上過習藝所的老鳥，生客一律由她來過濾，至少要先摸個底，知道來者真的是客，才會進行下一個流程。第三種就是真的來純用餐的客人了，除了營區的官士兵外，來會客的親友家屬也會因為阿姑的店占盡地利之便而上門。至於過路客少，鄰居大多自己開伙，所以也不會是阿姑的客人。

她們做生意的場所特別，在部隊單兵攻擊訓練場以及靶場壕溝裡面，因為這樣特別，以至於她們走入晚年之後，對許多事情都逐漸失去記憶了，卻獨獨對這個地方印象特別深刻，一種刺痛般的深刻。

靶場人少，身體陷落在舉靶的壕溝，聲音不容易傳出去，反而很安全。且壕溝很長，像一個單行道，一般人沒事不會接近，就算接近看到也都是心照不宣阿兵哥之類的人。只是有時候動作太大讓阿兵哥消受不了時，雙方不免會喊叫起來。有一段時間，還讓外地人誤以為這附近有屠宰場。

這樣的生意展開前後也有幾年的光景了，直到她們陸續要跨過三十，開始急著想要嫁人。

只有阿雪一心想栽培弟弟，弟弟後來如願上了高中，且還是明星高中，阿雪於是讓他住學校附近，租了一個套房讓他居住，每個禮拜阿雪都會去看弟弟，幫弟弟打掃房子，帶弟弟去吃好吃的大餐，買衣服、皮鞋等等居家用品給他，照顧得無微不至，就是不讓弟弟知道她在從事什麼。看到阿雪晚年的人知道這些過去，都為阿雪的付出感到不值，她的弟弟後來出國留學，幾乎不聞不問阿雪生活。但這世界辜負者何其多，阿雪笑笑，說自己責任有做到就好啦。

說起過去，阿雪說當時很多人追，很多人對阿雪大獻殷勤，送花、送化妝品，甚至送戒指，阿雪都不敢收，畢竟自己從事的是什麼行業，何況來當兵的幾乎都是過客，她可不敢耽誤別人的一生。有一個對她很痴情的受訓士官，結訓後除了經常寄信給她之外，還有附加的包裹，從零食、罐頭、房間擺飾，到現金袋都有，信中總是信誓旦旦地要娶她為妻，當然這種誓言都是賀爾蒙作祟而已。

娟娟個性大剌剌的，存不了太多的錢，還好她固定會寄錢到山上給她媽媽，維持了一家的生活。雖然沒有存下什麼錢，但是錢的來源最實在，部隊中對她好的老士官長大有人在，老士官長隻身在台灣，無親無眷，住的又是部隊的營房，平常花不了幾個錢，娟娟成了他們最親密的伴侶，只要吃喝玩，總有人會搶著埋單，胭脂花粉化妝品、洋裝、牛仔褲、T恤，用都用不完，身材豐滿的她總是路人的焦點，敢做敢當的個性使她身邊男伴總是圍著一大群，日子過得一點都不寂寞。

但娟娟早逝，酒后有一天撞車，陪同的士官長也一起回天家。

而那個受虐少女小美自從來到美鳳這裡，從當初的沉默寡言到現在的活潑大方，改變最大，也許是她在家庭中受到的傷害最深，所以她總是花錢花得很節省，錢都存在營區的郵局中，還幫自己買了好多張的郵局壽險，算是很會打算自己的姑娘。她早明白除了靠自己，也沒人可以靠了。

小美後來很快就洗白了自己，她開了家舶來品店，在高雄老家，仍然時髦可愛，她的楚楚可憐只是手段，她想誰要跟臭男人結婚，我躺著只是報復，她抽口菸說。她到現在都有恐男症。

美鳳大姐頭晚年則依然老神在在地像部隊指揮官一樣活在營區附近，女人有什麼事都由她出面擺平，儼然是紮營駐地的女審判官。她人緣好，可說是繁榮營區四周的第一人，聽說還因此讓當地的房價上升不少。她早已從習藝所出身的逃家少女蛻變為營區附近的女角頭，解散草蓆大隊組織轉為調解糾紛，辦婚喪喜慶，地方上的大小事務都可以看到她的身影。但她太阿莎力奔忙，後來竟至中風，成了壞掉的老娃娃，只有阿雪常去探望她。

我在母親病房聽著她們的故事，我想若要在她們的墓碑刻字的話，要獻上幾個字給她們，她們是以淚水開出春色花朵的人。

戰地壕溝隨著時移，早已被填埋，覆在土地之下的春色，長出荒煙蔓草的無邊慨嘆，春色壕溝成了地下停車場，上面蓋了樓房大廈。

一輩子也買不起房子的她們，卻是真正以身體躺過這片土地的人，是真正的繼承者、擁有者。

鐘擺理論

女兒進來嚷嚷著怎麼家裡有一股老人味，他頓時明白原來家裡開始有人燉煮中藥對年輕人就是聞到老人味了。

他想起最後一次去病房看朋友風，當時整個房間就充滿著熬煮的中藥味，許多好友各自帶著聽來的祕方去看風。

風姓封，大家都叫他瘋子，直到瘋子無法再瘋狂，命在旦夕時，大家又改叫風，風終於消逝，吹散了一切。

風的離世就像一個黏膠被太陽曬久了失去黏性，大夥們也就逐漸散了。一散多年，即使有臉書也不常打開看，失真的臉書誰會貼上真實的生活面貌，連臉皮都是假的，不起一絲風的臉書。

他偶爾會點進風的臉書，他一天到晚在封鎖某某人，老人彼此嘔氣，比年輕人還記恨，大動干戈，殺殺殺，殺去朋友。風已經變成紀念帳號，只為了供他人悼念，但其實沒什麼人上去了，風逐漸被遺忘，只因「我的這一天」的提醒，於是他這片雲就上去看看風，偶然飄過他的心中的都是惆悵了。

老人味，真的是有味，但不是中藥味，而是無能的味。

老年人家裡的味道，真實氣味確實到處有金門一條根與萬金油之類的治痠痛藥膏，還有降高血壓高血脂的西藥袋。

這些氣味使得回憶的每一塊寸土都隱喻著傷痕，伏流暗影似的穿透硬化石化的臟器。一腳踩進屬於老年之地，不需申請無須護照，怠速的心跳與緩慢的血流就是通行證。

老年人臭心寂寞，因為再也沒有期許的他方，除了極樂或天堂。年輕人芳心寂寞，因為到處都是可能的他方，除了皺紋與老後。

老年人的一絲微光都是感激涕零的餽贈，年輕人則是連寂寞都珍藏成美絕的玻璃心。千山鳥飛絕，萬徑人蹤滅。原來不是鳥飛絕，而是人蹤滅。被貶的柳宗元提早寫出老後心境，老後不分古今，唯今人更苦，連鳥飛絕都不曾有過，直把繁華過成荒原。必須一塵不染，不同流不合汙。萬物滅絕，萬籟靜寂，他這個衰老翁，獨釣失眠雪。岸上拾荒記憶，釣的是昔日榮光或傷害。年輕人也失眠，釣的卻是夜夜潮慾或傷害。傷害，拉近鴻溝，相濡不以沫，相濡以傷害。傷害是警世錄，可以傳承經驗值，避免再傷害，老年的價值就是發發長輩文。

六十歲與十六歲，生命這場戲裡的推手是時間，將老少重新觸及彼此，觸及死亡事物與感情之殤。懸浮的記憶，飄蕩無蹤，如夏日晴空的雷，或暴雨淤積，來得快去得慢。從此以後，脆弱而易逝。

天空飄來不散的烏雲，迷眩著生死場的課題，於是他日日覺得打開手機就煩，不打開手機卻無聊。廣告充斥與議題叫囂介面。每個議題都在提醒身體與金錢，及早為可能的醫療和照護做準備，盡可能參與地區的社會活動，習慣求助受援，多存錢，印著黑體字。

他點頭想沒錯，問題是要守得住錢啊，錢長腳，沒拴好會跑的，像他現在就追不了。軟爛的食物或包子對只剩三四顆牙的他都能用上下顎或手剝撕，唯獨這炸的腐皮捲得用剪刀，當他拿出剪刀時，經常有人看著盯著，他想沒見過剪刀啊。

那個愛德華剪刀手，壞男孩強尼·戴普也變大叔，酷男孩變大叔，成了髒男人。他搞藝術的，也有這種況味，他體察到快變成某種藝術家酸腐類型卻又故作氣質老文青模樣時，就去剪了一頭俐落短髮，把所有那種看起來像禪師茶服之類的仙氣棉麻衣服都收起來，或捐給慈善單位。重新買了現代時尚簡單衣服，比如素淨的白襯衫、T恤，重新穿起牛仔褲。女兒有天見了說，爸爸你終於變年輕了。

和妻子早已各過各的，妻子愛旅行，經常一出門就半個把月，重新活回年輕，補回失去的年輕。他無所謂，妻子高興就好。妻子也是那種年輕時當年老過，年老當年輕過，和別人的時間逆反的人。也因此愈老看起來愈年輕，妻子也把看起來仙氣飄飄的道姑服都收起來，就在妻子的母親中風之後，年輕時和母親一直逆反的妻在母親意識還清楚的中風第一年，答應母親從此都依母親喜歡的樣子過日子。說著就把所有母親不喜歡的老成道姑仙服收了起來，妻的母親微笑，看著又活回年輕的女兒。重新穿上青春少女時期的洋裝與牛仔褲，妻心境好像也換了一個人，突然覺得過去的自己雅不可耐，變成一般人的打扮，妻顯得更自在。母親過世後，妻子就開始旅行，替母親完成沒有抵達之地。

前半生為家人活，後半生為自己活，也替母親還願。

他剛好討厭旅行，旅行一天到晚在適應新的人事地物，而他只喜歡熟悉的事情。

妻子放飛，他定點觀察。時間讓老人不可愛而難被愛，只好自己愛自己，想做什麼趕緊去做。

樂齡長青銀髮樂活，高齡的掩飾詞，讓自己好過的騙術。每天社區欄就像幼兒班熱鬧。兩日遊健行、土風舞、太極導引、歡喜來唸歌、瑜伽、書畫、寫作、攝影等活動的張貼，費用不高，但他就是興致不高。因為他一直覺得自己和年輕時沒兩樣，除了體力稍差，牙齒掉了幾顆，白髮一些之外，主要是他的心仍喜歡年輕的事物，流行歌他都會，也追劇，不喜歡和老年人在一起，雖然自己也快要邁入老年。不知老年該如何定義？

但他喜歡年輕，年輕卻未必喜歡他。難怪人要輪迴，如果活到一百歲如何和年輕人溝通？只好換個身體，重新又好漢一條。於是覺得自己初老的心也被整體氛圍拉到一個看得見死神的制高點，這個高點就是高齡的空氣，一種屬於到處是空無空寂的空氣。

沒有存款沒有朋友沒有情感，他被總幹事拉去社區上一次課，他不想上課，他也想謀個什麼總幹事來當當。哪裡知道這個老友總幹事笑說，你要當還不成，你沒有良民證。

良民證？

沒有案底的人。

他真倒楣，年輕時投資電玩，他投票給陳水扁，卻被陳水扁掃蕩電玩的周人蔘案給掃到，電玩成了賭博罪，且他底下有人，又成了組織犯罪。臨老之前失業，別說總幹事當不了，連個守衛都當不成。打開報紙（他是還常看報紙的人）最多徵人的工作就是保全。到處都是高樓大廈，到處都需要保全。但他卻是總幹事最好的顧問，因為他很有點子，把他們這棟的社區活動搞得挺活潑的。不過他出點子，自己卻不加入。

除了這回，總幹事知道他年輕時就喜歡塗塗寫寫，跟他說上上寫作班，把自己的一生寫下也不枉來過這世上走一遭。

他推開社區咖啡館，卻聞到一種奇異的求生空氣，這些喪偶的獨身的嫁錯郎的，或有年紀大又死不了的，呈現一種空洞空白。連那個老劉都被阿蒂推來，老劉成了管管大人，鼻胃管導尿管氣切管，但腦子清楚，寫字也漂亮。

他坐在社區大廳附設閱報區咖啡座的最角落，不經心地翻閱著雜誌，封面多半關於輕熟齡熟齡樂齡高齡超高齡的議題，所有的齡回到零，接著就等著變成靈，把自己塞進小甕裡，或埋在樹下，或飄揚大海。

除了高齡就是如何消除貧窮、改善社會不公平、對抗氣候變遷。課堂牆上投影片打開，他抬頭看一眼標題，書寫家族生命紀事，他想又來了，又是什麼家族啦、生命啦，說穿了家族就是傷害，生命就是感情慾望的本身，他在心裡叨念著，關乎寫作的都是回憶。

在物品當中／它喜歡有鐘擺的鐘／還有鏡子
它們都熱情努力地工作／即使是沒有人在看的時候

時間一到，他聽見台上走來輕熟女老師，開口朗誦著他聽不太懂的詩，音質頗為療癒，有點靈魂藍調，他最怕女人的音質音感像是刮玻璃的尖拔，妻子的音質就有這麼一點，難怪現在妻子不在，他感覺世界靜多了。

它們都熱情努力地工作，即使是沒有人在看的時候。辛波絲卡詩人寫道，我還會加上風鈴，風鈴也是，它一直擺動，發出悅耳的召喚，只要有風，就會工作。女老師繼續說著。他聽著，要是沒風呢？他的生命就在無風帶，可怕的無風帶。

沒風就自己創造風，女老師好像聽見他的心音似的回應。

風，他的至交化灰飛去了。

冷氣呼呼響，盆地像悶鍋，風神雨司昏昏欲睡，引風入市，引進的不過是焚風，壓縮機的風。調節的河水早已窄仄，循環當機，風沒有空隙穿流，處處碰壁的風。他想起風，死去的風，在盛夏時節特別讓他想念。

一雨成秋，還要三個月。鬼月未至，念風悼風還早。

胡思亂想，一邊想念著風，一邊聽台上有如慢板的琴音。沒有紀錄就沒有存在，書寫的意義或許是只要有一人看見就是全部了。請大家先從快樂的事開始回憶，快樂的事想足了，想夠了，想盡了，全都落筆了，你們才開始想不快樂不開心的人事地物。因為有了快樂的事作為打底，你們陷入黑暗就不會被黑暗狂潮捲走。之後即使想到很難受，很想擲筆而去，但你的心仍會爬上岸，盪回正向的力量，就像鐘擺一樣。

鐘擺總是不需看見就很努力地前進。

他試著想快樂的事，卻沒幾分鐘就想完了，不快樂的事以為想盡了卻冷不防又如浪般地打上來。

怎麼他的鐘擺是壞的？盪來盪去，很快就盪到黑暗那一面，永夜似的鐘擺，快速打滑的快樂事情竟如半瞬。

你們想不起快樂的事，對吧，因為快樂的事很容易被覆蓋，而且記憶需要一面鏡子才能對照出來，把躲在深海的給勾招出來。影像就是最好的鏡子，各位不妨看看手機，手機裡的相簿應該可以讓回憶大海著床。以後有時間就到外面走走，走幾趟舊時旅地。喚醒長夜迷夢的往事幽魂，試著和往事喝杯茶。

怎麼聽起來像是某個作家寫的飲冰室茶集的廣告？

長夜迷夢，別把往事喚醒，他提醒自己別聽這老師的話，她不過三十出頭，哪裡知道被往事鬼掐著不醒的窒息感，哪裡有過被回憶追殺而夜夜不眠，還和往事喝杯茶哩，應該把往事送進靈骨塔啊。老師的話就像路邊算命仙卜卦著命運卻不負責兌現。

神算說不準砍頭，砍誰的頭，雞的頭？就像路邊賣蜂蜜的高掛不甜砍頭，砍的是蜜蜂的頭吧。他心裡嘲笑著老師這種不經世事的文藝腔，回憶沒有帳單重要，退休金帳單郵件催繳簡訊，生活是這些數字所組成的。冷不防這女老師突然將眼睛裡盛著的一汪黑水如瀑布地倒向他，她揚聲說著沒有紀錄就沒有存在，沒有活過，把你們的一堆情緒與難以捉摸的記憶化為文字吧。充滿塵蟎與贅疣褐斑的記憶惡魔，晃動它前先做整地的功夫，爬梳影像，叫出漂浮銀河雲端的故事碎片，拼貼一張屬於你個人的生命整體。

他看見很多老學生愛上課，但從沒看見他們寫下什麼，他們說就喜歡到處聽課，把別人的話語種進寂寥的心田。

他不禁也開始在記憶的黑盒子裡翻箱倒櫃，倒不是想和往事對話，而是想挑選一張看起來有點愁眉但不苦臉的照片，他想提早把自己的肖像掛到牆壁，不真的是要提醒自己什麼生命無常之類的，而是他不要讓別人為自己挑他不想要被看見的照片。但細想，其實這又是他自覺人生最好的階段，因為沒有掙扎沒有物欲沒有性慾，一切都臣服在時間的大海了，不管逆流順流，不問高潮低潮，吞沒整個人生，獨獨留下回憶的浮木讓人還沒溺斃。

回憶根本無法變現，除非寫的東西還能賣錢，但他的人生平板，也沒有什麼傳奇，沒有驚濤駭浪足以寫下的故事，於是他的人生走到高齡，最大問題只剩沒錢，沒錢就更沒動力。老了沒錢不被同情，因為泰半的人都認為會走到這一步一定是年輕時不懂得存錢或者太揮霍或任性之故。但他覺得委屈啊，他真是衰爆了，小人一堆，錢長腳全跟小人跑了。很努力可是處處碰壁，處處有小人阻擋，就是找黃大仙告狀打小人都沒用的衰咖。衰咖到老，就是更變態的不幸了，下流老人，這名字真汙衊人啊。

「他還是愛喝可樂，他到老都愛喝可樂。

他發現喝可樂可以讓他想起快樂的事。

要死也要死在快樂的回憶裡，就像風，要他們把中藥全端出去，風說我還能活多久，給我菸給我菸。

他忙遞上菸，他早就準備了，就等風說。

他這把年紀胃口猶在，容量卻變小，吃飽想動動走走。幾乎不靠想就自動雷達偵測似的走到小時候就去的幾個地方。男生玩遊戲打陀螺吊單槓打躲避球踢足球，女生玩沙包跳繩跳房子踢毽子，用原子筆做水槍做竹筒火炮，看王子雜誌四郎與眞平漫畫聽民歌，年輕時喜歡那些空心沒腦胸大的女生，因爲自己也沒腦。

喝可樂還可以去油膩，飛的都是冒泡的回憶。」

可以朗讀一下你剛剛寫下來的文字嗎?女老師突然指著他說。

我先去買罐可樂。

他聽見老劉從氣切管發出的氣岔笑聲，他想也要幫老劉買一罐。

生命的幽默

黃昏已來

過去如夢，逐漸走成不相干的人。

如果還有餘溫

如果還有餘溫，趁一天之中還有活下去的一種意志溫度，這時他會拉上鐵門，緩緩走去超市，也許只是買個優酪乳，或者一串香蕉之類的，重要的是要走出去，去吹吹冷氣，看看架上滿滿的物質，那種長得像油漆桶的大包裝零食，總是給他一種任性之感。或是架上滿滿的嬰兒罐頭食品，隔壁是包大人尿片，這也給他一種時間無情的無常提醒。

他下樓的方式是倒退嚕，為了減緩膝蓋的疼痛。小孩見狀都叫他倒退嚕阿伯。

風吹得他鬢角的髮絲浮動，他感覺這種風連他眉骨長出的白毫都被吹拂起來。

髮也不修整，滿腦想著等等要買幾樣東西給弟弟當生日禮物，他們這種高齡人忽然就變得務實，覺得吃在嘴裡還是最實用的。這樣想時，不意想起去年才剛送走了老母親，他突然一陣悲傷襲來，反射性動作地伸手拭拭眼角卻無淚可拭。眼井枯槁，滿眼蕭索。被綁架在床上十七年的肉體，十七年寒蟬。分分秒秒都在想死神為何還不來。如果凌遲是最大的罪惡，那麼連死神都有罪有惡？母親在他的掌心寫過無數次的死字，母親腦子在前十年幾乎都是清醒的，母親看著他，求死而不能時流下的淚水，他想起來極苦，想起來椎心刺骨，痛如刨骨削皮。

再也沒有比長照更悲哀的字眼，長期照顧者與被照顧者的彼此燙心炙身。不是長期有陽光照射而是長期照見黑暗而名為長照。

長期照顧母親，直到最後自己也是老人一枚了。從壯年到初老，迎接自己的高齡，黃昏只剩一絲夕霞餘光，很快就要轉瞬成黑絲絨般的漫漫長夜。

他想著，感覺孤單已是好老好老的朋友。走路是新生活提案，說要多走路，讓肌肉有力，讓心臟有通。死神綁架過母親，這次當兒子的得小心閃過。念在他也跟著被綁架十七年，死神應該寬容吧，即使他這一生也犯了錯誤，他忽然這樣想著，是哪些錯誤？他沒有繼續想下去。因為快到超市入口，人潮增多，小孩亂竄，一不小心就像被保齡球打到般。胡思亂想會影響走路的專注，他不再想母親，不想求饒死神的往事。他挨著牆走，走在白磁磚也格外謹慎，功夫布鞋舒服，皮鞋只有參加餐會才穿。都說老人怕跌，母親就是狠狠跌了一跤，傷到脊椎而失去行動能力。

想想都會讓人不寒而慄的際遇啊。

超市是夏天逛街的最佳去處，而且不分年齡，只是超市東西貴，他得更仔細挑選比價。到處兜兜轉轉，在煮湯區試喝湯，在酒櫃區試喝甜冰酒。穿迷你短裙的酒促女郎，看他只喝不花錢，很快就轉移對象。一堆蜂蟻終於離開他的身邊。好酒需要時間，老人更需要時間，但時間揮發一瞬，他是禁不起開棺的秦俑。

托斯卡尼的豔陽天，酒瓶優美，素白底下印著蝕刻版畫，勤懇農民都長成胖圓臉，開懷大笑，一籮筐一籮筐的葡萄酒莊，好遙遠，他一向只喜歡品酒，但對去逛酒莊沒興趣。

他其實也不喜歡出國旅遊，覺得很累，就為了看幾張明信片似的風景，他寧可在家組裝音響，看影集打電玩，但都不沉迷，這使他對許多事物都保持清醒與距離。不捨身，沒大成就。

他又繞去咖啡區買了一袋咖啡豆，還有幾罐肉桂與香料，弟弟喜歡下廚，甚至還種起薄荷與香草之類的。

超市外太陽依然刺目如刀，切割機似的轉著光，街上的人在光下如影舞者，被光支解如過曝的黑白照片，暗處陰翳，亮處白翕。

他租屋的房子，經常曬不到陽光，發霉潮濕，白襯衫長斑發黃，牆壁會生蘑菇，水管是小強天地，角落有小米棲息。可恨小米，練就一身求生術，籠子不進，黏板不沾，毒藥不吃。愈高齡鼠輩愈厲害，和人相反。

生命的產線上，只能勸自己看開點，就像打電玩，一切如真似幻。

早些年這些房子新穎如他，綠樹成排，一派洋氣，樓影光鮮，住的人也年輕，現在房子老了，住的人更老了。每天黃昏，總有鄰居大嬸，提著好心食物施食貓犬。貓犬愈聚愈多，他發現動物昆蟲都有召喚同類好康的能力，也會互相提醒避險的爛尾樓地雷區。樓房都更不了，只能都更自己，準備老死老窟，等新一代接手。

他老花，看貓都一樣顏色。不若大嬸聊天時細數貓科如調色盤，狸花貓，奶牛貓，灰貓，黑貓，虎貓，斑斕世界，懶懶散散，體態肥圓，看起來都很禮讓，不吵鬧，有秩序，有幾隻關係好的，還相互捉尾巴玩。

有人笑大嬸這種老婦人犯傻，想積功德，愛心氾濫，多半是吃撐沒事幹，不求今生只求來生的。大嬸也回嗆，是誰傻啊，不懂累積功德的人才傻。

男的閒得雞雞發疼，女的閒得屁屁發癢，他聽見年輕人經過他們這群老人身邊時偷偷笑說，鄙夷地搖搖頭，行經而過的年輕人也是貓，有長髮鬈曲，染金黃赤紅、烏紫、金綠、粉褐，有個還故意染著讓老人刺眼的灰白。

他們要遮白，年輕人卻要顯白。

染色髮絲襯得女人雙唇染丹霞，兩目映碧波。女人晃著紙莎草葉子形狀的彩色大寶石，寶格麗耳環。耳環鑲嵌紅藍寶托帕石，玫瑰金閃耀耀的，緊身T拋胸，熱褲露腿，座位旁邊是位資深美女。他在麥當勞等弟弟，等成了孤單老人看著周遭人流。尤其西門町，不是老女人老男人就是青少年，還有兒童遊戲區。年輕人笑鬧著，揮霍著青春。突然他見到在超市櫃檯結帳時那個把手中花盆打碎的女生，盆栽的草瞬間被折斷，零落一地，葉脈四散，瓷盆也碎裂，土壤外溢。

女生點好餐，卻坐到了他的面前，兀自說著一個人來台北，做過女工、服務生、洗碗工、收銀員、花車外賣、書店打雜、街上發傳單，也曾想去當展示小姐，卻被廠商嫌矮且齙牙，你覺得我有齙牙嗎？

他沒回話，心想有自信的女生好。女生又接著說我其實不矮，只是看起來矮而已，就像齙牙，其實很有特色啊。我還加入過孝女白琴隊，濃妝豔抹穿露肚裝穿高幫鞋，在電子花車上唱歌跳舞，對著一張很大很大的黑白肖像。有時不上電子花車，就是要唱哭調。他聽著想孝女白琴，那不是他的童年嗎？他沒回話，靜靜聽著陌生人自言自語，看著錶，想弟弟應該快來了。

女生又兀自說起後來沒人請孝女白琴，她跑去當網路賣家，但怎麼樣都不紅，即使她短紗裙露胸，腳蹬高靴，都無助於銷售。直到後來有一天她去買了很多植物種子，才在植物世界找回了自己，發現自己是綠手指，種什麼都一片光燦，不像自己的生命。植物一盆隨便都可以賣個五十元，幾盆就可以吃好幾餐了，一家建國花市還大量買我的盆栽喔。

植物超療癒的，倒退嚕阿伯。聽見女生突然這樣叫他，原本他那緊繃的臉突然聽到倒退嚕而放開大笑起來。

原來女生曾經是他的鄰居，從少女變女大生了。他本來就老花，認不得一群小孩中的某一個小孩，何況幾年又過了。

女生送了他一盆薄荷盆栽。

然後他從玻璃窗看見弟弟來了，他跟女孩說謝謝，也回送她一包剛剛在超市買的咖啡豆。

女生聞著氣孔飄出的咖啡香，笑得很燦爛，跟他揮手說再見，說有空到建國花市找我啊。

他點頭，走到門口，剛剛那一幕弟弟全看在眼裡，劈頭就朝他笑說，把妹喔。

滅絕師太

那個連鎖藥局的胖妹永遠都掛著一張零食吃太多而導致肥胖的鬆垮臉，她掃過一眼，立馬判斷胖妹年紀還輕但已然胰島素阻抗，第一型糖尿病等著她，且身體缺鉀，總是想吃甜食。黑眼眶凹陷，皮膚差，看得出是壓力導致皮質醇過高，且維生素缺乏。本想雞婆建議胖妹如何健康減肥，但她發現任何進來的客人問胖妹，胖妹都冷冷地回答，有時還會不耐煩地高聲說話，她就打消了主意。

只簡單地問著胖妹桂格牛奶有含高纖維嗎？

胖妹從櫃檯瞥眼過來，凶凶冷冷地說那不是桂格是補體素。好像她不識字似的無法分辨桂格與補體素。她想開始老花看不清楚字，老被當文盲似的。

她轉頭對胖妹說，妳口氣不能好些嗎？

胖妹竟回話說妳的口氣也沒好到哪裡啊，胖妹把滅絕師太的字眼吞下去，差點回說妳看起來就像一個討人厭的滅絕師太。

她放下正在挑的東西，走到櫃檯看著胖妹說，我要客訴妳，叫店經理來。

胖妹說她不在，隨便妳客訴。

我去你們網站客訴，不然我發動臉書拒買。胖妹這時候發現這女人是認真的，開始有點緊張了。她又說妳知不知道來你們店裡買東西的人幾乎都是身陷在苦痛國度的人，她突然覺得自己說話太文謅謅了，改口說，會買這種包大人紙尿褲的人妳覺得她的日子會比妳好過嗎？她晃著手上的包大人，像是在請包大人來評評理。她噼哩啪啦又說著妳知道買這些東西的人可能家裡都有躺了不知多少年的摯愛，有多少人眼淚流光了，何況你們這間連鎖藥局就在這家只有送死沒有接生的醫院旁邊。

胖妹看著她，突然覺得眼前這個女人實在說得太好了，胖妹因而收起了那種不理人的鬆垮臉，被她訓過之後開始顯得精神起來。胖妹只是胖，胖少了仙氣，胖妹總是氣沒有人覺得她喜歡閱讀好像她就愛吃。

胖妹忙跟她道歉，她看著胖妹笑了，有酒窩，其實挺好看的。妳為何不笑？妳笑起來好看。妳也沒笑啊，胖妹說妳笑起來也好看。我沒笑，因為我哭太多，已經忘了怎麼笑了，我是不會笑的女兒。

不會笑，聽起來讓我好想哭，因為我是被罵慣了，忘了笑。胖妹突然有了同理心。希望妳再來，我一定會對妳微笑。胖妹又說。

但後來她還是不再去那家有著胖妹的連鎖藥局了，她不想要跟陌生人建立在這種痛苦之地的任何一丁點關係。她知道自己的心隨著漫長長照日子的折騰，凝視母親肉體腐朽過程太久而長出了更冷酷的東西了，應該有人暗地嘲笑她愈來愈像滅絕師太吧，髮很短，髮不染，衣服愈穿愈寬，愈來愈中性。

和胖妹和解，不客訴，喜歡客訴的女人也是某種經常心理不平衡導致的狀態吧。

之後她把母親的慢性箋改放到有藥師服務的藥局，可以領藥的時間到了，藥局會通知她。那家藥局很奇特，是她將母親移到河邊電梯大樓之後才開的，接著隔壁又開了一家小七。她笑說母親促進了在地產業興榮。藥局櫃檯有兩個藥劑師，還有助理，不管去多少次，買多少東西，那兩個藥劑師說話都不溫不火，且對她永遠像是第一次看到地陌生，完全沒有要打招呼的樣子。不像之前有胖妹的那家藥局，她曾見過胖妹那家連鎖藥局的店長，太親切了，有回新來的店長還跟她說多來買啊，久了我們就熟了。

她心想誰要和妳熟啊，誰要常來買啊，最好立馬不要買。她第一次去這家連鎖藥局買東西是在母親剛從加護病房出來時，普通病房的所有物品都要自己採買，她開始逛這種從來不曾踏進過的藥局，藥局騎樓擺放著許多不同尺寸機能的輪椅，形成哀傷感。這間新開的藥局冷淡有禮，完全符合她的心境。有時她感冒也去藥局配藥，藥師仍然待她像是不認識她似的眼神，明明她已經為媽媽不知在這裡拿過多少次藥了，藥師卻都淡淡的，但聲音聽起來卻又讓人寬慰地穩定。兩個女藥劑師經常在櫃檯，白色制服下有一張輕熟女的自信，看起來就像一家小診所，在八里這樣的偏僻地方，兩個美麗藥劑師像是人形立牌，沒有溫度，卻不失美麗。

她看著母親吃了快一輩子的降高血壓藥，心想如果自己也一把吞下去，也許就跟母親去天堂了。時間過程覺得冗長，但一轉眼又有如瞬的恍然。今天是哪一天了？她頹然想起，已經不用特別去看日子了。哪一天是母親復健哪一天又是自己要復健？哪一天是母親回診哪一天又是自己要回診？

母親已放棄治療了。

以往每天都要特別注意日子，何時母親要回診，何時要幫母親拿藥，何時母親要驗血，何時要訂車，何時要繳貸款，何時要繳房租，何時要祭祖。幾年後，她也跟著右邊手痛異常，進入復健與回診，展開身體的四季迴響，彷彿身體安置了警報器，要她注意身體已然進入需要固定維修的時程。

復健的人不用注意農民曆的紅色字與黑字，不管嫁娶納采訂盟開市交易立券掛匾祭祀祈福開光出行入厝移徙安床安門拆卸修造動土栽種破土啟鑽除服成服，健康的人才要看好日，現在是輪到她幫母親看日子。她曾以為母親會好轉起來，於是留心著神走過的足跡，人也經常變得神經兮兮。但神沒見到，神經倒先崩壞。

網路農民曆，只要輸入日期，類別喪葬，就會跳出好日壞日，吉時凶時。但照顧母親不必看日，看的是老天的臉色。對母親而言，每天已都是壞日。除了死神到來，她才需要幫母親看日，看安葬好日，好庇蔭子孫。

但子孫就她一人。

以前她可不是一個人的。她曾經有婚約，但和丈夫打拚一輩子只分到睡覺一起睡，母親生病之後，她大夢初醒，帶母親離開了那間屈辱的房子。

滅絕師太年輕時也是水靈姑娘，聽母親言嫁給了一個看起來忠厚老實的公務員，公務員老公木訥少言，後來老公跑去從事傳銷事業，賺了不少錢，就在那時她沒想到會因為一個免費檢驗癌症的機會而使自己墮入無窮深淵。她以為將活不久了，於是和老公商量後事，她想母親已老自己又沒孩子，她感到生命無望因此將財產都登記在丈夫名下，在治療期間她發現丈夫逐漸因為寂寞而在外頭有了女人，於是她商量關於離婚的事情，她原想離婚後生命可能隨時消失，所以也就不在乎所有的事，淨身出戶，一毛錢都沒拿，只託孤母親給丈夫。因想自己要死了，至少母親和前夫住一起，臨時有事可以有人照料。

她在等待生命的盡頭，沒想到卻一直活得好好的。當放下一切之後，癌細胞竟然逐步痊癒，可是夫妻關係已然崩裂，那陣子離婚但還住一起，每天且還看著前夫帶著女朋友回來。本以為不久人世，所以什麼也不要，結果卻是長壽之人。

更怪的是前夫也不趕她，說同枕一張床，睡習慣了，不換。前夫女友竟做完愛也就乖乖回去。朋友當時聽了都覺得她這個人有病，老公，不，是前夫，這個人也有病。

結果有病的人是母親，肉體的病，母親倒下來後，她真正看到死神的模樣，想要有自己的餘生，即使餘生要照顧母親也是屬於自己的餘生，她帶著母親搬離了前夫家，失去一切，但沒有失去尊嚴與活下去的勇氣。只分到睡一張床的無愛人生，任誰也不要吧，她邊推著母親的電動床邊想著。

路上有人看著她，第一次看見馬路上有電動床在移動。

她把母親的電動床當搬家貨車推，除了母親瘦弱的軀體外，還擺著一兩袋衣物，即將入住的租處什麼都有。

妳這滅絕師太，就是那時她聽見前夫在後面朝她喊了一聲新詞。

水靈姑娘被磨成滅絕師太，任何男人嘴中往昔疼惜的寶貝也都會長大，從此寧願受苦也要有自己的生活，即使餘生不多，即使黃昏很快就降下。

外送舊情人

他是混蛋。

你也是混蛋。

他們都尷尬地點頭。

混蛋老闆打了一顆又一顆的蛋在果汁裡，成了混蛋果汁。

混蛋兒子跑來，將客人訂的外賣飲料拿給他，接著他轉去另一家咖啡館取貨。

麻煩你提醒客戶，一小時之後如果沒吃要放冰箱喔。

他點頭，將豬排大餐與裝在塑膠盒的草莓提拉米蘇放進外送袋。

心裡響起的聲音竟是這是以前女友最喜歡吃的季節限定蛋糕，如果是她，不用等到一個小時還沒吃，她會十五分鐘嗑完，如果優雅一點也會半小時吃完。如果花上一個小時，原因一定是手沖咖啡耽誤了，她吃飯或零食甜點都挺快，唯獨手沖咖啡很慢，還要先瑜伽靜坐，靜心之後量豆子，磨豆，燒水，量水溫，簡直就是一場呼召咖啡魂儀式，因為太特別，在這麼多年過後，他依然記得。

他得以最快速度再順路去下一家，這樣可以多取單。雖然經常取單之後肚子咕嚕咕嚕叫，好想棄單把美食吃掉，當然他沒這樣做。但他愈送愈胖是真的，吃在別人嘴裡卻肥在自己肚子裡。可能因為胡亂吃，不定時又囫圇吞棗容易發胖。

但他確定不會是前女友，她那個人有潔癖，不太可能叫外送。

他忘了防疫期間，潔癖者當然就更不出門了。

一單砍十到十五元，快要送不下去了。今天下雨，加成。取餐費加距離加送達費，每回去公司報到，都怕遇到失業放無薪假跑來兼差的朋友。之前他反應慢，畢竟有點年紀了，送得不快不好不對，都會被當場羞辱。獎勵金經常沒有他的分，因為速度慢，一天超過二十單幾乎是夢幻數字。而且他攝護腺不好，膀胱不好，難忍尿意。

空腹熊貓的粉紅色衣服穿在他身上有點像粉紅豹，老的頑皮豹。小時候最開心的事就是看粉紅豹，永遠都記得粉紅豹躺著燙衣服，燙到忘了時間，起來自己的腹部變成空心，一只電熨斗的形狀，空心粉紅豹，把還是孩子的自己笑到覺得粉紅豹是最好的朋友。他停好機車，彷彿瞬間聞到草莓混著巧克力的滋味，他突然有點懷念兩個人的曾經。但熄火後又想，自己已是空心粉紅豹，揹著空腹熊貓，草莓提拉米蘇不屬於自己，在生命旅途他早已不是戰士。

四十樓，他看著這偏僻的八里，哪來的四十樓？打電話給取貨的咖啡館。路意莎你好。他說了原因，櫃檯的人查了，回覆說打錯了，是四樓。

搭上電梯到四樓，走到八之一號。

門一開，他驚在原地，差點把外送袋給掉到地上，還好沒糊掉草莓。

前女友，舊情人。一點也沒變，沒老。

他曾想好在有良民證，沒刑事紀錄，不然連計程車外送員都當不了。他跳票過，以為會有紀錄，結果沒有，之前他本來是開多元計程車，但上不了路，心理有障礙，怕載到朋友或以前的客戶，於是改去送餐，想看到地址至少可以決定要不要送。

哪裡知道還是遇到了舊識，且還是舊情人。

誰會知道她搬了家，落魄樣子，被她見到了，他想，見到就見到吧，真發生這情景，想像的顏面問題也就沒了。

舊情人還算有情意，問他吃飽沒，還要繼續送餐嗎？

他想難道妳要把妳訂的餐給我吃啊？

女人卻真的這樣說，這份給你吃，我其實有煮義大利麵。女人沒說出口的是本來叫的餐是要給旺旺吃的。

進來吧，反正都來了。

他腦中飢餓，想著豬排大餐，他知道這家餐廳好吃，肚子不小心還咕嚕幾聲，尷尬地讓女人知道他餓了。

又落魄又飢餓。

我可以不進去吃嗎？他說，幹，真沒尊嚴，他在內心罵著自己是豬。

女人點頭，知道任誰也不想在這種氣氛下吃飯，她還抓了幾張鈔票，給他小費。他不害臊地拿了小費，理直氣壯的是以前交往時他可付帳不少。轉身要離開前聽到電梯上到這個樓層，門開，走道上一個穿西裝的帥哥往這裡走來。

女人說，我弟弟，他來看我媽媽。你知道我媽媽中風？

他聽了簡直感到安慰，他本來想眼前這帥哥會像電視劇般是女人的老公回家，然後甩女人一巴掌之類的超級流鼻血連續劇。

他頭低低地和帥哥錯身，帥哥沒有認出他，其實他大學時去過他們家呢。當不成他岳母的女人正在受苦，這使他心裡也感到不捨。難怪前女友搬家，他以前去的那個家是老公寓。

老人都需要住電梯大樓的時代。

他下樓後，將機車停妥，然後走到發生過媽媽嘴殺人事件的河邊，將外賣的衣服脫掉，然後躺在河邊草地看雲。

接著狼吞虎嚥地幹掉一盤豬排大餐。

原來外送遇到舊情人可以是好的結局。

先生要不要養隻貓？

不知什麼時候開始，他變成不敢待在家裡的人，不知何時醒來家裡就多了隻虎，不小心會咬人。走入時光的貓變成老虎，咬不動就罵人。晃去外頭，就像日本男人不能太早回家而去打柏青哥或去居酒屋。

到咖啡館聽陌生人的聲音看陌生人的臉孔，他還活著，為了知道自己還可以活著，他必須出門。

他必須出門，即使他不想。他必須出門，像一個每天朝九晚五的上班族，他穿戴整齊，他帶著包包，他看起來和街上的人沒有兩樣。他想應該沒有兩樣，除了他的眼睛疲憊哀傷外，他想應該一樣。

但他在等待什麼？打擊嗎？打擊有幸福的打擊也有致命的打擊，他不知道，他不知道這波浪潮將要席捲他什麼？又或者只是聲大而已？

他又患了喃喃自語病症。

今天社群傳來的金玉良言是：能夠誠實面對自己就是最大的道德。可他有嗎？他一定不道德，因為他沒有誠實面對自己，如果有，他怎麼還會掉入這個老掉牙的漩渦。還是這漩渦偽裝得太好了，讓他以為不是漩渦而是平靜的湖水？不不，對方即使有偽裝也不至於他不會沒感覺，是他自己世故偽善，他想他應該是不甘心，但他又問自己，他有什麼讓別人不甘心的？他相信他說的時候也都是真心真意的，只是真心真意有人長有人短，有人走不過低潮時就會看不見對方，特別是自私者。而他不過就是剛好遇到這樣的人種，你何必懷疑這一切。

這就是宿命的陰影。

邊走邊想，他下意識進入一家人聲鼎沸或時光打盹的咖啡館。

但他再也經受不起與年輕人同步行走所造成的疲憊，所以必須去老派餐館或咖啡館，走入時光的人，在與時光停止的老店安然擺放自己的老，服務生也和自己比老的地方。

像是台北中山堂附近一家從舞廳變成賣排骨飯的餐廳，餐廳內幽暗仍如舞廳，到處擺設老派藝品，各種奇怪造型的木雕水晶擺滿四周，餐廳天花板低矮，霓虹燈猶掛著。以前來這裡跳舞的中年人都是剛從股市下場的男人，膝蓋像是還沾著金子似的有力爽快，和舞小姐泡著時間，等著黃昏跳虛情假意似的三貼四貼五貼之類的舞。

現在他也才初老，怎麼覺得來餐廳的人也都更老了，端菜飯來的歐巴桑身形較好的都是以前從舞小姐退下來的，年輕些的中年歐吉桑以前是泊車小弟，現在改端盤子，榨果汁。他來這裡吃排骨飯或雞腿飯，固定點一杯微糖微冰的檸檬汁，糖冰對身體都不太好，但檸檬汁不加糖冰，乾脆也別喝了。

肉身頹唐，這樣的心情偶爾也會出現在他徒步城市的某些思維縫隙，特別是走了好多路後頓然出現的疲憊氣虛，而疲憊不堪時身旁卻錯身著年輕小獸快步雀躍而過的節奏時，他確實要快速找家足以歇憩的咖啡館來安安心。

為什麼一定要面對自己，不能背對嗎？已經熟到可以聊天的服務生問他。

他笑言，這問題可愛。可以背對啊，把一切不想揭露的私我藏在生命的黑盒子裡藏得極為妥善也可以啊，問題是我們通常都躲得過記憶的軌跡追蹤，但卻無法躲得過際遇的迎面當下劈來。面對者，對於際遇能夠坦然來去。這樣不好嗎？他回問。

這時咖啡館很吵，跑進一堆穿著套裝和打著領帶的粉領男女。於是這問題在這座金錢追逐的城市裡顯得有如一根羽毛的淡漠。然淡漠並非無重量。就像他討厭某些文章，但討厭並非不喜歡。討厭有諸多的情緒可以抽絲剝繭，一如一座城市裡的咖啡館，流動的光陰裡，四處都是靈魂在打盹的人。

不上班者如他之流陡然介入城市的活動儀式之一就是進入一家市區裡的咖啡館，他時而清醒，時而也跟著在人聲鼎沸的流言飛沫裡看著報紙，偶爾打著長長的盹。至於背對與面對，都無關緊要了，一杯上等的咖啡，就可以封了他的嘴，一個人待在夜晚的咖啡館吹冷氣，空轉著念頭。

都怪那一年寒流來襲，身體變得需要溫暖，心變得脆弱。掙扎要結婚或不婚的年紀，偏偏來了隻他以為的小貓。那是夜晚十點左右，一個穿著制服的女服務生上來收杯盤，他之前沒見過這女服務生，這女服務生比一般服務生看起來要大些，幾乎有點大齡之感，但聲音頗年輕，且溫和，笑起來竟有點楚楚可憐的味道。

她遞上咖啡的手背落在他的眼前，他不得不注目著她的手背，因為手背上有三個大小不等的燒傷圓圈烙在她白皙肌膚上有如明月倒影。像是受三寶戒的疤，只是那不是戒定慧。服務生的手總是比聲音還要先讓他第一個看到的地方，服務生的手是他判斷一個服務生個性的基本開端，接著才是腔調。這送上來咖啡的女服務生手上的疤是菸疤，他一看就知道，一個受過感情傷痕的女生，可能一次重傷，又或者是三次。每一次都要一個疼痛印記的執著女人。

他知道這種女人要敬而遠之，但卻每回都遇上且忘記要保持愛情距離。

他當時想可能剛好前幾天他去外地修老客戶的電暖器時，女生剛好來上班的吧。她邊清理著隔桌的殘杯雜物，邊向他說她是新來的，自從來到這裡上班，晚上都睡不著，常常到天亮還撐著。她說可能是一整天聞咖啡因聞太多了，每天聞著現磨出來的咖啡香，精神出現了一種亢奮。

她瘦削卻細看還頗精緻的臉龐罩在一頂黑色的棒球帽簷下，整個臉色彷彿沾上了咖啡色澤似的有著一種黯淡，為五斗米折腰的一種普世臉孔。第一次聽到光是聞到咖啡氣味就會睡不著的脆弱交感神經。女生忽然轉頭問他這個快到打烊卻還沒回家的男人要不要養貓？

那時他的眼神閃過一絲疑惑，但嘴裡仍用力地說不行，我最怕寵物了，而且我經常不在家。那確實不太好，貓會很孤單。穿黃色制服的女服務生說，接著收拾餐盤下樓。不久這間老式咖啡館旋即響起催滯留不走的客人得起身的〈今宵多珍重〉，沒有別的晚安音樂嗎？男人在這一刻無奈地把香菸盒捏扁。

宛如在咖啡館待到當兵就寢的時光，聽到音樂聲響起他才伸了懶腰，打一個大哈欠。

貓很乖，你經常不在家也沒關係，只要記得給食物就可以了。服務生不知什麼時候又出現在他的座位旁，走路無聲無息，彷彿腳底有肉蹼。

他動動喉嚨，就像某種蜥蜴為了展現魅力而展開喉扇一般，他正想回一聲嗨時，今宵多珍重播到最後一句，突然音樂戛然而止，空氣一陣靜默。樓下的人用很大的音量吼著這個服務生手腳也快點，要關門了。於是他縮回喉扇，挪動臀部要起身時，抬頭冷不防和正在擦桌子的女生的眼神對望，他整個人掉到那種深沉的寂寞，孤獨神隱在一片如湖水的汪洋裡，瞬間把他吸引進那如海洋氮醉的恍神中。

他竟說出自己都難以相信的話，好吧，貓安靜，反正也不差貓那一口食。他說出口後，等著女生抱貓來，哪裡知道等到店整個收拾完畢，女生走到他眼前說，走吧。

他才意會到原來女生就是貓。貓是指她自己。

妳真的要跟我回家?他不禁疑惑起來，女生雖看似大齡，但也頂多三十，何必跟一個中年大叔，不怕被我吃了?其實他恐懼更多的是自己，獨身單身這麼久，空間再多一個人都會產生空氣變化。但女生沒回話，只是跟著，換下制服的女生看起來更顯得老氣，身上竟只有一個包包，他想算了，也許住幾天就跑了。

女生畢竟比他年輕甚多，走路超快，還比他超前一些，彷彿知道何時該彎進哪個巷子何時該停在某個紅燈口。

他想難道女生早就注意過他回家的路徑了?他故意不走以前習慣走回家的路，果然女生停下發現他不見了，才又趕緊繞回原路來追他，看到他的背影又放心似的跟著，不敢再超前。他一路走著，看著女生比先前快樂的背影，他想起多年前一個合夥開電氣行的好友也撿過一隻貓，但後來貓都變成了虎。

那時他們合夥的電氣行還開著，也是夜晚時分，突然一個女人來到快打烊的店裡，神色慌張，左顧右盼，確定沒人跟蹤之後，女人對著他這個合夥人說，可否讓我留在你的店裡一晚，請你救救我。

合夥人面惡心善，看到女人那種擔心受怕的樣子，心想可能就是被家暴之類的受害女人，店裡待一晚算是做好事也就罷了。他說好吧，救妳一晚，反正我店裡都是壞掉的冷氣，也沒有什麼好偷的。教女人如何按下鐵門與開鐵門之後，他發動卡車離開店裡。回到住處，心裡還是覺得自己也太逞英雄了，竟讓一個陌生人就這樣睡在店裡，他這樣一想就打電話去店裡，結果這女人接了電話。

不是叫妳別接電話，好好睡一覺？

女人後來沒走。

知道合夥人故事的朋友都說一定是他那晚幹了什麼好事。

合夥人發誓沒有，純粹怕真的有人要追殺那個女的。

他當時口中的那個女的，先是變成他們店裡的會計兼助理，負責記帳開發票等事務。當他們要裝修冷氣需要助理時，看女人身強體壯，還能幫忙搬冷氣機，遇到夏天生意正好，也無暇去管女人背後的故事，也就等於聘她了，給她吃住還給薪水。後來不好讓她睡亂七八糟的倉庫，就想住處還有個房間，權充租給她，開始說從薪水扣，但這會計從來沒有扣這筆錢，夏天冷氣生意可以一季賺個一兩百萬的。日久也就算了。

也不知過了多久，合夥人通常都是累到跟豬一樣地倒頭就睡，某日睡到半夜，突然聽見鬼哭神號，醒來才發現女人披頭散髮地站在他的床前，把他整個人嚇醒，嚇個半死。

妳是見到鬼還是我見到鬼？

女人抽抽搭搭地說可以陪你嗎？剛剛作噩夢，不敢一個人睡。

可憐的女人抓住他的軟肋，他最沒轍的地方，只好挪空間給她睡。

後來有朋友聽起合夥人認識女人的經過，都開玩笑說他無緣無故收留一個女人一定是貪圖她的美色。美色？這女人哪有美色，我是真的可憐她，後來她就成為我的幫手，久了也真的有感情啦，但這感情也不是愛情，就是可憐她吧。總之不知為何，我被她吃得死死的，我真的不愛她，但卻被她牢牢綁著。怪了，他自言自語，一群做工朋友早就喝酒嗑瓜子了，做工人不說些猛烈些的羶腥故事，男人幫都沒興趣聽，嫌無聊。

合夥人說這女人還常用動物保護法來要求特殊保護。她讀著《動物保護法》說重點不在於「動物」的定義是什麼，而在於「虐待」的定義是什麼。動物保護是要保護動物免於恐懼的自由、免於飢渴的自由、免於傷害的自由、自由表現其意志的自由、自由表現其自然行為的自由。他心想妳還真當自己是貓啊？而且還是稀有的石虎啊。

重點不在動物的定義？那怎麼叫動物保護法。合夥人從鼻頭哼了一聲，他累個半死了，聽了只想睡覺，夏季酷暑是裝冷氣的旺季，冬天雨多他就兼做抓漏。

某天他開著藍色卡車，邊轉動方向盤邊問合夥人：「哭夭，你到底在哪？」他停車在一家專營牛仔褲的「大巴士」店外，他掛好框後，再放進兩片薄板，板子印著「大美尻」。一個女人開的服飾店外掛招牌，要他們來裝好幾台冷氣。

合夥人電話中說車拋錨等等，其實是載那女人去了，女人去燙頭髮，也真有能耐，他去裝冷氣，她也要跟著去，說是跟他出公差。出老公的差事，儼然把自己當老闆娘。後來，合夥人來了，這女人在服飾店女老闆面前更是不示弱，擋這擋那，搞得他很想用冷氣管敲她頭，要她醒醒，想想自己只是個房客兼員工。

有一天還沒出門時，店裡跑來一個男人，說是女人的老公。結果鬧到電氣行都關了，他和合夥人也拆夥，女人終於被老公拉回去，白吃白睡兩年。

就跟你說別收留陌生女人你不聽，他當時還笑著合夥人。

後來他自己的版本比合夥人的還變本加厲，他不僅收留了服務生，且把服務生服務到家裡，還變成妻子。

貓變成虎，你看吧，換合夥人笑他。

兩人也都老了，等等他們要見面，約了些老人去歌坊，還是歌坊查某好，就像銀座媽媽桑，不會跟你回家。

只會讓你安心回家。

想過了往事，他正要拿起手機時，剛好看到另一個朋友傳來英國發起說聲嗨的運動，只要和陌生人開聊，就可以讓老後更健康，經常沉默的大叔，老後會很不健康，別吝於給陌生人一個微笑一個嗨喔。他把介面滑掉，心想，我就是太大方，把整個中年過後都給了陌生人呢。

最親密的陌生人。

手機突然大響，貓來追蹤他了，哦，是虎，老虎才對。

別養裝成貓的女人，老了日子不好過。

謝謝你愛我這麼久

她將最好的生命時光都給了這家工廠，卻突然就被裁員。更糟糕的是工廠辭退她之前才為她做了年度健檢，什麼低密度膽固醇三酸甘油酯一片紅色，為此她感到憂心，但擔憂歸擔憂，日子也總是轉眼翻頁。

被辭退後，她常去住家附近的咖啡館發呆，在這家咖啡館出現她這種有著白髮的初老婦人並沒有太大的違和感，可能因為老城一帶經常出入三教九流的人，咖啡館也就錯落著各式各樣的五色人。

只是每回到櫃檯點咖啡她都覺得麻煩，她說一杯拿鐵咖啡，櫃檯小妹就開始問大杯中杯，要不要改成莊園咖啡豆，口感較好？她搖頭。那要不要來第二杯，現在第二杯半價喔，喝不完妳可以帶回去喝？她不好意思地搖頭。那要不要來份甜點，點飲料有折扣喔。她持續搖頭，得在櫃檯搖頭幾回才能結好帳。

喝拿鐵咖啡對她已是勉強，甜點對她更是負擔，麵包甜點在健檢報告出來後只好謝絕。她點好咖啡後，走向靠窗的位子，偶爾敲著風濕的臂膀想這年頭度日真難了。她在窗邊看見警察在對面麥當勞站崗，怕街上流鶯在那裡交易。她記得有回咖啡館太擠，一個老婦和她分享一張桌子時像老友似的跟她說，現在兩三天我能有一個客人就不錯了。

她聽了不禁想起自己那過世多年的母親，可憐的母親，生了一堆小孩，想起就淚濕眼眶之感。老婦卻在這時拉著她的衣袖問妳怎麼有閒坐在這裡飲咖啡？

她笑著說我只剩下時間，我們這種老婦人的時間是最不值錢的。

她每回在外面突然想上大號，找的廁所都得找至少有兩間廁所的連鎖速食店，只有一間廁所會讓她焦慮，她老怕有人在外面等，她就會很緊張地草草如廁，或者根本上不出來，但她又經常拉肚子找廁所。後來她終於找到一家有三間廁所的連鎖咖啡館，一杯咖啡六十五元，包廁所也包時間。冷氣、水都隨意，收留她的晚年。六十三歲，被提前辭退，很尷尬，看起來也不能說有多老，但絕對一看就空巢很久的人。

每天在咖啡館小桌前，她都當成是小小壇城，她會將佛經打開，電腦螢幕也打開，打開電腦不是為了打字，而是女兒早把她的佛像都存到了電腦，免得她東忘西忘。她對著佛像螢幕開始念經，每天都像以前在工廠上班時，在生產線準時報到般專注。

念經之後，拿出計數器念咒。以七為最小單位，每回她念經書或咒語都是以七為倍數。計數器的發明，多麼仁善又實用。所有當代的慈善都可以被數字代換。功德金換算成通往淨土的邀請或去卡位，以看得見的鈔票轉換成看不見的琉璃金殿。有人念了幾個億的咒語，有人賺了幾個億的錢。念珠和算盤滑過，開闔如唇語，通天的密碼日夜持誦。她逐漸養出一種即使和別人聊天也能在心裡持咒的習慣，功德未必獲得，但專注力倒是增加了，持續關注在一個咒語上且還要知道念了多少咒語的數字。她莞爾一笑，為了眾生而有了兩萬八千多種方便法門。兩萬八千種？女兒當時聽她說起這個數字時，還笑說這數字比她的薪水還多。

她在咖啡館一坐就會坐很久，一杯熱咖啡就待上一天，熱咖啡即使喝完了杯子也一定要擺著，代表自己可不是沒消費喔。朋友更狠，只帶咖啡杯來擺著，裡面的咖啡還是自己在家裡沖好的，根本連消費都不用。

咖啡館的WiFi好用，念完佛課，她上網追劇，打發時間，直到女兒下班來尋她回家，角色倒反，昔日接女兒下課，現在女兒下班接她。往昔工廠輸送帶的金屬氣味變成咖啡館的咖啡香，日子雖不好過，但比起以往，只要省著點錢花，收起慾望，也還能無風無雨。

她女兒長得素白美麗，但是她一直擔心女兒嫁不掉，因為她發現女兒常對男人有敵意。

女兒再次看見父親回到這個家是上大學那年，長年在外流連嬉遊的父親得了癌症才乖乖回到家裡，女兒簡直討厭極了父親。女兒記得童年時父親帶外面的女人回家，卻要她和媽媽去外面找旅社睡。

女兒被她牽在手上，母女倆在街上亂晃。她不懂為什麼她們要被趕出來，父親為何不帶女人在外面睡？媽媽說，他不想花錢。我們睡旅社要花錢，所以我們去公園好了。她們就這樣在家裡與公園間來來去去，有時父親沒回家，她們就很高興不用餐風露宿。

後來是因這個家窄小陰暗，外面的女人終於也受不了了，總之女人要男人做選擇，於是父親離開這個原本就簡陋的家。但在男人離家時，她才發現自己的肚皮又被搞大了，她懷孕，女兒自此多了個小弟阿良。

那時她每天騎腳踏車去工廠上班。

她一進工廠就成了工廠之花，被女兒父親追走又離棄之後，仍有不少中年喪偶男人或羅漢腳的王老五追著她。男人通常都會先去討好阿良，買肯德基麥當勞炸雞給阿良，女兒總是掐阿良的手臂，暗示弟弟不要拿男人的東西吃，但這阿良卻總是搶著拿，一張口就是吃得油滋滋的，雞皮和肉之間滑下了油水，沾得阿良肥胖的手臂油光光。

女兒父親在幾年後突然又跑回家，在染了一身病後。女兒對母親說，我不要照顧他，我不想幫他把屎把尿。她搖頭嘆氣，跟女兒說照顧父母不是數學，誰愛你多誰愛你少，這就是責任。

那爸爸怎麼忘了責任？

他是他，他忘了他的，妳不該忘了妳的，她跟女兒說。但後來想想也算了，畢竟女兒還年輕，看到老男身體，即使是父親的，也很難適應。

父親變成流浪狗，從暴力轉成哀矜，這姿態不屬於父親，女兒不習慣的其實不是身體而是姿態。

她跟女兒說把屎把尿媽媽來，妳只管買尿片尿布就好。

直到這個男人過世，女兒都冷眼旁觀。

對家庭不負責任，生病就注定被遺棄。她也怪自己曾對女兒說她出生那天，這男人還在牌桌上。之後這父親在其他女人的床上，所以女兒一直沒有被男人的大手抱過。

從小女兒不知道父親的手和母親的手有何差別？直到女兒有一天被父親打，用手摑了一個像是電視劇的耳光，她於是知道強弱決定了生存。打了一記疼痛劇烈的耳光，她甚至片刻恍然以為耳朵被削掉了。

都是破麻，女兒聽見父親甩門離開時拋下一個她聽不懂的字眼轉身。

女兒氣母親對父親的縱容。

但她不知道母親有著沒有對女兒說出的痛，縱容這個男人？她想那是因為當時這個男人是她唯一的浮木。

每回她看見甜美樣貌的電視主播以高八度的音感說著什麼假結婚真賣淫的新聞時，她都不禁失笑起來。彷彿不知人間有老苦疾苦的主播就那麼輕易地以天真的聲音且帶點鄙夷的文字殺得陌生人片甲不留。

那我們是真結婚假賣淫嘍，她跟其他女工們經常邊聽著新聞邊開玩笑邊如此自嘲著。

她知道自己結婚後關於每一次的性都是佯裝的快樂，其實是無魚也無水，她的腦子還裝著另一個人。

女兒有一天跟她說要帶男朋友回家。

她打開門時，瞬間嚇了好大一跳，彷彿看見往昔那生產線冒出的一道犀利目光，光打在女兒身旁的年輕男子臉上。

有長得這麼像的人？

她差點有要暈過去之感，男子手上的銀戒發著光，她急急忙忙跟女兒說和朋友有約，抓著鑰匙零錢包就下樓了。

女兒詫異母親怪異的行為。她不管背後射來的疑惑目光，只管快步走，關了大門，又小跑步的姿態去了咖啡館，她要殺時間殺回憶，往事的幽魂終於來了。

那年輕男子的神色竟像極了擱在心口上的人，還有男子手上那只獨特的銀戒指，戒台一尊浮雕的菩薩，她永遠記得男人撫摸自己臉龐時的那個銀戒，菩薩的蓮花座盛開。

這真是比被裁員還恐怖，她一時之間不知道怎麼安頓起伏的心，只暗暗祈求女兒對那個男人不是認真的，但又想也許是男人的兒子，兩人簡直是同一個模子刻出來的，她的心怦怦跳，高速飛撞過去。

女工和工廠小開，注定分開的結局。

老派的故事，聽起來像出租店的言情小說。

她突然被搖醒，以為是女兒來找她，結果是店員拿著拖把跟她說要打烊了。

就在她走出咖啡館遲疑著要不要回家時，女兒已經出現在前方路口，朝她揮手笑著。

妳男朋友呢？

有嗎？我什麼時候有男朋友？女兒開玩笑說。

傍晚和妳一起來的啊。她想，難道我看到鬼啊？

媽，妳好沒禮貌喔，一看到我朋友竟轉身就自己跑掉，女兒抱怨說。

她沉默，她沒跟女兒說自己真的是被嚇到，女兒帶回的男人複製了她年輕時曾待過的一家工廠的小開。

他有事走了，家裡來了電話說他父親突然暈倒，緊急送醫院，要他趕緊去醫院。

她內心哀嘆了一下想畢竟是無緣的。

其實他不是我男朋友啦，他喜歡男生，我是他的煙幕彈，我們只是男女朋友叫習慣了，今天他來家裡幫我修電腦。

她這時候心裡鬆了口氣，頓時心卻又像是被咬了一口，莫名疼著。

晚上失眠，她走到經書前繼續念經，卻在經書上看見滾在愛慾泥團裡的黑色身體，暈開一片潮濕，她在男人如鯨的背上長出翅膀，翅膀上長出眼睛。

妳的眼神有光。

無論日子走多遠，妳要知道，過去不過是幻影。

她聽見經書竟傳出聲音，阿彌陀佛變成一個年輕男子，朝她微笑著，無緣的男人到老仍是無緣，好像透過兒子來告知死訊。

隔天女兒上班前來到她休憩的長椅旁說，媽，那個男友的爸爸，凌晨走了。

她聽了，又是無語，她望著天花板，看見素白的牆上一隻收攝著翅膀的蛾停駐其上。

她又拿出經書念，迴向給男子。工廠小開，她笑著他的痴還是自己的傻？自己的心竟被一個短暫給過愛意的人綁架了這麼多年。

原來死亡也可以捎來喜訊，解放的喜悅。
謝謝你愛我這麼久。
她闔上經書，念著阿彌陀佛阿彌陀佛。

寂寞是夕陽

寂寞的課題，不分年紀，但不同年紀的寂寞色度不同。

妳不寂寞嗎？母親突然這樣問她。

寂寞，她多麼熟悉又從來都無法熟識的字詞，竟從母親口中的黑洞中吐出來。她聽了不免心一驚。但她還是若無其事地把一粒正剝好的荔枝放進嘴裡，咬動著上下顎，吮了指頭，揩了一下旁邊的抹布，忽像完成了某種儀式似的站起身來。

「要走了？」母親瞥瞥牆上的鐘，鐘像是回應她似的時針跳了一下。十點。才十點倒像是夜深似的被裹了層黑袍，黑袍兼且濕答答地厚重不堪。還沒等她回話，這做母親的又自言自語地說，妳現在是大齡盛女，轉眼就熟齡，再轉眼就像媽媽高齡了。

媽媽也知大齡熟齡高齡，她笑著糾正媽媽說現在都不興說高齡了，要說樂齡，甚至無齡。樂齡，那都騙人的啦，哪裡有樂？無齡更是自我欺騙，女人說記不得年齡都是謊話，女人比誰都記得年齡，母親也笑著回她。她笑著想母親可長智慧啦，去上長青社區大學的母親變得可以對話了。

也好，早點回去吧，再晚妳一個人回家危險，母親邊說著邊彎去廚房，開始弄東弄西地傳出聲響，她想大概又要弄些東西好讓她帶回去吃。客廳電視正播著一個看得出是整形過度的千萬富婆上電視徵婚的綜藝節目，四個男人等著被選，有人秀著滿手滿胸的肌肉，有人秀著溫柔廚藝，有人秀著跑車技術，有人秀著年紀輕輕的優勢。

什麼時候婚姻變得如此猥褻，她真覺得這種交易是一種猥褻。這女人竟然四十歲就有千萬，四棟房子，嘖嘖嘖。

母親笑她自己做不到還笑別人，自己沒錢卻不想日進斗金。

我沒有笑啦，我很佩服呢，我自己都做不到，但做不到就別勉強自己了。她也好想日進斗金，但做不來的事還是做不來，只好從為五斗米折腰再到為五粒米折腰。好在還有母親作伴，偶爾回來看看母親，彷彿就吃了大補帖，她跨過四十大關，才知母親的好。

母親從廚房拿了兩大塑膠袋要她帶著，跟著看電視，結果比徵婚者還緊張，母親問她，這富婆會選哪一個？還下注，然後又嘀嘀咕咕地說著妳看妳看，沒錢的老女人誰愛啊？她笑著接下塑膠袋說那就自己愛自己啊，母親又說妳在自欺欺人了，那是心靈雞湯。

啊，連心靈雞湯母親都喝過了。她聽了母親逐漸進階的語詞，知道母親的長青班過得還可以，有學習動力的人都可以撐過生活的無聊寂寥。

妳車停在哪？我陪妳走去。

不用啦，就在巷口，晚了，妳也累了吧。

是啊，平常這時候早就睡了。妳也早點睡吧，晚上不睡會老得很快。

她逕自把大門帶上，沒敢回頭看母親一眼。倒是下樓出了公寓大門後，走到街心抬頭望了上方一眼，陽台空空無人，只有花影斜映在白磁磚的牆面上，斑駁著一種無可言喻的破碎。不知什麼時候，她就有這樣的習慣，離開家門後會抬頭望自家陽台一眼。好像是小學上學就給養成的習慣，仰頭沒看見窗台掛著母親的臉，母親已不興目送女兒了。

她感到悵然。

父親還沒過世前母親曾度過一段頗為辛苦的長照生活。那時母親倚賴的是電視節目打發擱淺原地的漫長時光。母親打開電視的習慣應該是在父親中風之後，一開始是母親給父親解悶所養成的習慣，讓病人看電視，空間有聲音，顯得有人氣吧。那時黑暗中父親的臉總是映在電視藍光之下，乍看蒼白枯萎得像是一具僅剩呼吸的殭屍，嘴巴張得大大的，下半身蓋了條有點起毛邊的棉毯，棉毯下充溢著一股頹喪腐朽的肉酸氣。

棉毯起多少毛邊就代表父親中風多久，母親說不換掉父親蓋的那條棉毯，因為那是一條時光毯子，從父親中風開始蓋起，毛邊就是時間長出來的皺紋。

她如果回家，剛好看到這一幕時，總是有點害怕地走到電視機前，悄悄地按下電源開關，且因某種內心的莫名緊張，總是撞到擱在茶几旁的假塑膠花。父親也總在這個時候會張開眼睛，但眼睛無光，瞳孔呆滯。電視沒人看，但不能關掉。

母親也從鼾聲四起中張開眼睛說，別關。

她每一回一進門的習慣動作仍是關電視，母親也仍回說別關。好像小時候玩開燈關燈的遊戲，一種隱形存在的確認。

老伴成了電視。

就像她從讀書開始，她的老伴就是電腦手機。

母親問大齡女兒不寂寞嗎？

這倒讓她動容了。她想母親個性真是變了，連寂寞都會說出口的人是還有許多清明的吧。母親說她到老唯一擔心的人就是她哩，老數落她老了又沒錢怎麼辦呢？

她開玩笑說老了只好去撿垃圾。母親卻認真地生氣說撿垃圾，妳瘋了。垃圾男人妳還撿不夠啊。

小巷停滿了摩托車，拐入熟悉的捷徑，那是摸乳巷，只容一人行過的防火小巷，水泥牆壁塗滿了塗鴉和字體，靠近小學，小學生總愛在那裡寫著某某某愛某某某，愛那麼直接，告白那麼白。

發動車子，她駛離了衛星城，這是最考驗方向感的恐怖中永和，房子像是火柴盒，市場捷運口川流不息。她開上了淡水河環快道路，外環道解救了她，藉著速度，甩開寂寞。

黃昏早亮的星光鋪展河邊視野，她感到天地遼闊，有種錯以為騎重機之感。騎重機的中年人都是為了再次年輕吧。

她想起年輕時代的老成戀人也因為她而重新騎機車，想要再年輕一回。那時她才剛大學畢業，日子總是和月亮同進退，現在是繞著太陽轉，日出日落牽動腳程。以前不到晚上不出門，現在一到晚上就不出門。她現在眼力不如從前，只敢白天開車，且是開曾經開過的路。但她是路痴，太早使用手機找路使她路痴更嚴重，年輕時還會看紙本地圖，或者停車問檳榔攤，她的年輕時代迎上了智慧型手機盛世，機器人告訴你左轉右轉，腦中失去了全盤的圖景，不辨東西南北。

手機突然躍入眼簾，谷歌記錄著她幾年前曾經來過這裡，她不知不覺竟走到了老情人之路。

許多的年輕女生可能愛上過比自己年紀甚至大一輪以上的男人，把他奉為知識之神，或者渴仰可以帶自己遠離低於貧窮線生活的人。或有因戀父情結而愛上老情人的。但等到年輕女生逐漸熟齡之後，老情人卻成了真正的肉酸情人，此時唯有小鮮肉可以讓女人遺忘自己是老去的人。

她問過很多男人，多半可以接受整形臉，因為老去的女人樣貌會提醒男人更老。熟齡女人要吸引男人除了錢還是錢，或者至少要看起來還年輕。她周邊的許多女人都去整形了，一次比一次加碼，因為那是一條不歸路。看過自己重回年輕的美貌，誰會想要再次老去。問題是重回年輕的永久承諾不是年輕而是金錢，時效最多一年，仍必須反覆進場維修，且對年輕美貌會上癮，整個人生就掛在那張臉皮上，難以再說什麼順其自然啦，更不可能回到醜樣。那些不斷被塑化的臉，什麼逆天，不都是做出來的。

逆天美一點也不自然，她覺得真要臉書亮相，用美顏肌照騙過過癮就好了。即使她有錢也不會去，不是她不愛美，是她沒錢，且又厭惡必須依靠別人才能完成的事或無法短期解決的事，為此她不去健身房瑜伽教室不去按摩，只要固定上課的她都無法如期進行，她曾經因為手痛，進行過半年的每週按摩，手一變好她就不再去。之後為了美與健康，她開始自修氣功，嚴格控管食物，至少可以讓下墜的時間流沙稍微停住，不用依賴別人，不用依賴有錢，她逐漸讓自己自由，包括感情。

她想起那個不愛拍照的老情人，每一張照片都是背面，因為都是她偷拍的。老情人在廟宇望著惠能肉身菩薩的背影以及看著太平洋海潮的背影，那個背影厚實卻總是挺不直，衣服之外所露出的部分蔓延著塊狀的結痂或脫屑的乾皮，像是得過天花似的人。其實當然沒有得過天花，天花早已終結在古老的世紀。天花像是肺結核一樣，成了一個古典的象徵。

老情人的肌膚使他少了些魅力，阻隔不少競爭者，因為許多女生雖仰慕男人的才華與知識論點，但最多就僅止於此。後來她才知道那些爬著結痂脫屑的肌膚是男人故意露出手臂的，男人說這樣可以看女生是否在意疾病，在意外表。她的一個朋友就曾經愛上一個老男人而不可得，那已婚的老男人以知識和經濟能力釣著她，雙雙也曾禁不起誘惑而滾床單一回。但之後老男人卻搞失蹤，使她近乎憂鬱症爆發。後來和她見面時，憂鬱病情卻突然好了大半。朋友跟她說後來知道老男人是因為生病才搞失蹤，得的病是心肌梗塞。朋友一聽老男人心肌梗塞，頓時什麼成熟與知識魅力都消失一空了。因為害怕萬一上床時死在身旁，這個念頭澆熄了懸念。

老情人的致命一擊是疾病，但老情人的皮膚病沒趕跑她，她就像愛在瘟疫蔓延時那種具有原生免疫力的人，不用隔離，不用防護。她知道該隔離該防護的是自己火燒的慾望。

她給年輕時代的老情人在私密筆記檔案裡取了個代號R，取自路的英文Road，曾經老情人是她的道路（也是她的深淵），後來道路封閉，山阻路斷，處處踩空，果然是深淵。

青春烈焰，那場烈焰燒光了她的一切，她的自尊。

那一年麻醉藥退去的黃昏。空蕩蕩的房間，藥包留在租屋處的榻榻米上。男人最後的話是：藥在這裡，我走了。她下體還很痛，子宮收縮的疼痛一步步逼近，她無力地點點頭。她以為他只是離開一下，他可能出去買晚飯？卻沒想到這一離開竟是近二十年。

昔日的青春傷口顏色鮮豔，拓在心海像珊瑚花朵。

然後她在黑暗中醒來，一樣空蕩蕩的，只是這種空蕩蕩有一種奇怪的氛圍。手一碰枕頭右邊，觸摸到藥包。摸到藥包，她才想起上午的事已像是前世。

她記得走出房間時，因麻醉退去一點點了，神識最先回來的是耳朵，她聽見很多女生不自知地陷入疼痛的尖叫，吼叫，往事緩慢地被打撈上岸，沉船沉睡深海多年，某個意念喚醒了深海裡的寶藏，她後來釋懷，因為一句話：「我一直把妳擺在心中。」

心理學告訴她，分開後，會惦念懸念一個人，那就是真正的喜歡，不論恨或愛。身體沒在一起，但生命其實是血脈相連。比起身體在一起，但一點也不會惦記相思的人，其實是更真正的喜歡。

但為何會不聲不響地走了？逃走了？落跑了？

她用的字詞是離開，轉身。

也許她的這組詞語，比較接近暗示著可能的重逢。她在心理上可能想過會重逢吧。只是沒想到竟是在她都微乎其微想念起這個人的時間點。

後來她問過自己，是否在寂寞時有再召喚過他？走回原地？

她不記得這幾年有想過他，頂多是偶爾忽然想起，就像天空閃電一般，一閃即逝。這種一閃即逝，如閃電，如飛鳥的思念，就如被釘滿了圖釘的地圖地誌般，是很常見的。每一段行過的旅途，或多或少都有留下深淺不一的印記，在心口上偶爾溫熱。但常常有的人思念並不多，在她如此長串的旅途裡，雲端的愛情，掛在雲端，相思不得。有些人是相思不得的，因為想念那種人就是要讓自己受苦的。

比如她就是這樣的人。老情人離開之後，她也習慣（學會）提前離席，習慣逃離，直到逃無可逃。為了怕在原地踏步，愈陷愈深。她後來才明白自己的逃離，都源於那一次他的無預警離開，且毫無任何訊息地消失。為何不主動找他？她沒問過這種問題，靈魂受傷比身體受傷嚴重，是被背叛的感覺大過於被遺棄。

她突然找不到家的方向，不知自己是誰？不知要往何處？身體有個洞，一直在流失，一直被掏空。

那些年她常和學姐去寺廟掛單，聽聞去印度朝聖佛陀出生至入滅地可以三世不墮三惡道，和轉山一樣。她還沒想到懺悔己罪，但知道佛陀是個救贖的象徵。清洗業障博得人人趨之若鶩，彷彿聖地是一座業力的去汙池。

她曾獲邀參觀某個社團學妹的剃度儀式，學妹說落髮後十分清涼。但海邊冬日極冷，清涼反成了腦熱，亟需溫暖，每個出家僧全戴上呢帽，煩惱未遠離，煩惱只是藏在頭腦裡。

她不知斷髮是否可滅煩惱？但她深知一頭烏黑長髮肯定是一種誘惑，但髮無罪，是人的心自己受誘惑，髮本是物質，何來長出誘惑之眼？她不管誰被這頭烏黑油亮的長髮誘惑，那是被誘惑者自己該解決的事。

曾經命運幫她安排一條出路，她卻自己執意闖進去。就好像明明有個逃生口，但那慌張亂竄的老鼠就是看不見，一直扒拉另一個逃生口，卻不知那不是逃生口，那是深淵。

深淵深淵，經濟就是她墮入深淵的盡頭。

她曾在經濟陷於慘烈時，有什麼差事就去做，也曾一度變成購物台的推銷變裝達人。有一天她打電話給母親，跟媽媽說快打開購物頻道，我在上面。那是事先錄影的購物節目，她穿著女醫白袍，假扮專業女醫生，推薦某個減肥與抗老營養品，她的任務就是一直點頭微笑，一直說讚，偶爾說點專業的語詞。她把大學學過的編導拿出來運用，當臨演不難，可賺到便當與臨演費，還有營養品一盒（雖然她一點也不會吃）。媽媽當時邊看電視邊笑著在電話中說鏡頭看起來滿美啊，去電視台走走也好，看看會不會遇到有錢的男人。母親又在作夢了，她掛上電話失笑著。

媽媽沒問的是原來這些節目邀請的人有的是假扮的，有時候什麼業務經理也都是臨時找來的。當然現在她也沒機會上這類節目了，現在隨便都會被海搜，無法作假了。

錢正是她的深淵，書寫使她如巨人，錢卻使她渺小。

後來她用自己的方式苟活下來，她手巧，開網頁賣手作物，開始有固定客群。要成為倖存者，必須像影子般能隱藏，不被死神找到，且得用心如牆壁來對抗心魔。

但果真沒有心魔？驅魔除魅已然完成？還是這是永無止境的過程？

如果那時候留下自己跟年輕戀人的孩子，現在她就不用日夜懺悔此過患了，這種被認為罪惡的痛苦比起襲來的寂寞之風，簡直太沉重不堪，且不安。

年輕戀人當時雖把權利留給她自己做決定，但說穿了就是他並不負責。

她懺悔無能為力生養孩子的年輕，也無能留下的難堪小三狀態，被指責的小三女人，過了中年，渾身都長出懊悔的刺，且每一根都刺向自己，罵自己傻，笑自己笨，哀自己弱，恨自己差。

斷親斷愛斷物斷名，她任自己漂流他方。母親不知道為何女兒要去那麼遠的地方，那麼遠的流放地，難道不寂寞嗎？

父親辭世，最後在加護病房拔河，加護病房的河流也有兩岸，生與死的兩岸，拔河之後，往普通病房送或者往太平間去。這裡是故事的糧倉，但卻無法寫下故事的集散地。有臨死還遇上仇人的，病人雙雙醒過來看見仇家，但身上插滿維生管已無法起身繼續互殺。有求護士記下他最後的祕密財富藏在哪裡的，有交代通知誰來聆聽他最後遺言的。這裡是生與死的戰場，凡人升天或下墜的跳板，仙界入口也是地獄的報到處。但在生死輸送帶啟動之前，那裡更是爆炸後失去重力的外太空星球，連蝴蝶展翅都會聽見微響的死寂之境。流失時間的人，爭取時間的人，聽著蜂鳴器起起落落，點滴答答答，被切去手切去腳的，喉部開個洞的，腦部劃過線的，都安安靜靜地陷落在荒涼之境。

等待化蛹成蝶的父親，緊閉著雙眼，任母親呼喚。

她握著方向盤，任意識滑過父親最後滯留加護病房的空寂，那是一個連憂傷都抵達不了的地方，因為超過了憂傷。

接著她把車子開上快速道路，兩岸寫著即將捻亮燈火的寂寞，開燈的人怕黑，開燈的人等待不回家的人。不知何時，她發現自己淚流滿面，視線迎來時間之河，過了竹圍，就會迎向海。

生與死，如同拔河。年輕的海，沒有記憶的海。在沒有記憶的流放地，她蹲坐海岸抽了根菸，等待最後一抹夕霞融入海色。

黃昏即將降下。
原來寂寞是夕陽。
燦爛是它，憂傷也是它。
無論如何，黑暗還是來了。

飲海成沙

兩輛列車，隔著長長的軌道，無法碰觸，只能對望，任風穿越，不相濡也不以沫。這就是我想起校花時的畫面，校花是代稱，是她真正的代號，和現在到處都是美女的通稱完全不同。

很少想起她，因為她是一輪發燙的落日，美豔卻即將入海，一瞬消融。

熟齡過後，聽到她的消息都是負面的，從來不知道她在別人的眼中是那樣落魄悲慘，但在我眼中的她直到此時此刻，面對我自身脆弱的此時，我才感覺到她真正隱藏在表面制式通俗美的那種亟欲想成為自己的燃燒光芒，或許這光芒刺目，讓人不舒服，但那就是她真正想成為的樣子，成為背對者，注定要被傷害。

但我真的感覺到像梵谷燃燒的那種美嗎？還是只因為我自己也過得孤獨落魄，以至於在黑暗中一點微光也都是星火。

她說想見我，手寫字燙得有如那些年用蟬聲煮沸的青春。

在暌別無法計數的無數日子的多年之後，意外地我收到校花寫給我的一封信，信是寄到老家。信註明必須本人親拆，告訴我有封信的是以前在我家幫忙洗衣服的鄰居阿桑的兒子阿賢。

阿桑離開我家幫傭之後，在我老家巷口開冰果室與賣天婦羅黑輪，生意極好，最後還把那一樓的房子買下。我的老家後來都更，母親分到一間小房子，後來也賣給了這阿桑，自然這房子也成了阿賢的。我和小我些的阿賢算熟，沒想到昔日在我家洗衣服的阿桑才是真正厲害的商人，而我從小被認為長大會很出息的人，現在卻連阿賢都不如，銀行數字經常很單薄，感情也很單薄，我想我太自大了，也太自以為是，我這種人在年輕時意氣風發，一旦中年沒有守住，初老就會岌岌可危。

校花呢？我不知道這些年她是怎麼度過的，只是感覺一片乾燥的南方烈土如焚風襲來，彷彿她在高中畢業後就枯萎了。

在返鄉的旅程上，我特意選了火車，可以緩慢抵達，我需要時間緩衝朝我奔來的過去。她的手寫字，我想像著蒼白的皮膚上是否還密布著濃密如海藻的細毛，皮膚白皙顯得毛髮如此烏青而濃密。那時候我就知道她是只能遠觀的女人，一旦靠近就會破滅。一旦打開，就會揮發。

她的手寫字讓我陷入沉思，好像一個小偷突然去到一座豪宅，而那豪宅已被搬空，只剩下回憶。字是有表情的，她的字帶著一種說不出的幽怨又感傷地瞧著我。每個字單獨看起來都很小而顯得可愛，筆法怯懦，但通篇連在一起，卻有一股訣別感，帶著怨懟的訣別，不讓讀的人好過的那種氣氛瀰漫紙頁。

生樂已失，哀別來到。

但我沒有要和她告別的東西，她其實在我心的多年前就已然遠離。

她沒讓你失望嗎？我的心曾這樣問自己。

窗外的田園牧歌隱翳，枯蕪的往事等著淚水。

永遠也沒有準備好的所謂老去，老去就跟老花一樣，彷彿有一天就突然來到。

當我走出車站閘口，熟悉的熱氣罩住了我，如蟻的城，耳邊迴盪起南方安逸那鋪天蓋地的盛夏蟬鳴，走進這座收納我青春盛世時光的城。

其實我遺忘了她，但卻記得了城。

我去了青年路吃綠豆冰，直奔童年的冰涼歡樂地，說來幼稚卻很真實，童少的滋味可以喚醒我對校花的美好。這已成熱門的懸日之景，落日以光體緩緩滾滑建築的邊界，熱燙的火球如鳳眼菩提直朝人盯著，沉積億萬年的光豔，將一條路瞬間染成了血珀色，讓我看了痴迷卻感傷，落日如此不祥，瞬間吞沒了美，使我想起校花，她的美消失之後所遁入的黑暗。西下的城，日薄的美僅僅一瞬，此後流淌的黑，彷彿沒有盡頭。長期淤積擱淺的暗影，隨著四周觀光客的快門聲如奏哀樂般，讓久違曬得皮膚發燙的感覺再次傳導到我的記憶神經。

太陽隱入地平線，快門聲翳杳，靜下來的街，只剩少小離家老大回的我在這條我出生長大的街徬徨，我彷彿踩空一跌，就成了夢中人。

那時我都在等待她經過，校花一枚的女生，美麗的女孩總會準時出現在街的起點，然後隨著我的目光，變成背影。世界微縮成一條街，連在小板凳上發呆都可喜。

走慢一點，再慢一點，我配著旁白，追隨著這身影的目光，如一條小忠犬。我當時不知道，她是刻意出現在我面前，且她的期待比我對她的期待還要更期待不知幾倍，我當時當然毫無知悉。

時間一到，我就會在樹蔭長過圍牆的院外像個老人般地拉張板凳坐著，目光是熱騰騰的，等待美麗的目標出現，就像現在的遊客正引領企盼等待落日現身之景。

多年來，在通往學校必經的路上，校花總是從我的眼前飄過。從小學三年級校花轉學到班上開始一直到國中畢業，整整六年，旋轉木馬只繞著她轉，彷彿目光被她牢牢定在原地。

我在院外看起來像是在吹風，還佯裝看著雜誌，從父親的書桌上隨便抽一本雜誌看，表面心不在焉，內裡滾燙如水。有時也認真看了幾回，有一回看到王子雜誌，不知嚴肅的父親為何會有這本雜誌，可能是他這個訓導主任沒收學生來的。那本王子雜誌寫著兩千年之後的汽車將可以在天上飛行，那時讓我十分幻想與著迷，還算了算到兩千年左右我橫豎還不到四十歲，也許可以跟校花一起飛天下地，遨遊世界。

兩千年，早已翻頁，且翻了好幾翻。汽車沒在天上飛，我也沒跟校花遨遊世界，後來的我們南來北往，成了兩條平行線。

行經舊家遺址，只能說是遺址，尋不著確切的老家位置，幾棟大樓的覆土下也許有我掉過的科學小飛俠，也許有我的模型汽車或者漫畫書，或者可以貼成好幾片牆的獎狀。心想怪不得以前看不到懸日，沒有兩岸的建築，日光再美，也無處可依，無岸可懸，無愛可念。夕陽山外山，日子東倒西歪。

有人一笑泯恩仇，最上乘是一笑往生。

父親就是，笑著咳著，就撒手人寰了。

童年往事變化太大了，人事已非。

父親原是木工好手，就在這個院子，教了我不少的手藝，我會釘東西，自己修理木家具，國中時期工藝課靠的都是父親。父親對於離開家鄉和遷徙似乎沒有什麼鄉愁，據說我那緣淺的爺爺在我五歲撒手人寰時，我父親也只哀傷一段時間後就不再難過了，但也許為了排憂解傷，父親嗜抽菸。

他的打火機用的是當年最好的都彭，他都說這品牌是最好的。父親還喜歡德律風根音響與電風扇等電器，德國品牌，父親最愛，說他有十六分之一的德意志血統，聽得我發笑，但又偷偷跑去照鏡子，覺得自己褐色的眼珠子不是沒原由吧。

我在少年時偷學他抽菸，卻嗆了好大一口，覺得難抽死了，非常不解把菸放進嘴巴抽究竟有什麼樂趣？不過也因此我在青少年時期收藏了幾個廉價的打火機，上面貼有比基尼女郎，外公曾看到我拿的比基尼女郎打火機，好奇地瞇眼看著，突然笑說這金髮洋妞的胸部也大得太假了。聽得我直笑，還好沒拿花花公子雜誌給他看。

那時和自己年齡差不多的女生經過，總是會加速心跳的頻率，校花就是住在隔壁巷子的某銀行家的女兒，她經過我家門口，鄰居中愛起鬨的人不少，於是口哨聲、騷動聲總會此起彼落地響起，我和弟弟無辜的眼光總伴隨著空氣中波動的氛圍，也跟著校花轉。

過年聽父親說起上海大轟炸的故事，一年又一年地聽著。父親如何被徵召，如何加入十萬青年軍，如何在滇緬公路前線當翻譯官，他將美國將軍馬歇爾和滇緬公路與桂河大橋的故事說了一回又一回。爸爸唯一的親人也就是我的大伯父，他的小孩都在美國，伯父當時當上台電副總，孫運璿還是台電工程師的時代，伯父晚節不保，離婚娶了交際花，生病之後交際花跑了，晚景淒涼。

晚年都是我一個人去探望孤獨的伯父，他一個人住在台北內湖翠華山莊，每回看到伯父，我都提醒自己野花花叢千萬莫入。

我因為北上聯考，考上建中，自此就和校花分隔兩地。直到父親過世，我才又回到了舊家，那間日式宿舍。

就在例行的門前坐等晚飯開飯前的某一天，終於迎來睽違了多年的國中夢中一枝花，在我跟弟弟還搞不清楚她是跟誰在笑時，她竟然邊走邊看著我們笑，這一笑，就好像山洪暴發雷鳴閃電般，觸動了我的凡心，第二天，當我還沒招呼弟弟坐定之前，就發現她向我走了過來，問了一句，回來過寒假啊！真是天知道，地知道，只有我不知道，愣在現場只懂得點頭，一句話也說不出來。

還記得那年的寒假過得特別快，她迅速地成為我們家不用請也會來的客人，而我媽媽與妹妹也不知道什麼時候跟她成了飯後洗碗的碗友。

再過來的那一個學期，很難熬，日子總是過得特別慢，寫信成了娛樂，收到的信中，總是畫滿了好多顆心與星星，這時候，才體會到王子雜誌提到的物質時空傳移轉換器的發明為什麼不早點問世。

好不容易熬到了暑假，為了買光華號特快車返回高雄媽媽給的零用錢早花了一大部分，失去父親的媽媽，也跟叔叔商量著要搬離老宿舍了，在小學的後面買了新的樓房。

我和校花在大學時期終於短暫交往過一段時間，但畢業後她要我跟著她回南方，我卻仍想留在台北。

母親問我有沒有把人家睡了？

我忙說沒有，只有親熱。

不合趕緊分手吧。

連母親都看出我和校花不合，她是會變成奪命連環叩的人，她後來住到精神療養院我不意外，只是她每換一家療養院，就留我的電話給院方。好像我成了她的保護人。但其實我在台北成了四處租屋的人，經常拖著一口笨重的行李箱，像要回老家的模樣，而我只是換另一個殼，甚至有時候也只是從一條街換到另幾條街，隔著一條街有時候地址從永和變中和。我熟知這一帶，因為打從高雄上來台北讀高中，就一直落腳在這一帶，三年都搭5路公車。

我念高中時生活環繞在南海學園區，臨南昌路一帶，當年曾是彈子房的集中地，我撞球打得很好，常常和人以金錢賭輸贏，當兵時甚至曾靠撞球賺取過生活零用錢。只有這項球技，父親沒教我，因為他已經沒機會教我了。

一個人在台北，下課後就回宿舍，在悶熱的空氣打開窗，只有螢火蟲和南方一樣熱情，閃閃滅滅，像往事心影。

然後我談了很多次戀愛，也慢慢習慣在精神療養院的校花會不定時打電話給我。

後來，我總是回說妳打錯了。

時光過得夠久了，當年我們才小學，接著國中，在門口等待校花的美麗身影走過，等著可以騎腳踏車載她出遊，一起裝老，裝老成地唱著西洋歌曲，在校園空地熱情擁抱，以為這樣就是愛情或者滄桑，直到她不斷追蹤我，讓我喘不過氣來，我才知道美麗的外表撐不住內裡的崩壞。

大學畢業，我終於決定不被她打擾。

她可憐兮兮地問我她是不是很可憐？

我記得她問的表情，整個醜了下去。校花凋零，紅顏還沒遲暮就開始走下坡。壞掉的娃娃，為何壞掉？我後來輾轉知道她曾受過家暴，但我知道時我們已經長成大人，沒有機會再成為小孩可以任性，必須肩負起傷口的疼痛。

只能憑弔一些事，憑弔我總坐在門口等她經過的歲月。

一次又一次的流淚，一次又一次的癲狂，她才能以為自己屬於這個世界，或這樣可以遠離性侵與家暴的記憶？我不知道，一切回不去，且我不是慈悲的人，我沒有力量安撫她的傷痕。

與記憶背絕吧。我想這樣跟她說。

遲暮的我在去療養院的路上。

記得，同樣的南方太陽；記得，我們的十六歲。放學被雷大雨困住的我們，隔著片汪洋，不敢靠近取暖。

多年後，同樣的南方豔夏，九月日子，秋老虎。

闊別多年，妳要我務必來看妳。

我的眼淚很想流下，卻流不出來。

過去如夢，逐漸走成不相干的人。

療養院快到了，我在門口抽了根菸。

事先買好的菸，一直沒拆開抽。父親，給我力量吧，我抽菸時忽然在心裡這樣說著。

聽說校花一頭烏黑的髮已變成光頭，我彷彿看見窗口有雙發亮的眼眸朝我射來。

我捻熄菸蒂，準備走進老時光甬道。

任她記憶宰割，當作我逃離多年的布施。

但這樣她就會好轉嗎？

不，她本來就沒有要好轉，她只是想把餘生最後一眼留給我，畢竟曾經我童少的目光一直繞著她轉，轉到最後卻把她拋離了，且連自己也被時光拋離了。

十六變六十，鶴髮哭童顏。老後江湖，飲海成沙。

在20、30、40的分齡閱讀中，找到相同的內心觸動——

執著於年紀的各種刻板焦慮，其實只是一種幌子，我們都知道遵從這個幌子就能融入人群，所有的叛逆不羈，似乎只能深夜細嚼。但讀《溝》時，你會發現掉進的、正是自己親手掘出的年齡與年齡間的溝，透過鍾文音老師筆下曾經年輕過的男女故事，回到每個你真心為自己著想的那一刻。

——**少女老王，作家**

我很驚訝會有這樣生動的描寫：關於那些看似垂垂老矣的長輩。在鍾老師筆下，長者們再現他們人生的風霜和風采，閱讀他們的人生，頓時想起這些長輩是如此動人。

——**陳甯，大學生，22歲**

腳步泛黃了時間，身體被時針一點點刻出年輪一樣的皺紋，於是每張不忍被卒睹的臉都掩上面具。時間是溝、皺紋是溝，臉與假面之間有溝，人與人之隙更有無法通聯的溝。

——**Danny，研究生，22歲**

從作者對人物的描寫，感覺到她對年紀差距與行為的細膩觀察，語句中透露著時間推移和現在生活的差異，感受到對生活的沉悶憂鬱。

——**小波，補習班老師，22歲**

常常會想像，當年華老去，滿頭白髮的自己會過著怎樣的生活？書中有不同長者對生活的態度，看的過程中，也會好奇自己以後會不會這樣，但不管是否認同，都是一種借鏡。

——Nancy，幼教老師，24歲

一個人的買一送一，剩空氣能分享；

一個走又一個走了，曾經充滿青少的地方，早已離開。

都在過好日子，走向老的日子。

——雨衣，保護性社工師，24歲

初讀文字，是聯想癖，更是生命獵手。

隨著故事展開，人情冷暖竟有如黏液般包圍網住自己，平凡盡數唸來許多滋味，但凡流金歲月或是哀愁時光都在她溫柔的筆觸下緩慢流淌現身，深情款款卻濃烈地滲入腦海中，終究或長或短且濃且淡地被記憶著。

——阿笑，咖啡店店主，30歲

溝，也像是月台上的檻，三十歲的我要跨上五十歲的列車，那道檻，已過半，低頭一看，那溝裡各種年過半百的模樣，有儼然成形，有的根本就是。寂寞啊孤獨啊，養隻貓湊一對好不好啊？不了不了，闔起書本，擁抱你所愛的他她牠它祂更緊一點，才好。

——Eating，舞台劇演員，30歲

賣掉了小學時買的鋼琴。上大學之後，幾乎不彈了。每次爸爸問我「捨不得什麼？」，我也說不上。記得鋼琴搬走的那天，我看見了坐在鋼琴前面幻想自己是一個鋼琴家的小女孩，我向她揮揮手，謝謝她曾經擁有的夢想。

讀著這本書，很容易讓你想到那些過去的自己，那些已經是回頭才能看見的有些愚蠢、有些可愛的自己。

想念那些以前，但因為自己確實地往前進了，才能回頭看吧！謝謝這樣努力的自己，謝謝這些讓我回想起來的故事。

——Amily，大學老師，35歲

吾人將老，棋局已殘，鍾文音以冷酷而精準的筆觸，展現出現代人聆聽輓歌時的精神世界。

——杏子老師，43歲

智慧田 116

溝

故事未了，黃昏已來

作者｜鍾文音

出版者｜大田出版有限公司
台北市一〇四四五 中山北路二段二十六巷二號二樓
E-mail｜titan3@ms22.hinet.net http://www.titan3.com.tw
編輯部專線｜（02）2562-1383 傳真：（02）2581-8761

總編輯｜莊培園
副總編輯｜蔡鳳儀
行銷企劃｜陳映璇／黃凱玉
行政編輯｜林珈羽
內頁設計｜王瓊瑤
校對｜黃薇霓／黃素芬

初刷｜二〇二〇年十二月十二日 定價：三九九元

總經銷｜知己圖書股份有限公司
台北｜一〇六台北市大安區辛亥路一段三十號九樓
TEL：02-2367-2044／2367-2047 FAX：02-2363-5741
台中｜四〇七台中市西屯區工業三十路一號一樓
TEL：04-2359-5819 FAX：04-2359-5493
E-mail｜service@morningstar.com.tw
網路書店｜http://www.morningstar.com.tw
郵政劃撥｜15060393（知己圖書股份有限公司）
印刷｜上好印刷股份有限公司
國際書碼｜978-986-179-606-2 CIP：863.57/109014175

填回函雙重禮
①立即送購書優惠券
②抽獎小禮物

國家圖書館出版品預行編目資料

溝：故事未了，黃昏已來／鍾文音著.
——初版——臺北市：大田，2020.12
面；公分.——（智慧田；116）

ISBN 978-986-179-606-2（平裝）

863.57 109014175